푸른 드레스를 입은 악마

옮긴이 박진세
출판 기획 일을 하고 있다. 옮긴 책으로 로런스 블록의 『성스러운 술집이 문 닫을 때』, 헨닝 망켈의 『피라미드』, 『리가의 개들』, 『얼굴 없는 살인자』, 에드 맥베인의 『죽음이 갈라놓을 때까지』, 『레이디 킬러』, 제임스 리 버크의 『네온 레인』 등이 있다.

DEVIL IN A BLUE DRESS

월터 모슬리 지음 | 박진세 옮김

푸른 드레스를 입은 악마

WALTER MOSLEY

피니스 아프리카에

조이 켈먼, 프레더릭 튜턴 그리고 리로이 모슬리에게 바친다

ǂ 일러두기

본문의 모든 주는 옮긴이 주입니다.

1

나는 조피네 바에 걸어 들어오는 백인 남자를 보고 놀랐다. 그가 노란 기가 섞인 흰 양복과 셔츠에 파나마모자를 쓰고 번쩍이는 흰 비단 양말에 흰 구두를 신은 백인이어서만은 아니었다. 그의 희고 매끄러운 얼굴에는 약간의 주근깨가 있었다. 붉은빛이 도는 금발 한 터럭이 모자에서 삐져나와 있었다. 그는 큰 덩치로 문을 꽉 채우고 서서 엷은 빛깔의 눈으로 바 안을 살폈다. 내가 본 남자 중에 그런 빛깔의 눈은 없었다. 그가 나를 봤을 때 나는 공포로 오싹했지만 1948년의 나는 백인들에게 익숙해 있었다.

나는 아프리카에서 이탈리아로, 그리고 파리를 거쳐 조국으로 돌아온 5년간을 백인 남자와 여자 들과 함께했다. 나는 그들과 먹고 그들과 잤으며, 나만큼이나 죽음이 두렵다는 것을 아는 푸른 눈의 젊은 남자들을 충분히 죽였다.

백인 남자는 나를 보고 미소 짓더니 조피가 더러운 걸레로 대리석 상판을 훔치고 있는 바로 걸음을 옮겼다. 두 사람은 옛 친구처럼 인사를 나누고 악수했다. 두 번째로 놀란 것은 그가 조피를 불안하게 했다는 것이었다. 조피는 링에서나 거리에서 수월하게 싸움에서 이기던 전직 헤비급 권투 선수였지만, 그는 머리를 숙이고 운이 다한 세일즈맨처럼 그 백인 남자에게 미소를 던졌다.

나는 바 위에 1달러를 놓고 떠나려 했는데, 스툴에서 몸을 일으키기 전에 조피가 나를 향해 몸을 돌리고 자신들 쪽으로 오라고 내게 손짓했다.

“이리 와 봐, 이지. 자네에게 소개하고 싶은 분이 있어.”

나는 엷은 빛깔의 눈이 나를 향하고 있는 것을 느낄 수 있었다.

“여기 이 친군 내 오랜 친구 이지입니다, 올브라이트 씨.”

“디윗이라고 부르게, 이지.” 백인 남자가 말했다. 손아귀 힘이 셌지만 뱀이 손을 감듯 미끄러져 들어왔다.

“안녕하십니까.” 내가 말했다.

“그래, 이지.” 조피가 웃음을 띠고 굽신거리며 말을 이었다. “올브라이트 씨와 난 오래전부터 알던 사이야. 그는 로스앤젤레스에서부터 알고 지낸, 아마 내 가장 오랜 친구일걸. 그렇고말고, 우린 오래 알고 지낸 사이지.”

“그렇지.” 올브라이트가 미소를 지었다. “내가 좁을 처음 만난 게 1935년이었을 거야. 뭐야, 십삼 년이나 됐군. 농사꾼을 포함한 어중이떠중이 모두가 로스앤젤레스로 가고 싶어 하던 전쟁 전이었지.”

조피가 그 농담에 크게 소리를 내며 웃었다. 나는 예의 바르게 미소를 지었다. 나는 조피가 이 남자와 어떤 종류의 사업을 하고 있는지 궁금했고, 그에 더해 이 남자가 나와 어떤 일을 할 수 있을지 궁금했다.

"어디 출신인가, 이지?" 올브라이트 씨가 물었다.

"휴스턴텍사스주 동남쪽에 있는 항구도시이요."

"휴스턴. 지금 그곳은 멋진 동네지. 언젠가 일 때문에 거기에 간 적 있었어." 그가 잠시 미소를 지었다. 그는 시간이 아주 많았다. "자넨 여기서 어떤 일을 하나?"

가까이서 보이는 그의 눈은 울새 알 색이었다. 탁한 무광의.

"이 친군 이틀 전까지 챔피언 항공사에서 일했는데," 내가 대답이 없자 조피가 말했다. "해고당했죠."

올브라이트 씨가 분홍빛 입술을 찡그리며 불쾌감을 나타냈다. "그것참 유감이군. 그렇게 큰 회사란 건 직원들 따윈 조금도 관심 없지. 조금이라도 수지 균형이 맞지 않으면 가정이 있는 사람 열 명쯤 내보낸다니까. 자넨 딸린 식구가 있나, 이지?" 그가 부유한 남부 신사처럼 약간 느릿하게 말했다.

"아니요, 나뿐입니다. 혼자죠." 내가 말했다.

"하지만 그들은 상관 안 해. 자네에게 열 명의 아이와 태어날 아이가 있다는 걸 알았다 해도 자넬 똑같이 내보냈을 거야."

"맞습니다!" 조피가 외쳤다. 그의 목소리는 한 무리의 남자가 자갈 채취장을 행진하는 것처럼 들렸다. "그들은 자기들 회사에 얼굴도 내밀지 않으면서 자기들 돈이 어떻게 됐는지 알려고 전화만 할 뿐이죠. 그리고 좋은 대답을 듣지 못하면 가차없이 누군가의 머리들을 날릴 테죠."

올브라이트 씨가 웃음을 터뜨리며 조피의 팔을 찰싹 쳤다. "우리에게 마실 것을 좀 가져오지 않는 건가, 조피? 난 스카치로 하겠네. 자넨 뭘로 하겠나, 이지?"

"늘 마시는 걸로?" 조피가 내게 물었다.

"그러죠."

조피가 우리에게서 멀어지자 올브라이트 씨가 바 안을 둘러보려고 몸을 돌렸다. 그는 몇 분마다 그랬다. 무언가가 달라졌는지 확인하듯 살짝 몸을 틀며. 살펴볼 게 별로 없는데도. 조피네는 정육점 창고 2층에 있는 작은 바였다. 그의 손님이라면 검둥이 도살업자들뿐이었고, 아직은 이른 오후라 그들은 일하는 중이었다.

썩은 고기 냄새가 건물 구석구석에 배어 있었다. 조피네 바에 앉아 있는 것을 참을 수 있는 도살업자들 외에 바에는 몇 사람 없었다.

조피가 올브라이트 씨의 스카치와 내 버번 온더록스를 가져왔다. 그가 두 잔을 내려놓고 "올브라이트 씨는 작은 일을 해 줄 사람을 찾고 있네, 이지. 난 자네가 일을 그만두게 돼서 집 대출금도 갚아야 한다고 말씀드렸지."

"힘들겠군." 올브라이트 씨가 다시 머리를 저었다. "대기업의 인간들은 노동자가 자기 향상을 위해 노력하고 싶어 한다는 걸 알아차리지도 신경 쓰지도 않지."

"그리고 이지는 늘 최고가 되려고 노력합니다. 이 친구는 야학으로 고등학교를 졸업했고, 대학에 갈 마음도 있답니다." 조피가 대리석 바를 훔치며 말했다. "그리고 이 친구는 전쟁 영웅이죠, 올브라이트 씨. 이지는 패튼 휘하에 있었습니다. 자원해서요! 이 친구는 피를 좀 봤습니다."

"정말인가?" 올브라이트가 말했다. 그가 깊은 인상을 받은 것 같지는 않았다. "자리에 앉지 않겠나, 이지? 저 창가로 가지."

조피네 바의 창문들은 너무 칙칙해서 103번가가 내려다보이지 않았다. 하지만 창가 벚나무 테이블에 앉으면 최소한 한낮의 칙칙한 햇살을 누릴 수 있었다.

"집 대출금이 있다고, 이지? 큰 회사보다 더 나쁜 게 있다면 은행이지. 그들은 자기들 돈이 우선이고, 자네가 지불 기한을 놓치면 집행관에게 자네 문을 부수게 할 걸세."

"내 일이 당신과 무슨 상관이죠, 올브라이트 씨? 무례하게 굴고 싶진 않지만 난 당신을 만난 지 오 분밖에 되지 않았고, 이제 당신은 내 모든 일을 알고 싶어 하는군요."

"음, 난 조피에게 자네가 일을 구한다고 들었고, 그러지 않으면 자네가 집을 잃을 거라고 생각했는데."

"그게 당신과 무슨 상관입니까?"

"난 날 위해 작은 일을 해 줄 밝은 두 눈과 귀가 필요할 뿐일세, 이지."

"어떤 일입니까?" 내가 물었다. 나는 자리에서 일어나 거기서 걸어 나왔어야 했지만 내 집 대출금에 관한 그의 말은 옳았다. 은행에 대한 말도 옳았다.

"조지아에서 살 때 난 변호사였네. 하지만 지금 난 친구들을 위해, 친구들의 친구들을 위해 호의를 베푸는 또 다른 친구일 뿐일세."

"어떤 호의 말입니까?"

"나도 모르겠군, 이지." 그가 큼직한 흰 어깨를 으쓱했다. "필요하다면 뭐든 말일세. 누군가에게 메시지를 전달해야 하는데, 그게 음, 직접 전달하는 게 불편하다고 해 보자고. 그때 사람들은 내게 전화하고 난 그 일을 맡지. 난 항상 부탁받은 일을 하네. 모두가 그걸 알지. 그래서 난 언제나 일이 많아. 그리고 이따금 난 그 일을 끝내는 데 작은 도움이 필요하네. 거기에 자네가 도움이 되는 걸세."

"어떻게 말입니까?" 내가 물었다. 그가 그것을 말했을 때, 올브라이트는 내가 텍사스에 있었던 시절의 친구와 많이 비슷하다는 것이 분명해졌다. 레이먼드 알렉산더가 그의 이름이었지만 우리는 그를 마우스Mouse라고 불렀다. 마우스를 생각하는 것만으로도 불쾌해졌다.

"누굴 찾아야 하는데, 도움이 좀 필요할 것 같네."

"당신이 찾고 싶어 하는 사람이 누구……,"

"이지." 그가 말을 끊었다. "자넨 아주 좋은 질문을 많이 하는 똑똑한 친구 같군. 그리고 난 그 일에 관해 더 많은 얘길 하고 싶지만 여기선 아니야." 그가 셔츠 주머니에서 흰색 명함과 흰색 법랑질의 만년필을 꺼냈다. 그는 명함에 무언가를 끄적이고 나서 그것을 내게 건넸다.

"조피에게 나에 관해 묻고 나서 그 일을 하고 싶거든 오늘 저녁 일곱 시 이후 아무 때나 내 사무실로 오게."

그는 잔을 내려놓고 나에게 다시 미소를 던진 다음 커프스단추를 바로잡았다. 그는 머리 위의 파나마모자를 기울여 바 너머에서 활짝 웃으며 손을 흔드는 조피에게 인사했다. 이내 디윗 올브라이트 씨는 오후의 간단한 한잔 후 집으로 가는 단골처럼 조피의 바에서 나갔다.

명함에는 그의 이름이 장식체로 프린트되어 있었다. 그 밑에 그가 쓴 주소가 있었다. 시내 주소였다. 와츠에서 한참을 운전해 가야 하는.

나는 디윗 올브라이트 씨가 주문한 술의 값을 치르지 않았다는 사실에 주목했다. 어쨌든 조피는 그 돈을 조급해하는 것 같지 않았다.

2

"저치를 어디서 만났어요?" 내가 조피에게 물었다.

"아직 링에 있을 때 만났지. 그의 말처럼 전쟁 전에."

조피는 여전히 바 너머에서 큰 배를 바에 기대고 대리석 상판을 닦고 있었다. 원래 바의 주인이었던 그의 삼촌은 조피가 권투를 포기하기로 마음먹었던 때인 10년 전 휴스턴에서 죽었다. 조피는 대리석 바를 물려받으려고 집으로 돌아왔다. 도살업자들은 이미 그가 위층에 사업장을 여는 데 동의한 상태였고, 그의 생각은 온통 이 대리석 상판을 운반하는 데 쏠려 있었다. 조피는 미신적인 남자였다. 그는 자신이 성공할 수 있는 유일한 길은 이미 성공을 증명한 삼촌의 상판과 함께하는 것이라고 생각했다. 조피는 남는 시간에는 바의 상판을 닦고 광내며 보냈다. 그는 바 근처에서 난투극을 허락하지 않았고, 누가 큰 맥주잔이나 무거운 무언가를 그 위에 떨어뜨린다면 순식간에 나타나 흠집이 났는지 살펴보았다.

조피는 덩치가 큰 남자로, 거의 쉰다섯이었다. 그의 손은 검은색 캐처 미트 같았고, 나는 불거진 근육 때문에 솔기가 터질 것 같은 셔츠 차림이 아닌 그를 본 적이 없었다. 얼굴은 링에서의 경험으로 흉터투성이였다. 두꺼운 입술 주위의 살은 흉터로 울퉁불퉁했고, 오른쪽 눈 위는 늘 빨갛고 살이 드러난 것처럼 보이게 패어 있었다.

권투 선수로서 조피는 보통 정도의 성공을 거두었다. 그는 1932년에 세계 랭킹 7위까지 올랐지만 그의 큰 매력은 그가 링에 가져온 폭력이었다. 거칠게 주먹을 휘두르며 이런 게 권투 선수라는 것을 보여 주었다. 누구도 한창때의 조피를 다운시키지 못했고, 그는 늘 마지막 라운드까지 싸웠다.

"그도 권투와 관련 있었습니까?" 내가 물었다.

"조금이라도 돈 냄새가 나면 올브라이트 씨는 거기에 코를 박아." 조피가 말했다. "게다가 그 돈이 더러운 돈일지라도 상관 안 해."

"그러니까 당신은 날 갱단과 엮으려는 겁니까?"

"갱단이 아니야, 이지. 올브라이트 씨는 많은 파이에 손가락을 꽂고 있는 사람일 뿐이야. 그게 다라고. 그는 비즈니스맨이야. 네가 셔츠를 팔고 있는데 어떤 남자가 셔츠가 가득 든 상자를 들고 와서 그게 트럭에서 떨어진 거라고 해. 그럼 뭐…… 넌 그 남자에게 이 달러 정도만 주고 그 상자를 가로챈 다음 모른 척하는 거야." 그가 그 캐처 미트 같은 손을 나에게 흔들었다. "그런 게 사업이야."

조피는 금이 간 한 군데를 청소 중이었다. 굳어 버린 먼지 이외에 티끌 하나 없을 때까지. 밝은 대리석에 난 검은 금들은 갓난아기 머리의 거미줄처럼 퍼진 혈관처럼 보였다.

"그래서 그는 사업을 할 뿐이라고요?" 내가 물었다.

조피가 잠시 닦기를 멈추고 내 눈을 똑바로 바라보았다. "내 말을 오해하지 말게, 이지. 디윗은 거친 남자고, 그는 나쁜 친구들을 사귀고 있어. 하지만 자넨 집 대출금을 갚을 돈을 벌 수도 있고, 그에게서 뭔가를 배울 수도 있지."

나는 거기에 앉아서 작은 실내를 둘러보았다. 조피네에는 여섯 테이블과 바 앞에 놓인 키가 큰 스툴 일곱 개가 있었다. 손님이 많은 밤에도 그 의자들이 다 차는 것을 본 적이 없었지만 그의 성공에 질투가 났다. 그는 자신의 사업을 하고 있었다. 그는 무언가를 소유하고 있었다. 어느 날 밤 그는 내게 이 장소를 빌렸을망정 이 바를 팔 수도 있다고 말했다. 나는 그가 거짓말을 하고 있다고 생각했지만 이미 고객이 있는 사업체를 누군가가 사리라는 것을 나중에 알았다. 누군가는 돈이 들어온다면 집세를 내는 게 신경 쓰이지 않을 것이었다.

창문들은 더럽고 바닥은 파였을망정 그곳은 조피의 보금자리였고, 백인 정육점 주인은 집세를 받으러 오면 늘 이렇게 말했다. "감사합니다, 섀그 씨." 돈이 들어와 기쁘기 때문이었다.

"그래서 그가 내게 원하는 게 뭡니까?" 내가 물었다.

"그는 자네가 누굴 찾아 주길 원할 뿐이야. 어쨌든 그게 그가 한 말이지."

"누구요?"

"어떤 여자라는 것밖에 몰라." 조피가 어깨를 으쓱했다. "나랑 상관없는 한 난 그의 사업에 관해 이러쿵저러쿵 떠들고 싶지 않아. 하지만 그는 찾는 것에 대한 보수를 줄 거고, 거저 일을 시키려는 건 아니야."

"그럼 그가 얼마나 줄까요?"

"대출금을 갚을 정도는 돼. 그게 내가 자넬 이 일에 부른 이유야, 이지. 자네가 급전이 좀 필요하다는 걸 알아. 그 남자든 그 남자가 찾는 사람이 누구든 관심은 없어."

주택 대출금을 갚을 수 있다는 생각이 내 집 앞마당 그리고 뜨거운 여름 햇살의 내 과실수 그늘을 상기시켰다. 나는 내가 여느 백인 못지않게 훌륭하다고 느꼈지만 만약 내가 내 현관문조차 소유하지 못한다면 사람들은 나를 손을 벌리고 있는 또 한 명의 불쌍한 거지처럼 볼 것이었다.

"그의 돈을 받아, 친구. 자넨 그 코딱지만 한 재산을 지켜야 해." 조피가 내 생각을 읽은 것처럼 말했다. "자네와 어울리는 예쁜 여자들이 자네에게 집까지 사 주진 않을 거란 걸 알잖나."

"별로 내키지 않아요, 조피."

"그 돈을 받고 싶지 않다고? 젠장! 기껏 생각해 줬더니."

"돈이 아니라…… 그냥…… 올브라이트 씨가 마우스를 연상시켜서요."

"누구?"

"휴스턴에 살았던 작은 녀석 기억하잖아요. 에타메이 해리스와 결혼한 녀석이요."

조피가 울퉁불퉁한 입술을 찌푸렸다. "몰라, 내가 떠난 다음 왔나 보군."

"네, 어쨌든 마우스는 올브라이트 씨와 아주 비슷해요. 말이 번지르르하고 말쑥하게 차려입은 데다 늘 미소를 짓고 있는. 하지만 그는 늘 자기 사업이 최우선이고, 방해를 받으면 좆같은 일이 일어날 수도 있죠." 나는 살면서 학교에서 가르쳐 준 영어 같은 바른 영어를 쓰려고 노력했지만 해가 가면서 자연히 알게 되었다. 타고난 '못 배운' 말이 아니면 안 되는 것이다.

"'좆같은 일이 일어날 수도 있다' 따윈 엿이나 먹으라고 해, 이지. 하지만 길거리에서 자게 되면 '일어날 수도 있다' 정도가 아니야."

"네, 그냥 조심스러워서요."

"조심해서 나쁠 거 없지, 이지. 주의 깊게 가드를 올리고 있는 게 사람을 강하게 만드니까."

"그러니까, 그가 사업가일 뿐이라고요, 네?" 나는 다시 물었다.

"그렇고말고!"

"그래서 그가 하는 사업이 정확히 뭔데요? 그러니까, 셔츠 세일즈맨이나 뭐 그런 거예요?"

"듣기론 전문 분야가 있는 것 같아, 이즈."

"그게 뭔데요?"

"그 시장이 감당하는bear 건 뭐든." 배고픈 곰bear처럼 보이는 그가 미소를 지었다. "그 시장이 감당할 수 있는 건 뭐든 말이야."

"생각해 보죠."

"걱정 마, 이지. 내가 돌봐 줄게. 자넨 가끔 이 늙은 조피에게 전화만 해. 뭔가 상황이 이상한 것 같으면 알려 줄 테니까. 나랑 연락만 하면 자넨 괜찮을 거야."

"신경 써 줘서 고마워요, 좁." 나는 그렇게 말했지만 나중에도 고마워할지 궁금했다.

3

나는 돈 생각을 하며 차를 몰고 집으로 돌아왔다. 필요한 돈이 얼마일지.

나는 집에 가는 게 좋았다. 어쩌면 소작농의 농가에서 자라서였거나 그 집을 사기까지 아무것도 소유한 적이 없어서일지도 모르지만 내 작은 집이 좋았다. 잔디가 깔린 앞마당에는 사과나무와 아보카도 나무가 있었다. 집 옆에는 때가 되면 서른 개 이상 석류가 달리는 석류나무와 한 번도 열매를 맺은 적 없는 바나나 나무가 있었다. 울타리 주변 화단에는 달리아와 들장미가 피어 있었고, 현관 포치의 큰 화분에는 아프리카 제비꽃을 심었다.

집 자체는 작았다. 거실과 침실, 부엌뿐이었다. 침실에는 욕실도 있지 않았고, 뒷마당은 아이들의 고무 풀장보다도 길지 않았다. 하지만 그 집은 내가 알았던 어떤 여자보다 내게 더 많은 의미가 있었다. 나는 그녀집을 뜻함를 사랑했고, 그녀를 지키려고 애썼다. 만약 은행이 내게서 그녀를 데려가려고 집행관을 보낸다면 그녀를 포기하느니 라이플을 들고 집행관을 맞을지도 몰랐다.

조피의 친구를 위해 일하는 것이 내가 내 집을 계속 볼 수 있는 유일한 길이었다. 하지만 그 일에는 무언가 잘못된 게 있다는 것을 직감적으로 느낄 수 있었다. 디윗 올브라이트는 나를 불편하게 했다. 나는 나 자신에게 침대로 간 다음 그 사실을 잊으라고 계속 중얼거렸다.

"이지," 나는 말했다. "푹 자고 내일 일거리를 찾으러 나가."

'하지만 유월 이십오 일이야.' 목소리가 말했다. '칠월 일 일까지 어디서 육십사 달러가 들어오지?'

"내가 알아서 할게." 내가 대답했다.

'어떻게?'

우리는 그런 식으로 계속했지만 애초에 답이 없는 대화였다. 내 작은 집이 나를 필요로 하고 나는 그녀를 저버릴 참이 아니었기 때문에 올브라이트의 돈을 받고, 합법적이기만 하다면 그가 원하는 게 뭐든 내가 그것을 하리라는 것을 알았다.

그리고 또 한 가지가 있었다.

디윗 올브라이트는 나를 약간 불안하게 했다. 그는 덩치가 컸고, 외관상으로도 힘이 있어 보였다. 그의 어깨를 보면 그가 폭력적이라는 것을 알 수 있었다. 하지만 나 역시 덩치 큰 사내였다. 그리고 보통의 젊은 남자처럼 위협에 설득당할지도 모른다는 것을 결코 인정하고 싶지 않았다.

그가 그 사실을 알든 모르든 디윗 올브라이트가 내 자존심에 흠집을 냈다. 그가 두려울수록 나는 그가 제안하는 일을 받아들여야겠다는 확신이 들었다.

올브라이트가 내게 준 주소는 알바라도에 있는 작은 담황색 건물이었다. 주위에 있는 건물들이 더 컸지만 그것들은 그렇게 오래되지도 눈에 띄지도 않았다. 나는 검은색 연철 문을 통과해 스페인풍 입구를 지나 홀로 들어섰다. 거기에는 아무도 없었다. 안내판조차 없었고, 벽에는 명패가 달리지 않은 크림색 문들만 있었다.

"이봐요."

그 목소리에 나는 깜짝 놀랐다.

"네?" 내 목소리가 갈라져 나왔고, 몸을 돌리자 작은 남자가 보였다.

"누굴 찾소?"

유니폼이기도 한 양복을 입은 작은 백인 남자였다.

"내가 찾는 사람은, 음…… 그러니까……," 나는 말을 더듬었다. 그의 이름을 잊어버렸다. 홀이 빙빙 돌기 시작하지 않도록 눈을 가늘게 뜨지 않으면 안 되었다.

그것은 내가 어릴 때 있었던 텍사스에서 생긴 습관이었다. 간혹 권위 있어 보이는 백인 남자가 문득 말을 걸면 나는 머릿속이 하얗게 돼서 말이 나오지 않았다. '아는 게 적을수록 문제가 덜 생겨.' 그들은 그렇게 말하곤 했다. 나는 그러는 나 자신이 싫었지만 나를 그렇게 만든 백인도 싫었고, 흑인도 싫었다.

"도와드릴까?" 백인이 물었다. 그는 붉은색 곱슬머리에 코가 뾰족했다. 내가 여전히 대답이 없자 그가 말했다. "여긴 아홉 시에서 여섯 시까지만 배달을 받소."

"아니, 아니요." 이름을 기억해 내려 애쓰며 내가 말했다.

"그래, 우린 그러지! 이제 가 보는 게 좋을 거요."

"아니, 난 그런 뜻이 아니라, 난……,"

작은 사내가 벽에 놓인 책상을 향해 몸을 돌리기 시작했다. 나는 그가 책상 뒤에 곤봉을 두고 있다는 것을 알았다.

"올브라이트!" 내가 외쳤다.

"뭐라고?" 그가 되받아 외쳤다.

"올브라이트! 나는 여기에 올브라이트를 보러 왔습니다!"

"무슨 올브라이트?" 그의 눈에 의심이 서렸고, 한 손이 책상 뒤에 있었다.

"올브라이트 씨. 디윗 올브라이트 씨요."

"올브라이트 씨?"

"네, 그 사람이요."

"뭔가 배달할 게 있소?" 뼈가 앙상한 손을 내밀며 그가 물었다.

"아니요. 약속이 있습니다. 그러니까 그를 만나야 한다고요." 나는 그 작은 사내가 싫었다.

"그를 만나야 한다고? 그의 이름을 기억도 못 하면서."

나는 숨을 들이쉬고 아주 부드럽게 말했다. "오늘 저녁 일곱 시 이후 아무 때든 디윗 올브라이트 씨를 만나기로 했습니다."

"일곱 시에 그를 만나기로 했다고? 지금은 여덟 시 반이오. 그는 아마 갔을 거요."

"그가 내게 일곱 시 이후 아무 때든 괜찮다고 했습니다."

그가 다시 내게 손을 내밀었다. "그가 근무 시간 이후에 여기에 오라는 쪽지를 줬소?"

나는 그에게 머리를 저었다. 전에 내가 어느 백인 남자에게 그랬던 것처럼 나는 그의 얼굴에서 피부를 벗겨 내고 싶었다.

"음, 당신이 도둑이 아니란 걸 내가 어떻게 알겠소? 그의 이름도 기억 못 하면서 내가 당신을 어딘가로 데려가길 원하는군. 어딘가에 내가 당신을 어디로 데려가길 기다리는 당신 짝패가……."

나는 넌더리가 났다. "됐습니다." 내가 말했다. "그를 보게 되면 그냥 미스터 롤린스가 여기 왔었다고 전해 주십시오. 그에게 다음엔 내게 쪽지를 주는 게 나을 거라는 말도요. 당신은 쪽지 없는 길거리 껌둥이를 들일 수 없으니까 말입니다!"

나는 가려고 했다. 그 작은 백인 남자가 내가 잘못된 장소에 있다는 것을 내게 확신시켰다. 나는 집으로 돌아갈 참이었다. 돈은 다른 방법으로 구할 수 있을 터였다.

"잠깐." 그가 말했다. "거기서 기다리쇼. 내 금방 돌아오리다." 그가 크림색 문 중 하나로 게걸음을 쳤고, 그가 들어가자 문이 닫혔다. 잠시 후 문이 걸리는 소리가 들렸다.

잠시 뒤 그가 문을 빼꼼히 열고 자신을 따라오라고 내게 손짓했다. 그는 나를 들일 때 좌우를 살폈다. 나한테 패거리가 있는지 살피는 거겠지. 그 문을 지나자 검붉은 돌이 깔리고 3층 건물 옥상 위로 가지를 뻗은 커다란 야자나무 세 그루가 있는 뜰이 나왔다. 2층의 안쪽 출입문들은 격자 구조물로 막혀 있었고, 그 격자 구조물에는 흰색과 노란색 장미 넝쿨이 폭포처럼 흘러내려 있었다. 이맘때의 하늘은 여전히 환했지만 안쪽 지붕 너머로 초승달이 엿보였다.

작은 사내가 뜰의 한쪽에 난 또 다른 문을 열었다. 그 문과 이어진 흉한 철제 계단이 나를 건물 깊숙한 곳으로 데려갔다. 우리는 먼지투성이 보일러실을 지나 회색 거미줄투성이에 칙칙한 녹색 칠이 된 텅 빈 복도로 나왔다.

복도 끝에 귀퉁이가 떨어져 나가고 먼지가 쌓인 같은 색의 문이 있었다.

"여기가 당신이 찾는 곳이오." 작은 사내가 말했다.

내가 고맙다고 하자 그는 내게서 떠났다. 나는 그를 다시 보지 못했다. 어떻게 그리 많은 사람이 몇 분 만에 내 삶에 걸어 들어와 먼지를 일으키고 사라지는지 나는 이따금 생각했다. 내 아버지가 그랬다. 어머니라고 해서 더 낫지 않았다.

나는 흉한 문을 노크했다. 거기서 올브라이트를 보길 기대했지만, 대신 열린 문 안에는 두 낯선 사내가 있었다. 문을 잡고 있는 남자는 키가 크고 마른 체형에 갈색 곱슬머리, 인도인 같은 검은 피부에 갈색 눈은 너무 옅어서 거의 금빛으로 보였다. 문 저편 끝에 서 있는 그의 친구는 눈매가 약간 중국인처럼 보였는데, 다시 보니 인종을 확신할 수 없었다.

검은 피부의 사내가 미소를 지으며 손을 내밀었다. 그가 악수하려 한다고 생각한 순간 그가 내 옆구리를 더듬기 시작했다.

"헤이, 이봐요! 왜 이래요?" 내가 그를 밀치며 말했다. 중국인인 듯한 사내가 주머니에 손을 넣었다.

"롤린스 씨," 검은 피부 사내가 내가 모르는 악센트로 말했다. 그는 여전히 미소 짓고 있었다. "옆구리에서 팔을 좀 떼어 주시지. 확인 좀 하게." 미소가 커졌다.

"손 치워요. 아무도 날 만지게 두지 않을 테니까."

작은 사내가 무언가를 꺼냈는데, 난 주머니 밖으로 반쯤 나온 그것이 뭔지 알 수 없었다. 이내 그가 나에게 다가왔다. 미소 띤 사내가 내 가슴에 손을 대려 했지만 나는 그의 팔목을 잡았다.

검은 피부 사내가 눈을 반짝이고 내게 잠시 미소를 짓더니 파트너에게 말했다. "걱정 마, 매니. 이 친군 괜찮아."

"확실해, 섀리프?"

"그래. 이 친군 그냥 좀 불안한 것뿐이야." 섀리프의 이가 어두운 입술 사이에서 빛났다. 나는 여전히 그의 팔목을 잡고 있었다.

섀리프가 말했다. "그에게 알려, 매니."

매니가 주머니에 다시 손을 넣었다가 뒤쪽의 문을 노크하려고 손을 뺐다.

잠시 후에 디윗 올브라이트가 문을 열었다.

"이지." 그가 미소 지었다.

"이 친군 우리가 손을 대는 걸 좋아하지 않는군요." 나를 그에게 보내면서 섀리프가 말했다.

"놔둬." 올브라이트가 대꾸했다. "난 그가 혼자인지 확실히 해두고 싶을 뿐이었어."

"보스는 당신이니까." 섀리프의 말투는 당당하게 들렸다. 약간 거만하게 들릴 만큼.

"자네와 매닌 이제 가도 돼." 올브라이트가 미소 지었다. "이지와 난 사업 얘길 좀 할 게 있으니까."

올브라이트 씨는 밝은 빛깔의 큼직한 책상 뒤로 가더니 책상 위 반쯤 찬 와일드 터키 병 옆에 백구두를 올렸다. 그의 뒤 벽에는 블랙베리가 담긴 바구니 그림이 있는 달력이 걸려 있었다. 그것 외에 벽에는 아무것도 걸려 있지 않았다. 바닥 역시 아무것도 놓여 있지 않았다. 노란색 리놀륨에는 여러 색이 점점이 박혀 있었다.

"앉지, 미스터 롤린스." 올브라이트 씨가 책상 앞에 놓인 의자를 손짓하며 말했다. 그는 모자를 쓰지 않았고, 그의 코트는 어디에도 눈에 띄지 않았다. 왼쪽 겨드랑이 밑에 흰색 가죽 권총집이 있었다. 총구가 거의 그의 벨트에 닿았다.

"멋진 친구들을 두셨군요." 그의 총을 유심히 살피며 내가 말했다.

"그들은 자넬 좋아해, 이지. 약간의 인력이 필요할 때면 난 그들에게 전화해. 적정한 가격에 전문적인 일을 할 한 무리의 사람이 있지."

"그 작은 친구는 중국인입니까?"

올브라이트가 어깨를 으쓱했다. "아무도 몰라. 그는 저지시티에 있는 고아원에서 자랐네. 술 마시나?"

"물론이죠."

"이게 혼자 일하는 이점 중 하나지. 언제든 테이블에 술병을 올려 두는 거 말일세. 모두가, 큰 회사들의 사장들조차 서랍 밑바닥에 술을 두지만 난 그걸 눈에 잘 띄는 곳에 두네. 술 좋아하나? 그건 나랑 잘 맞는군. 안 마시겠다고? 그렇다면 문은 자네 바로 뒤에 있네."

그는 말하면서 책상 서랍에서 꺼낸 두 잔에 술을 따랐다.

총이 내 흥미를 끌었다. 개머리와 총열은 검은색이었다. 디윗의 복장 중 그것만 흰색이 아니었다.

내가 그의 손에서 잔을 건네받을 때 그가 물었다. "그러니까, 자넨 일이 필요하다고, 이지?"

"뭐, 당신이 생각하는 일이 어떤 종류냐에 따라서?"

"난 어떤 친구를 위해 누굴 찾고 있네." 그가 말했다. 그는 셔츠 주머니에서 사진 한 장을 꺼내 책상 위에 놓았다. 젊고 예쁜 백인 여자의, 머리에서 어깨까지 나온 사진이었다. 원래는 흑백이었지만 나이트클럽들 입구에 내걸린 재즈 가수들의 사진처럼 색을 입힌 사진이었다. 드러난 가슴 위로 옅은 색 머리칼이 내려와 있었고, 두드러진 광대뼈에, 사진사가 제대로 작업했다면 눈은 푸른색일 터였다. 그녀를 한참 바라본 후, 그녀가 나에게 이렇게 미소를 지어 준다면 그녀를 찾을 가치가 있으리라고 결정 내렸다.

"대프니 모네." 올브라이트 씨가 말했다. "보기엔 나쁘지 않지만 찾기는 더럽게 어렵지."

"난 여전히 모르겠습니다. 이 일이 왜 나에게 왔는지." 내가 말했다. "난 이 여잘 본 적도 없습니다."

"그건 유감이군, 이지." 그가 나에게 미소를 짓고 있었다. "그래도 난 자네가 날 도울 수 있을지도 모른다고 생각하네."

"당신을 어떻게 도울 수 있을지 모르겠는데요. 이런 여자와 난 사는 세계가 아주 달라서요. 당신이 할 일은 경찰에 전화하는 겁니다."

"난 절대 친구가 아닌 사람에겐 전화하지 않네. 적어도 친구의 친구가 아닌 사람에겐."

"그럼……,"

"이보게, 이지," 그가 내 말을 잘랐다. "대프니는 흑인들과의 교류를 아주 좋아해. 그녀는 재즈와 돼지 족발과 다크 미트dark meat 닭, 칠면조, 오리 등 요리하면 검어지는 고기. 흑인 섹스 파트너를 뜻하기도 한다를 좋아하지. 자네가 내 말이 무슨 뜻인지 안다면."

나는 알았지만 그 말을 듣고 싶지 않았다. "그러니까 당신은 그녀가 와츠 주변에 있을지도 모른다는 겁니까?"

"의심의 여지가 없지. 하지만 자네도 알다시피 난 설득에 적임자가 아니라 그녀를 찾으러 그곳에 갈 수가 없네. 조피는 자기가 아는 걸 내게 모두 말해 줄 만큼 날 아주 오래 알아 왔지. 난 이미 그에게 물었고, 그가 할 수 있는 대답은 자네의 이름을 알려 주는 것뿐이었네."

"그래서 당신이 그녀에게 원하는 게 뭡니까?"

"사과하고 싶어 하는 친구가 있네, 이지. 그는 성미가 급한데, 그게 그녀가 그를 떠난 이유지."

"그래서 그가 그녀가 돌아오길 원한다고요?"

올브라이트 씨가 미소를 지었다.

"내가 무슨 도움이 될지 모르겠습니다, 올브라이트 씨. 조피 말대로 나는 이틀 전에 일자리를 잃어서 대출금 납부 기한 전에 다른 일을 구하지 않으면 안 됩니다."

"일주일 일하는 대가로 백 달러일세, 미스터 롤린스. 게다가 난 선불로 주지. 내일 그녀를 찾는다 해도 그 돈은 전부 자네 주머니에 들어 있을 거야."

"모르겠군요, 올브라이트 씨. 그러니까, 불법적인 일과 엮일지 어떻게 알죠? 당신이……,"

그가 굵은 손가락을 입술에 대더니 말했다. "이지, 사람은 말이야, 아침에 집 문밖으로 걸어 나가면 어떤 일에든 엮이네. 자네가 진짜 걱정할 유일한 건 자네가 좋은 일에 엮이는지 아닌지일세."

"내 말은 불법적인 것과 엮이고 싶지 않다는 겁니다."

"내가 내 일에 자넬 원한 이유가 그거야. 난 경찰을 좋아하지 않아. 젠장! 경찰은 법을 집행하지만 법이 어떤지 알지 않나?"

나는 그 주제에 관한 내 생각이 있었지만 잠자코 있었다.

"법은," 그가 계속했다. "가난한 사람들이 출세할 수 없도록 부자들이 만든 걸세. 자넨 그 법과 엮이고 싶지 않고, 나도 마찬가지야."

그는 벼룩이라도 찾는 것처럼 들어 올린 잔을 검사하더니 다시 책상에 내려놓고 양손으로 감쌌다.

"난 어떤 여자만 찾으라는 걸세." 그가 말했다. "그리고 그녀가 어디 있는지 내게 말하면 돼. 그게 다야. 그녀가 어디 있는지 찾기만 해서 내 귀에 속삭이면 되는 거야. 그게 다라고. 여자를 찾으면 보너스로 대출금을 내 주겠네. 그리고 내 친구가 자네에게 일거리를 줄 거야. 어쩌면 그가 자넬 챔피언 항공사로 되돌려 놓을 수도 있겠지."

"그 여잘 찾길 원하는 사람이 누굽니까?"

"이름은 몰라도 돼, 이지. 그러는 게 더 나아."

"그 여자가 사라지기 전, 그 여자 주위에서 마지막으로 눈에 띈 사람이 나였다는 것 같은, 똥 같은 일로 경찰이 나를 찾아오는 게 싫을 뿐입니다."

내가 웃긴 농담이라도 했다는 듯 백인 남자가 웃음을 터뜨리며 머리를 저었다.

"매일 사건들이 일어나, 이지." 그가 말했다. "매일 사건들이 일어난다고. 자넨 교육받은 사람 아닌가?"

"네, 그래요."

"그럼 신문을 읽겠지. 오늘 읽었나?"

"네."

"세 건의 살인! 세 건이야! 지난밤에만. 매일 사건들이 일어나지. 살해된 사람들은 살기 위해 아등바등 살아왔고, 은행에 약간의 저축이 있는지도 모르지. 그들은 이번 주말에 뭘 할지 모든 게

획을 세워 뒀겠지만 그렇다고 죽는 건 막지 못했어. 때가 됐을 때 그 계획들이 그들을 구하진 못했네. 사람들은 살기 위해 아등바등하면서도 약간은 무심해. 잊어버린 거야. 유일하게 명심해야 할 건, 갖고 싶은 건 결코 손에 넣을 수 없다는 걸."

그가 의자에 다시 앉으며 미소를 떠올린 방식이 내게 다시 마우스를 상기시켰다. 나는 마우스가 늘 어떻게 미소를 떠올렸는지 생각했다. 특히 누군가에게 불행이 닥쳤을 때.

"자넨 그 여잘 찾은 다음 내게 말만 하면 돼. 그게 다야. 난 여자를 다치게 하지 않을 거고, 내 친구도 그럴 걸세. 자넨 걱정할 게 없어."

책상 서랍에서 꺼낸 흰 지갑에서 그는 지폐 뭉치를 꺼냈다. 네모난 엄지손가락에 침을 묻혀 그중 열을 세더니 센 돈을 위스키 옆에 정갈하게 쌓았다.

"백 달러야." 그가 말했다.

나는 그게 왜 내 1백 달러가 되지 않으면 안 될지 알지 못했다.

집도 없이 가난하게 살 때 내 관심사는 온통 밤을 지새울 곳과 먹을 음식이었다. 그것을 위해서는 정말로 많은 것이 필요하지는 않다. 한 친구는 늘 내게 밥을 사 주었고, 자신들과 같이 잘 수 있게 해 준 여자들도 많았다. 하지만 융자를 얻었을 때 나는 단지 우정 이상의 것이 필요하다는 것을 알았다. 올브라이트 씨는 친구가 아니었지만 그는 내가 필요한 것을 갖고 있었다.

그는 좋은 집주인이기도 했다. 술은 훌륭했고, 그는 충분히 상낭했다. 그는 내게 고향 텍사스에서라면 '허풍'이라고 불릴 만한 이야기 몇 가지를 해 주었다.

그중 한 가지는 그가 조지아에서 변호사였을 때의 이야기였다.

"난 은행가의 집을 불태운 죄로 기소된 한 농부를 변호하고 있었지." 디윗이 내 머리 뒤 벽을 물끄러미 보며 말했다. "은행가는 지불이 체납된 순간 그 농부에게서 소유권을 빼앗았네. 그는 농부에게 기한을 연장할 기회도 주지 않았지. 그 농부에게 죄가 있다면 그 은행가 역시 유죄였지."

"그래서 당신은 그 농부를 무죄로 이끌었습니까?"

디윗이 나를 보며 미소를 지었다. "그래. 검사에겐 그 농부 리언을 유죄로 하기에 충분한 논거가 있었어. 그래, 그 대단한 랜돌프 코리는 내 의뢰인이 방화했다는 빼도 박도 못할 증거를 갖고 있었지. 하지만 난 랜디의 집을 찾아가 그와 테이블에 마주 앉은 다음 여기 이 권총을 꺼냈지. 내가 한 일이라곤 그즈음 날씨에 관해 얘기한 것뿐이었고, 그 얘길 하는 동안 난 내 총을 청소했네."

"그 의뢰인의 무죄 방면이 당신에게 그렇게 큰 의미가 있었습니까?"

"젠장. 리언은 쓰레기였어. 하지만 랜디는 몇 년간 꽤 승률이 높았고, 난 그가 질 때가 됐다는 걸 염두에 두고 있었네." 올브라이트가 어깨를 폈다. "법에 관한 한 균형 감각이 있어야 하네, 이지. 어떻게 만사에 좋은 결과만이 있겠나."

술을 몇 모금 마신 뒤 나는 전쟁에 관한 이야기를 시작했다. 남자들의, 반은 진실이고 반은 웃자고 하는 흔한 이야기였다. 한 시간쯤 이어진 이야기 뒤에 그가 나에게 물었다. "자네 손으로 사람을 죽여 봤나, 이지?"

"네?"

"백병전에서 사람을 죽여 봤나?"

"왜요?"

"특별한 이유는 없어. 자네가 어떤 전투를 경험했는지 알아서일 뿐일세."

"몇 명쯤은."

"가까이에서 사람을 죽여 본 적 있나? 상대방이 눈의 초점을 잃고 죽어 가는 걸 볼 수 있을 만큼 가까이에서? 사람을 죽일 때 그자가 똥오줌을 싸는 게 최악이지. 자네들은 전쟁에서 그렇게 했을 테지만 지독한 경험이었을 게 분명해. 엄마에 대한 꿈이나 좋은 꿈은 꾸지 못했겠지. 하지만 자넨 그게 어쩔 수 없이 해야 하는 전쟁이라는 걸 알았기 때문에 살아남은 걸세."

그의 연푸른 눈이 눈을 크게 뜬 채 죽은 독일군 시체들을 떠오르게 했다. 나는 베를린 길가에 쌓여 있던 그 시체들을 보았다.

"하지만 자네가 기억해야 할 게 한 가지 있네, 이지." 그가 테이블 저편에서 내게 건넬 돈을 집어 들며 말했다. "우리 중 몇몇은 버번 한 잔 마시는 수고 이상을 들이지 않고도 사람을 죽일 수 있다는 거 말일세." 그가 잔을 내려놓고 미소를 지었다.

이내 그가 말했다. "조피는 자네가 팔십구 번가와 센트럴 애비뉴 교차로에 있는 불법 클럽에 자주 다녔다고 하더군. 누가 얼마 전에 바로 그 바에서 대프니를 봤다는군. 사람들이 그곳을 뭐라고 부르는진 모르지만 주말엔 거물들이 오고, 그곳을 운영하는 남자를 존이라고 부른다던데. 자넨 오늘 밤 거기서 시작할 수 있겠군."

그가 게슴츠레한 눈으로 나를 보는 것으로 보아 나는 우리의 파티가 끝났다는 것을 알았다. 나는 할 말이 생각나지 않아 고개를 끄덕이고 주머니에 돈을 넣은 다음 가려고 몸을 일으켰다.

작별 인사를 하려고 몸을 돌렸지만 잔을 채운 디윗 올브라이트는 먼 벽 쪽으로 시선을 돌렸다. 그는 더러운 지하실에서 멀리 떨어진 어딘가를 응시하고 있었다.

4

존의 술집은 금주법이 폐지되기 전부터 무허가 술집이었다. 하지만 1948년인 지금 L. A. 도처에는 합법적인 바가 널려 있었다. 그러나 존은 주류 밀매 사업을 좋아했고, 그는 법과 관련된 문제가 많아 시 당국은 그에게 술 판매는커녕 운전면허증도 내주지 않을 정도였다. 그래서 존은 경찰에게 계속 뇌물을 먹이고 센트럴 애비뉴와 89번가 모퉁이에 있는 작은 가게의 뒷문을 통해 들어가는 불법 나이트클럽을 운영하고 있었다. 새벽 3시까지는 그 가게에 들어가 캔디 카운터 너머에 앉아 있는 해티 파슨스를 찾을 수 있었다. 물건들이 많지 않았고, 신선한 식료품이나 유제품도 없었지만 그녀는 거기에 있는 것을 팔 터였다. 만약 적절한 말을 알거나 단골이라면 그녀는 뒷문을 통해 클럽 안으로 들어가게 해 줄 것이었다. 그러나 만약 자신의 명성이나 옷차림 혹은 어쩌면 은행 잔고 때문에 그 안에 들어갈 수 있다고 생각했다면, 글쎄, 해티는 앞치마 주머니에 면도칼을 넣어 두었고, 그녀의 조카 주니어 포네이가 문 바로 옆에 앉아 있었다.

그 가게로 통하는 문을 밀고 들어갔을 때 그날 세 번째로 백인과 마주쳤다. 밀짚색 머리에 비싼 검푸른 색 양복을 입은 내 키만 한 사람이었다. 옷차림이 흐트러져 있었고, 진 냄새를 풍겼다.

"어이, 흑인 형제." 그가 내게 손짓하며 말했다. 그가 나를 향해 곧장 다가와서 그와 부딪히고 싶지 않은 이상 가게 밖으로 물러나야 했다.

"쉽게 이십 달러를 버는 거 어떤가?" 문이 그의 뒤에서 닫혔을 때 그가 말했다.

백인들이 그날 내게 돈을 뿌리고 있었다.

"어떻게?" 내가 술 취한 사람에게 물었다.

"저기 들어가서 누굴…… 찾아야 하는데 말이야. 저기 있는 여자가 날 들여보내 주지 않는군." 그는 불안정하게 서 있었고, 나는 그가 쓰러질까 봐 불안했다. "저들에게 내가 좋은 사람이라고 말해 주게."

"미안하지만 안 되겠는데." 내가 말했다.

"왜?"

"일단 저들이 안 된다고 하면 안 되는 거라." 나는 그를 피해 다시 문으로 들어가려 했다. 그가 힘겹게 몸을 돌려 내 팔을 잡았지만 다시 몸이 돌아가며 벽에 등을 대고 주저앉고 말았다. 그가 뭔가를 속삭일 수 있도록 내가 허리를 숙이길 바라듯 그가 손을 내밀었지만 나는 그가 주는 어떤 것도 내 삶에 도움이 될 거라는 생각이 들지 않았다.

"헤이, 해티," 내가 말했다. "가게 문가에 당신 하숙생이 있는 것 같던데요."

"술 취한 백인?"

"네."

"이따 주니어를 내보낼게. 그자가 계속 거기 있다면 녀석이 치울 수 있을 거야."

머릿속에서 그 주정뱅이를 떨쳐 버리고 내가 물었다. "오늘 밤은 누가 나와요?"

"자네 고향 사람들. 립스와 그의 트리오. 하지만 지난 화요일엔 홀리데이였어."

"정말요?"

"불쑥 들러서 말이야." 해티가 납작한 회색 조약돌 같은 이를 드러내며 미소를 지었다. "잘 모르지만 자정쯤. 하지만 그날 밤 문을 닫기 전엔 열광한 사람들과 노래를 부르고 있었지."

"오 젠장! 내가 그걸 놓쳤군." 내가 말했다.

"칠십오 센트야, 자기."

"뭣 땜에요?"

"존이 봉사료를 받기로 했어. 경비가 불어난 데다 쓰레기들을 쫓아내려고."

그녀가 몸을 기울여 물기 어린 갈색 눈을 내게 보였다. 해티는 혈색이 밝은 모래색으로 보일 정도로 안 좋았고, 나는 그녀가 예순 평생에 45킬로그램을 넘은 적이 있는지 궁금했다.

"하워드에 대해 들었어?" 그녀가 물었다.

"무슨 하워드요?"

"하워드 그린. 그 운전수."

"아니요. 들은 적 없어요. 지난 크리스마스 이후로 하워드 그린을 본 적 없어요."

"더 이상 그를 볼 수 없을 거야. 이 세상에선."

"무슨 일 있었어요?"

"그는 레이디 데이Lady Day 빌리 홀리데이의 애칭가 여기 온 날 밤 새벽 세 시쯤 걸어 나갔다가 꽥!" 그녀가 뼈만 남은 앙상한 주먹을 다른 손바닥에 내리쳤다.

"그래요?"

"그는 얼굴도 남지 않았어. 내가 말했지. 홀리데이가 왔는데 가는 건 바보나 하는 짓이라고. 하지만 개의치 않더군. 해야 할 일이 있다면서. 흠! 가지 않는 게 좋을 거라고 했는데도."

"살해됐어요?"

"나가자마자 그의 차 바로 옆에서. 하도 심하게 맞아서 그의 아내 에스터의 말에 따르면 시체의 신원을 확인할 방법이 그가 낀 반지뿐이었다는군. 쇠 파이프로 맞은 모양이야. 하워드는 알면 안 되는 남의 일에 머리를 디민 거야."

"하워드는 거칠게 노는 걸 좋아했죠." 나는 동의했다. 나는 그녀에게 75센트를 건넸다.

"들어가, 자기." 그녀가 미소 지었다.

문을 열자마자 립스의 강력한 알토호른 소리가 따귀를 때렸다. 나는 휴스턴에서 소년이었을 때부터 립스와 윌리와 플랫톱의 연주를 들었다. 그들 셋과 존 그리고 이 안에서 북적거리는 사람 반은 전후 휴스턴에서 이주했고, 몇몇은 그 전에 이주해 왔다. 남부 검둥이에게 캘리포니아는 천국 같았다. 캘리포니아에 가면 나무에서 열매를 따 먹을 수도 있고 일자리도 충분해 언젠가 편한 은퇴 생활을 할 수 있다는 말을 듣곤 했다. 그 이야기들은 대부분 사실이었지만 진실은 꿈같지 않았다. 로스앤젤레스에서의 삶은 여전히 힘들었고, 매일 일한다 해도 여전히 삶은 바닥이었다.

하지만 바닥 삶도 그렇게 나쁘게 느껴지지 않을 때가 있었다. 이따금 존의 클럽에 올 수 있다면, 캘리포니아를 꿈꾸었던 고향 텍사스 시절을 상기할 때면. 존네 바에 앉아서 존의 스카치를 마시면 한동안은 전에 꾸었던 꿈들을 기억할 수 있었고, 그 꿈들을 진짜 이룬 것처럼 느꼈다.

"어이, 이지." 굵은 목소리가 문 뒤에서부터 나를 향해 딱딱거렸다.

주니어 포네이였다. 그는 고향에서부터 알고 지낸 사내였다. 하루 종일 목화를 딴 뒤 다시 들판으로 나갈 때까지 파티를 즐길 수 있을 만큼 크고 건장한 농장 일꾼. 우리 둘은 어렸을 때 말다툼을 한 적 있었고, 그때 마우스가 끼어들어 도와주지 않았다면 나는 아마 죽었으리라는 생각을 떨칠 수 없었다.

"주니어," 내가 소리쳤다. "잘 지내?"

"대단치는 않지만 아직 여기 있어." 그는 스툴에서 몸을 젖혀 벽에 등을 기댔다. 그는 아마 나보다 다섯 살 많은 서른셋이었고, 불룩 나온 배는 청바지에 걸려 있었지만 예전에 나를 바닥에 눕혔을 때만큼이나 여전히 힘이 있어 보였다.

주니어의 입술 사이에 담배가 걸려 있었다. 그가 피우고 있는 것은 악취 나는 싸구려 멕시코 담배 사파타스였다. 그가 그것을 바닥에 던졌기에 그걸 다 피웠겠거니 했다. 오크 바닥에 떨어진 담배가 연기를 피우며 나무에 검은 자국을 남기며 타고 있었다. 주니어가 앉은 의자 주위의 바닥에는 여남은 개의 탄 자국이 있었다. 그는 어떤 것에도 무관심한 성질 고약한 녀석이었다.

"요즘 보이지 않던데, 이지. 어디 있었어?"

"챔피언 항공사를 위해서 밤낮으로 일하고 일했는데, 그들이 날 잘랐어."

"해고됐다고?" 그의 입가에 미소가 살짝 어렸다.

"좆됐지."

"젠장. 안됐군. 회사가 정리 해고에 들어간 거야?"

"아니. 할당된 일만 해서는 보스의 성에 안 찬다는 얘기야. 그 자식 엉덩이를 갈겨 줄 필요도 있어."

"그렇고말고."

"지난 월요일 교대를 마치고 똑바로 걸을 수도 없을 만큼 피곤했는데……,"

"으흠." 주니어가 이야기를 계속하도록 맞장구를 쳤다.

"……보스가 오더니 내가 한 시간 더 해야 한다고 말하더군. 그래서 난 미안하지만 데이트가 있다고 했지. 그리고 난 데이트 했어. 내 침대랑."

주니어는 아주 재미있어했다.

"그러자 그가 뻔뻔스럽게 나 같은 사람들도 출세하려면 잔업을 좀 더 해야 한다는 걸 알아 둬야 한다더군."

"그 자식이 그랬다고?"

"그래." 나는 분노의 열기가 되살아나는 것을 느꼈다.

"그 자식은 어떤 놈이야?"

"이탈리아계인데, 부모님이 이민자인 것 같아."

"젠장! 그래서 넌 뭐랬어?"

"이탈리아가 제대로 된 나라가 되기 전부터 나 같은 사람들이 잔업을 해 왔다고. 너도 알다시피 이탈리아가 공화국이 된 지는 그리 오래되지 않았으니까."

"그래." 주니어가 말했다. 하지만 내가 하는 말을 그가 모른다는 것을 알 수 있었다. "그래서 어떻게 됐는데?"

"나더러 집에 가라더군. 안 와도 된다면서. 군말 없이 일할 사람이 필요하다고. 그래서 나왔지."

"이런!" 주니어가 머리를 저었다. "놈들은 매번 그래."

"맞아. 맥주 마실래, 주니어?"

"그래." 그가 얼굴을 찌푸렸다. "근데 일자리도 없으면서 그걸 살 수 있냐?"

"맥주 두 잔 정도야 언제나 살 수 있지."

"그렇다면 나야 그걸 늘 마실 수 있지."

나는 바로 가서 에일 두 잔을 주문했다. 휴스턴 출신의 절반이 여기에 있는 것 같았다. 테이블 대부분에 대여섯 명씩 앉아 있었다. 사람들은 소리치고 떠들고 키스하고 웃었다. 하루의 고된 일과를 마친 후 존의 나이트클럽은 좋은 곳이었다. 아주 합법적이지는 않았지만 어떤 문제도 없었다. 흑인 음악의 거장들은 이곳에 왔다. 옛날에 존이 자신들에게 일거리를 주고, 보수를 아끼지 않았다는 것을 알았기에. 2백 명이 넘는 단골이 존의 클럽에 자주 드나들었고, 우리는 모두 서로를 알았다. 따라서 이곳은 좋은 시간을 보내는 만큼 비즈니스를 하기에도 좋은 곳이었다.

검은 실크 셔츠에 30센티쯤은 되게 치켜올린 올백 머리를 한 앨폰소 젱키스가 있었다. 조카모 조해너스도 있었다. 그는 모직 갈색 양복에 연청색 구두를 신고 있었다. 깡마른 리타 쿡은 그녀의 테이블 주위에 모여든 다섯 남자와 함께 있었다. 나는 어떻게 저렇게 못생기고 깡마른 여자가 그토록 많은 남자의 마음을 끄는지 결코 이해할 수 없었다. 전에 그녀에게 어떻게 그럴 수 있는지 물은 적이 있었는데, 그녀는 짜증스러운 새된 목소리로 말했다. "음, 이지, 여자의 외모를 보는 남자는 세상에서 절반뿐이야. 자기 같은 흑인 남자들 대부분은 격하게 사랑해 줄 여자를 찾아. 하루를 견딘다는 게 얼마나 힘든지를 잊어버리게 해 줄 여자를."

나는 바에 프랭크 그린이 있는 것을 알아차렸다. 우리는 그를

'칼손'이라고 불렀는데, 늘 손에 칼을 쥐고 있는 것처럼 칼을 꺼내는 속도가 너무 빨랐기 때문이었다. 그는 폭력배였기에 나는 늘 그에게서 떨어져 있었다. 그는 캘리포니아 전역에서 술과 담배를 실은 수송 트럭을 강탈했다. 네바다에서도. 그는 모든 것에 심각했고, 만나는 어떤 사람이든 벨 준비가 되어 있었다.

프랭크가 온통 검은색 차림이라는 것도 내 이목을 끌었다. 프랭크의 직업에 비추어 볼 때 그것은 그가 일을 나갈 작정이라는 것을 뜻했다. 최소한 강탈에.

클럽 안은 너무 붐벼서 춤을 출 공간이 거의 없었지만 여남은 커플이 테이블들 사이에서 레슬링하듯 춤추고 있었다.

나는 입구로 에일 두 잔을 가져가 하나를 주니어에게 건넸다. 성질 나쁜 농장 일꾼을 행복하게 하는, 내가 아는 몇 가지 방법 가운데 하나가 에일을 좀 먹이고 과장된 이야기를 좀 하게 하는 것이었다. 그래서 나는 주니어가 지난 일주일 동안 존의 클럽에서 있었던 이상한 사건들에 관해 말하는 동안 자리에 앉아 에일을 홀짝였다. 그가 또 하워드 그린에 관한 이야기를 해 주었다. 그 이야기를 하면서 그는 그린이 고용주들을 위해 불법적인 일을 좀 하고 있었다고 덧붙였고, 주니어는 '그를 죽인 게 백인들'이라고 생각했다.

주니어는 터무니없는 이야기를 지어내길 좋아했는데, 나는 그 사실을 알았지만 이야기에 너무 많은 백인이 등장하자 흘려들을 수 없었다.

"그가 누굴 위해 일했는데?" 내가 물었다.

"시장 선거에서 물러난 자식 알아?"

"매슈 테란?"

테란은 시장 선거에서 이길 좋은 기회가 있었지만 선거 몇 주 전에 물러났다. 이유는 아무도 몰랐다.

"그래, 그 자식. 정치가들은 죄다 도둑놈들뿐이야. 루이지애나에서 처음 휴이 롱이 뽑혔을 때를 내가 왜 기억하냐면……,"

"립스는 얼마나 여기 있는 거야?" 그의 말을 끊으려고 내가 물었다.

"일주일쯤." 주니어는 내가 말을 끊어도 개의치 않았다. "저 친구들이 옛 기억을 되살려 주는군그래. 젠장, 그들은 마우스가 네 엉덩이에서 날 끄집어낸 날 밤에도 연주하고 있었어."

"맞아." 내가 말했다. 이상하게 몸을 틀기라도 하면 여전히 주니어의 발이 내 콩팥을 파고들었던 때의 감각이 되살아났다.

"난 그걸 그 녀석에게 고마워했어야 해. 알겠지만 난 너무 취한 데다 너무 정신이 나가서 널 죽일 뻔했지, 이지. 그랬다면 난 아직도 사슬에 묶인 죄수겠지."

그는 내게 미소를 지었는데, 그와 함께 있는 동안 그가 내게 보인 첫 진짜 미소였다. 주니어는 윗니와 아랫니 하나씩이 없었다.

"마우스는 어떻게 됐어?" 그가 거의 애석해하며 물었다.

"몰라. 수년간 그에 관해 생각한 게 오늘이 처음이야."

"그는 아직 휴스턴에 있지?"

"마지막으로 들은 게 에타메이와 결혼했다는 거였어."

"마지막으로 봤을 때 뭐 하고 있었는데?"

"너무 오래돼서 기억도 안 나." 나는 거짓말했다.

주니어가 씩 웃었다. "난 그 자식이 조 T.를 죽였을 때를 기억해. 그 포주 알지? 내 말은 조가 온갖 데서 피를 흘리고 있었고, 마우스는 담청색 양복을 입고 있었다는 거야. 구김살도 하나 없는 양복을! 경찰이 왜 마우스를 체포하지 않았는지 알잖아. 너무 깔끔해서 그들은 그가 그랬으리라고는 생각도 못 한 거지."

나는 레이먼드 알렉산더를 마지막으로 보았을 때를 기억하고 있었고, 그것은 나를 웃게 할 만한 기억이 아니었다.

휴스턴 피프스 워드에 있는 머틀네 술집 밖에서 우리가 우연히 마주쳤을 때인 4년 전 이래 나는 마우스를 본 적이 없었다. 그는 자주색 양복을 입고 갈색 펠트 중산모를 쓰고 있었다. 나는 아직 녹색 군복 차림이었다.

"잘 지냈냐, 이지?" 그가 날 올려다보며 물었다. 마우스는 키가 작고 쥐처럼 생긴 사내였다.

"그냥 그래." 내가 대꾸했다. "넌 똑같아 보이는데."

마우스가 나에게 금테를 두른 이를 빛냈다. "그렇게 나쁘지 않아. 나도 지금은 꽤 얌전해졌어."

우리는 마주 보고 미소 지으며 등을 두들겼다. 마우스가 머틀 술집에서 내게 술을 샀고, 내가 그에게 다음 잔을 샀다. 머틀이 술집 문을 닫고 자러 갈 때까지 우리는 그렇게 권커니 잣거니 마셨다. 그녀가 말했다. "당신들이 마신 술값은 카운터 아래 둬요. 문은 잠그고 나가고요."

"내 의붓아버지 일 기억나냐, 이지?" 우리만 남았을 때 마우스가 물었다.

"응." 나는 작은 목소리로 말했다. 이른 아침이었고, 술집은 비어 있었지만 나는 여전히 실내를 둘러보았다. 살인은 절대 큰 소리로 논해서는 안 되었지만 마우스는 그것을 몰랐다. 그는 5년 전에 계부를 죽였고, 그 책임을 다른 사람에게 돌렸다. 하지만 법이 진짜 정황을 밝혀낸다면 그는 일주일 내로 교수형을 당할 것이었다.

"그의 친아들 나브로쳇이 작년에 날 찾으러 왔어. 그는 그 꼬마 클리프턴이 그랬다고 생각하지 않던데. 법이 그 녀석이 그랬다고 하더라도." 마우스는 술을 따르자마자 마셨다. 그리고 또 한 잔을 따랐다. "전쟁 중에 백인 여자 따먹어 봤냐?" 그가 물었다.

"보이는 여자라곤 백인들뿐이었어. 그게 어쨌다는 거야?"

마우스가 씩 웃더니 등을 기대고 앉아 사타구니를 문질렀다. "젠장!" 그가 말했다. "몇 번의 무차별 사격을 무릅쓸 가치가 있었겠는데, 응?" 그리고 그는 전쟁 전 우리가 파트너였을 때인 예전처럼 내 무릎을 찰싹 쳤다.

우리는 화제가 나브로쳇으로 돌아가기 전 한 시간 동안 술을 마셨다. 마우스가 말했다. "녀석은 여기에 왔어. 이 바에. 굽이 높은 부츠를 신고 나한테 다가왔지. 녀석의 얼굴을 보는 데 고개를 쳐들지 않으면 안 됐어. 부츠뿐만 아니라 양복도 멋진 걸 입고 있어서 녀석이 들어왔을 때 난 지퍼를 내렸지. 녀석이 얘기 좀 하자더군. 밖으로 나가서. 그래서 나갔어. 날 바보 같다고 할지도 모르겠지만 나갔어. 그런데 밖으로 나간 순간 녀석이 몸을 돌리더니 총을 꺼내 내 머리를 겨누더군. 상상이 가냐? 그래서 난 겁을 먹은 것처럼 연극했지. 그러더니 나브로는 널 찾을 수 있는 곳을 알고 싶어 했어…….”

“나를!” 내가 말했다.

“그래, 이지! 녀석은 네가 나와 한패라는 걸 알고 너도 죽일 작정이었어. 근데 배 속이 출렁거리는 거야. 알겠지만 맥주를 많이 마셨으니까. 난 겁먹은 척을 했고, 나브로는 내가 떨고 있다고 생각했나 보더군…… 그때 난 거시기를 꺼내 오줌을 갈겼지. 헤헤. 녀석의 부츠를 온통 적셨어. 나바로첫이 일 미터는 펄쩍 뛰더군.” 입술에서 환한 미소가 사라지더니 그가 말했다. “난 녀석이 바닥에 쓰러지기 전에 놈에게 네 방 쐈어. 놈의 개 같은 아비에게 먹인 것과 똑같은 네 방을.”

나는 전쟁 중에 많은 죽음을 봐 왔지만 나바로첫의 죽음이 더 현실적이고 더 끔찍해 보였다. 그것은 지나쳐 보였다. 예전 텍사스에서는, 휴스턴의 피프스 워드에서는 기껏해야 10센트짜리 도박을 하면서도 사람을 죽였다. 경솔한 말만 해도. 그리고 늘 사악한 자가 좋은 사람들이나 어리석은 사람들을 죽였다. 만약 누군가가 그 술집에서 죽어야 했다면 그것은 마우스여야 했다. 정의라는 게 있다면 그 정의의 심판을 받을 사람은 마우스였다.

“하지만 나도 가슴에 한 발 맞긴 했어, 이지.” 마우스가 마치 내 마음을 읽은 것처럼 말했다. “난 팔다리에 아무 감각 없이 벽에 기대 있었어. 모든 게 흐릿해졌고, 어떤 목소리가 들리더니 내

위로 흰 얼굴이 보였지." 그의 말은 거의 기도처럼 들렸다. "그리고 그 흰 얼굴이 그가 죽었으니 두려워하지 말라더군. 그래서 내가 그에게 뭐랬게?"

"뭐랬는데?" 나는 그렇게 물었고, 그 순간 나는 영원히 텍사스를 떠나기로 결심했다.

"어떤 남자가 내 일생을 망칠지 몰라서 그 남자를 지옥으로 보내 줬다고 했지. 그리고 이렇게 말했어. 그 남자의 아들도 아버지를 따르게 해 줬다고. 나한텐 사탄이 붙어 있어서 네 엉덩이도 때려 줄 거라고."

마우스는 조용히 웃음 짓고 바에 머리를 대더니 잠이 들었다. 나는 죽은 자를 깨울까 봐 두려워하듯 조용히 지갑을 꺼내 20달러를 남겨 두고 호텔로 갔다. 나는 해가 뜨기 전에 로스앤젤레스행 버스에 올랐다.

그 이후로 한평생이 지난 것 같았다. 오늘 밤 나는 토지 소유주였고, 대출금을 위해 일하는 중이었다.

"주니어," 내가 말했다. "최근에 여기에 백인 여자들이 많이 왔었어?"

"왜? 누굴 찾기라도 하는 거야?" 주니어가 자연스럽게 의심을 품었다.

"뭐…… 비슷해."

"여자를 찾으러 온 거구나! 언제 찾을 작정인데?"

"그러니까, 음, 그 여자에 대해 들었어. 음…… 델리아라든가 달리아라든가 뭐라든가. 'D'로 시작한다는 건 알아. 어쨌든 그녀는 금발에 푸른 눈이고, 볼 가치가 있다고 들었어."

"기억난다고 할 순 없는데, 친구. 주말에 백인 여자들이 좀 오지만 절대 혼자 오진 않아. 게다가 남자가 데려온 여자를 쫓아다녔다간 여기서 잘려."

나는 주니어가 거짓말을 하고 있다는 생각이 들었다. 그는 내 질문의 대답을 알고 있더라도 침묵을 지킬 터였다. 주니어는 자신보다 낫다고 생각하는 사람은 누구든 싫어했다.

"그래, 뭐, 그녀가 오면 보게 되겠지." 나는 클럽 안을 둘러보았다. "저기 밴드 옆에 의자가 있네. 거기 앉아야겠어."

그의 곁을 떠났을 때 나는 뒤통수에 주니어의 시선을 느꼈지만 개의치 않았다. 그는 나를 돕지 않을 터였고, 나는 그에게 관심이 없었다.

5

내 친구 오델 존스 옆의 빈 의자가 보였다.

오델은 조용한 남자였고, 신앙심이 깊은 남자였다. 머리 모양과 색깔이 빨간 피칸아메리카산 견과류의 일종 같았다. 신을 경외하는 사내일지라도 그는 일주일에 서너 번 존의 클럽을 방문해 누군가 말을 걸지 않는 한 말 한마디 없이 맥주 한 병을 품고 자정까지 거기에 앉아 있었다.

오델은 플레전트가에 있는 학교에서 수위로 일하는 동안 흥분을 유지할 수 있도록 모든 흥분을 빨아들이고 있었다. 오델은 늘 낡은 회색 트위드 재킷에 올이 다 드러난 갈색 모직 바지를 입고 있었다.

"안녕, 오델." 나는 그에게 인사했다.

"이지."

"오늘 밤 기분은 어때요?"

"음," 그가 천천히 생각하며 말했다. "괜찮아. 더할 나위 없이 좋아."

나는 웃음을 터뜨리고 오델의 어깨를 쳤다. 그는 너무 가냘파서 그 힘에 옆으로 밀쳐졌지만 미소를 지을 뿐 고쳐 앉았다. 오델은 내 대부분의 친구보다 스무 살 이상쯤 나이가 많았다. 나는 그가 쉰이 다 되었다고 생각했다. 지금까지 그는 두 아내와 네 아이 중 셋보다 오래 살고 있었다.

"오늘 밤은 어때 보여요, 오델?"

"두 시간 전쯤," 그가 왼쪽 귀를 긁으며 말했다. "팻Fat 윌마 존슨이 투펠로와 함께 나와서 한바탕 춤을 췄어. 마음껏 뛰어올라 기세 좋게 떨어져 이 클럽 전체가 다 흔들렸다니까."

"그게 윌마가 좋아하는 춤이죠." 내가 말했다.

"그녀는 어떻게 그렇게 열심히 일하고 열심히 놀면서 그 무게를 유지하는지 모르겠어."

"아마 먹는 것도 열심이겠죠."

오델은 그 말을 재미있어했다.

나는 주위를 돌면서 인사하는 동안 내 자리를 맡아 달라고 그에게 부탁했다.

주위를 돌며 악수하면서 델리아인지 달리아인지 뭔지라는 백인 여자를 본 적 있는지 물었다. 만약 올브라이트 씨 말과 달리 문제가 있는 것으로 드러난다면 아무도 나를 그녀와 연결하지 않길 원했기에 나는 그녀의 진짜 이름을 밝히지 않았다. 하지만 그녀를 본 사람은 아무도 없었다. 프랭크 그린에게까지 물을 생각으로 바로 향했지만 그의 모습은 보이지 않았다.

내 테이블로 돌아왔을 때 오델은 여전히 거기에 앉아 미소 짓고 있었다.

"힐다 레드가 나왔어." 그가 내게 말했다.

"그래요?"

"로이드가 시간을 좀 끌려고 하니까 그녀가 그 뚱뚱한 배로 세게 밀쳐서 그가 나가떨어질 뻔했다니까." 오델이 뺨을 부풀리고 눈을 과장되게 크게 뜨면서 로이드를 흉내 냈다.

렙스조차 호른에서 고개를 들 만큼 매우 큰 외침이 들렸을 때도 우리는 웃고 있었다.

"이지!"

오델이 고개를 들었다.

"이지 롤린스, 너야?"

덩치 큰 사내가 클럽 안으로 걸어 들어왔다. 가는 세로줄 무늬가 있는 흰 양복에 카우보이모자를 쓴 덩치 큰 사내. 하얀 이를 드러내며 활짝 웃는 덩치 큰 흑인이 사람들로 붐비는 클럽 안을 가로지르자 소나기라도 내린 듯 사람들이 갈라졌고, 사람들이 이구동성으로 그에게 인사했다. 그는 사람들을 헤치고 우리의 작은 테이블로 걸어왔다.

"이지!" 그가 웃음을 터뜨렸다. "아직은 낙담하지 않은 거야?"

"아직, 듀프리."

"코레타야, 알지?"

나는 듀프리 뒤에 있는 그녀를 알아보았다. 그는 꼬마의 장난감 마차처럼 그녀를 뒤에 매달고 있었다.

"안녕, 이지." 그녀가 부드러운 목소리로 말했다.

"안녕, 코레타, 잘 지내?"

"좋아." 그녀가 낮은 목소리로 말했다. 너무 낮은 목소리로 말해서 음악과 소음을 뚫고 내가 알아들었다는 게 놀라울 정도였다. 어쩌면 나는 그녀의 말을 정말 전혀 듣지 못했는지 모르지만 그녀가 나를 보는 방식과 미소 짓는 모습으로 그녀가 뜻한 바를 정확히 이해했다. 듀프리와 코레타는 세상의 여느 커플과 달랐다. 그는 근육질에 나보다 5센티미터쯤 컸다. 아마 188센티미터. 그리고 목소리가 컸고, 덩치 큰 개만큼이나 친화적이었다. 그는 장부와 숫자에 관한 한 똑똑한 사람이었지만 술과 여자에 돈을 낭비했기 때문에 언제나 빈털터리였고, 만약 남은 게 있더라도 남의 구슬픈 신세타령을 들으면 남은 돈도 사라졌다.

하지만 코레타는 완전히 딴판이었다. 그녀는 키가 작고 동글동글했고 체리빛 갈색 피부에 주근깨가 잔뜩 나 있었고, 늘 가슴을 강조한 옷을 입었다. 눈은 푸른빛이 도는 검은색이었다. 그녀의 시선이 클럽의 한쪽에서 다른 쪽으로 거의 정처 없이 떠돌았지만 그녀를 보는 이들은 그녀가 자신을 보고 있다고 느꼈다. 그녀는 남자에게 헛된 꿈을 꾸게 하는 여자였다.

"공장의 네가 그리워, 이지." 듀프리가 말했다. "그래, 네가 있을 때와는 사정이 달라서 열심히 일할 맛이 안 난다니까. 다른 녀석들도 상태가 안 좋아."

"이제부턴 나 없이 해야겠지, 듀프리."

"으흠, 아니. 난 그렇게 살 수 없어. 베니는 네가 돌아오길 원해, 이지. 널 내보내서 미안해해."

"처음 듣는 말인데."

"그치들, 이탈리아인들을 알잖아, 이지, 그자들은 부끄러워서 미안하단 말을 할 수 없어. 그래도 그는 네가 돌아오길 바라. 난 알아."

"너와 오델과 앉아도 될까, 이지?" 코레타가 상냥하게 말했다.

"그럼, 물론이지. 그녀에게 의자를 줘, 듀프리. 여기 우리 사이로 의자를 당겨, 코레타."

나는 바텐더를 불러 버번 1쿼트와 얼음 버킷을 가져오게 했다.

"그러니까, 그가 내가 돌아오길 바란다고, 응?" 모두가 잔을 들었을 때 내가 듀프리에게 물었다.

"그래! 나한테 여태 그런 말을 했다니까. 네가 문지방을 넘어 걸어 들어오면 당장 받아들일 거라고."

"먼저 자기 엉덩이에 키스시키고 싶어 할걸." 내가 말했다. 나는 코레타의 잔이 벌써 빈 것을 알아챘다. "더 따라 줘, 코레타?"

"좀 더 마셔도 괜찮겠지, 네가 따라 준다면." 나는 그녀의 미소에 등이 간질간질했다.

듀프리가 말했다. "빌어먹을, 이지, 난 그에게 그 일에 대해 네가 유감스러워한다고 말했고, 그는 기꺼이 그 일을 잊어버리겠다고 했어."

"맞아, 난 유감스러운 사람이야. 월급이 없다면 누구나 유감스럽지."

듀프리의 웃음소리가 너무 커서 그 소리만으로 불쌍한 오델을 의자에서 나동그라지게 할 뻔했다. "맞아!" 듀프리가 고함쳤다. "금요일에 와. 그럼 분명 넌 복직하게 될 거야."

나는 그들에게도 그 여자에 관해 물었지만 소용없는 짓이었다.

정확히 자정에 오델이 가려고 자리에서 일어났다. 그는 듀프리와 나에게 작별 인사를 하고 코레타의 손에 키스했다. 그녀는 그 조용한 작은 남자의 마음에도 불을 지핀 것 같았다.

이윽고 듀프리와 나는 자리에 앉아 전쟁에 관한 허풍을 늘어놓기 시작했다. 코레타는 웃음을 터뜨리고 위스키를 비웠다. 립스와 그의 트리오가 연주하고 있었다. 사람들이 밤새 바를 드나들었지만 나는 그날 밤 대프니 모네를 포기했다. 내가 만약 그 공장 일로 돌아간다면 올브라이트 씨의 돈을 돌려줘야 한다는 것을 알았다. 어쨌든 위스키가 나를 느긋하게 했다. 내가 하고 싶은 것은 웃는 것뿐이었다.

우리가 두 번째 쿼트를 해치우기 전에 듀프리가 의식을 잃었다. 그때가 새벽 3시였다.

코레타가 그의 뒤통수에 대고 코를 찡긋하며 말했다. "듀프리도 전에는 닭이 울 때까지 놀았는데, 이젠 닭이 울기 전에 이래."

6

"집세를 못 내서 그는 집에서 쫓겨났어." 코레타가 말했다.

우리는 듀프리를 차에서 끌어내 그녀의 집 문 앞으로 끌고 가는 중이었다. 그의 발이 집주인의 잔디에 깊은 두 고랑을 남겼다.

그녀가 이어 말했다. "일급 기계공은 시간당 거의 오 달러를 받는데도 그는 집세조차 내지 못해."

나는 듀프리가 술이 좀 더 셌더라면 그녀가 화가 나지 않았으리라는 생각을 하지 않을 수 없었다.

"그를 저기 있는 침대에 던져, 이지." 우리가 그를 데리고 현관문을 통과한 후에 그녀가 말했다.

듀프리는 덩치 큰 사내였지만 그를 침대에 눕힐 수 있었으니 나는 행운아였다. 축 늘어져 무겁기 한량없는 그의 몸을 끌어당기고 나자 진이 빠졌다. 나는 코레타의 작은 침실에서 그녀의 더 작은 거실까지 가는데도 걸음이 휘청거렸다.

그녀가 내게 나이트캡자기 전에 마시는 술을 조금 따라 주었고, 우리는 그녀의 소파에 앉았다. 우리는 바짝 붙어 앉았는데, 거실이 청소함보다 더 크지 않았기 때문이었다. 그리고 내가 농담을 입 밖에 낸다면 그녀는 허리를 숙여 내 무릎을 잡고 잠시 몸을 흔든 다음 고개를 들어 녹갈색 눈을 내게 반짝일 터였다. 우리는 조용히 이야기를 나누었다. 듀프리의 우렁찬 코골이에 무슨 이야기를 나누었든 반쯤밖에 들리지 않았다. 코레타는 무언가 말할 때마다 비밀 이야기를 하듯 속삭이며 내가 그녀의 말을 확실히 알아듣도록 내게 좀 더 가까이 몸을 기울였다. 너무 가까이 붙어 있어 우리가 같은 숨결을 주고받을 때 내가 말했다. "이제 가는 게 좋겠어, 코레타. 해가 뜨고 있고, 내가 너희 집에서 몰래 나오는 게 눈에 띄면 이웃들이 뭐라고 할지도 몰라."

"흠! 듀프리는 내 침대에서 곯아떨어졌고, 넌 내가 개밥인 양 나한테 등을 돌리고 집 밖으로 걸어 나가겠단 말이군."

"바로 옆방에 다른 남자가 있잖아, 자기. 그가 뭔가 들으면 어쩔 거야?"

"코를 골면서?" 그녀가 블라우스에 손을 넣어 앞섶을 헤치고 가슴을 드러냈다.

나는 휘청이며 문을 향해 두 걸음 걸었다.

"가면 후회할걸, 이즈."

"안 가면 더 후회할 거야." 내가 말했다.

그녀는 그 말에 어떤 대꾸도 하지 않았다. 소파에 기대 가슴에 부채질을 할 뿐이었다.

"가야 해." 내가 말했다. 나는 문을 열기까지 했다.

"대프니는 지금 잘 거야." 코레타는 미소 지으며 단추 하나를 풀었다. "넌 지금 당장 아무것도 얻을 수 없어."

"그녀를 뭐라고 불렀지?"

"대프니. 맞지 않아? 넌 델리아라고 했지만 그녀의 진짜 이름이 아니지. 지난주에 우린 정말 잔뜩 취했었어. 그녀도 나도 데이트가 있던 날. 플레이룸에서."

"듀프리와?"

"아니, 이지, 다른 사람이었어. 내 남자 친구가 한 명뿐이 아니란 걸 알잖아."

코레타는 자리에서 일어나 내 품으로 곧장 걸어왔다. 나는 방충망을 통해 들어오는 시원한 재스민 향과 그녀의 가슴에서 나는 뜨거운 재스민 향을 맡을 수 있었다.

나는 전쟁에서 사람을 죽일 만큼의 충분한 나이를 먹었지만 아직 사내가 아니었다. 적어도 나는 코레타가 여자인 식으로 남자는 아니었다. 그녀가 소파에 앉은 내 위에 양다리를 벌리고 앉아 속삭였다. "오, 좋아, 자기. 바로 거기! 오, 좋아, 좋아!" 내가 할 수 있는 거라곤 소리치지 않는 것뿐이었다. 이윽고 그녀가 내게서 떨어지더니 부끄러운 듯한 목소리로 말했다. "오, 너무 좋았어, 이지." 나는 그녀를 다시 끌어당기려고 했지만 그녀는 가고 싶지 않은 곳엔 절대 가지 않는 성격이었다. "난 그렇게 많은 사랑을 할 수 없어, 자기. 이런 상황에서는 아니야."

"무슨 상황?" 내가 외쳤다.

"알잖아." 그녀가 고갯짓했다. "듀프리가 바로 옆방에 있어."

"저 녀석은 잊어버려. 그리고 네가 먼저 시작했어, 코레타."

"적절한 상황이 아닐 뿐이야, 이지. 난 옆방에 있어야 하고, 넌 내 친구 대프니를 쫓으면 돼."

"난 그 여잘 쫓는 게 아니야, 자기. 그건 그냥 일이야. 그게 다라고."

"무슨 일?"

"어떤 남자가 내가 그녀를 찾길 원해."

"어떤 남자?"

"어떤 남자든 무슨 상관이야? 난 너 말곤 아무도 쫓지 않아."

"하지만 대프니는 내 친군데……."

"그 남자는 그냥 친구야, 코레타, 그게 다야."

흥분이 가시기 시작했을 때 그녀가 다시 내 몸 위에 올라타 다시 나를 흥분시켰다. 하늘이 훤해질 때까지 그녀는 그런 자세로 내게 계속 이야기했다. 그녀는 대프니의 남자 친구가 누구인지 말했다. 나는 그 말을 듣고 기분이 좋지 않았지만 알아 두는 게 좋았다.

막 잠에서 깨는 사람처럼 듀프리가 기침을 시작했을 때 나는 서둘러 바지를 챙겨 입고 거기서 나왔다. 코레타가 나를 안고 한숨을 쉬었다. "그녀를 찾으면 내게 십 달러만 주지 않을래, 이지? 내가 가르쳐 줬으니까."

"물론이야, 자기." 내가 말했다. "찾는 대로." 그녀가 내게 작별 키스를 했을 때 나는 그날 밤이 끝났다는 것을 알 수 있었다. 아무리 그녀의 키스라도 죽은 사람을 깨울 순 없었다.

7

마침내 내 집으로 돌아왔을 때는 또 다른 아름다운 캘리포니아의 하루였다. 크고 흰 구름들이 샌버너디노 산맥을 향해 동쪽으로 흐르고 있었다. 산봉우리에는 여전히 눈이 쌓여 있었고, 공기 중에는 불에 타고 있는 쓰레기 냄새가 났다.

내 침대 겸용 소파는 전날 아침에 놓였던 곳에 그대로 있었다. 그날 아침 읽었던 신문은 단정히 접힌 채 천을 씌운 의자 위에 놓여 있었다. 아침 식사 때 쓴 접시들은 개수대에 있었다.

나는 블라인드들을 올리고 우편배달부가 문의 편지 투입구에 넣은 편지 무더기를 주워 들었다. 일단 집주인이 되면 매일 우편물을 받게 되고, 나는 그게 좋았다. 광고물조차 좋았다.

1년간 무료 보험을 약속하는 편지와 1천 달러를 탈 가능성이 있다는 편지가 있었다. 내가 아는 사람 여섯 명에게 복사본 편지를 보내고 일리노이에 있는 어느 사서함에 20센트를 보내지 않으면 내가 죽을 거라는 행운의 편지도 있었다. 나는 그게 미신을 믿는 남부 검둥이들을 등쳐 먹는 백인 깡패들의 짓이라고 생각했다. 그 편지를 던져 버렸다.

하지만 투입구로 아침 햇살이 비치는 이곳에 앉아서 내 편지를 읽는 것은 대체로 꽤 멋진 일이었다. 전기 커피포트가 부엌에서 소리를 내고 있었고, 새들은 바깥에서 짹짹댔다.

쿠폰이 가득 든 큰 봉투를 치우자 파란색 작은 봉투가 나타났다. 거기서는 향수 냄새가 났고, 예쁜 여자 필체가 적혀 있었다. 소인은 휴스턴이었고, 주소 위에 '이지키얼 롤린스'라고 이름이 쓰여 있었다. 나는 그것을 빛이 환한 부엌 창가로 가져갔다. 고향에서 편지를 받는 것은 매일 있는 일이 아니었다. 내 이름을 아는 누군가가 보낸 편지를.

나는 편지를 읽기 전에 잠시 창밖을 내다보았다. 어치 한 마리가 집 뒤쪽 마당에 있는 울타리에서 사나운 개를 내려다보고 있었다. 그 똥개가 으르렁대며 그 새에게 뛰어오르고 있었다. 녀석이 가시철조망으로 몸을 날릴 때마다 어치는 당장이라도 날아오를 듯 움찔했지만 움직이지 않았다. 어치는 무시무시한 이빨을 내려다볼 뿐이었다. 그 장관에 매료된 듯.

어이, 이지!

오랜만이야. 소피가 네 주소를 알려 줬어. 그녀는 할리우드가 너무 과해서 휴스턴으로 돌아온다더군. 과하다는 게 무슨 뜻인지 물었더니 그녀는 그냥 "너무 과해!"라고만 하던데. 그리고 난 그 말을 들을 때마다 좀 섬뜩해. 어쩌면 너무 과하다는 말은 내게 딱 들어맞는 말일지도 모르지.

여기 있는 사람들은 변함없어. 클랙스턴 스트리트 로지는 허물렸어. 넌 그 밑에 있던 쥐들을 봤어야 해.

에타는 더할 나위 없는 여자지만 날 쫓아냈어. 난 어느 날 밤 루신다 술집에서 너무 취한 채 돌아와서 씻지도 못했어. 그건 분명 내 잘못이야. 알겠지만 아내의 말은 들어야 하고 샤워는 무리한 요구가 아니지. 하지만 그녀는 언젠가 날 다시 받아 줄 거야.

넌 우리 아들을 봐야 해, 이지. 라마르케는 멋져. 녀석이 벌써 얼마나 컸는지 봐야 한다니까! 에타는 녀석이 내 쥐 같은 외모를 안 닮아서 다행이래. 하지만 내가 보기엔 녀석의 눈에 작은 빛이 반짝여. 어쨌든 녀석은 발도 크고 입도 커서 괜찮아.

난 우리가 어쩌면 너무 오랫동안 안 보고 지낸 게 아닌가 생각하고 있었어, 이즈. 아마 지금 나는 다시 홀몸인 모양이니 내가 널 찾아갈지도 몰라. 그럼 둘이서 한바탕 놀아 보자고.

언제가 좋을지 나한테 편지 한 장 보내지그래. 에타한테 보내면 그녀는 그게 나한테 온 건지 알 거야.

곧 보자.

추신: 난 이 편지를 루신다에게 쓰게 하고 있어. 난 그녀에게 내 말대로 쓰지 않으면 B 애비뉴에서 엉덩이를 때려 주겠다고 했으니까 뻥이 아니야, 알았지?

첫 문장을 읽고 나는 벽장으로 갔다. 거기서 뭘 하고 싶은지는 나도 몰랐다. 어쩌면 가방을 싸서 도시를 떠나야 할지도. 어쩌면 벽장에 숨고 싶은지도. 나는 몰랐다.

우리가 어렸을 때 우린 텍사스에서 가장 친한 친구였다. 우리는 길거리에서 어깨를 나란히 하고 싸웠고, 다투지 않고 같은 여자들을 공유했다. 두 친구 간의 사랑에 필적할 만한 여자가 뭐란 말인가? 하지만 마우스가 에타메이 해리스와 결혼할 때가 되자 상황이 바뀌기 시작했다.

그가 어느 날 밤 늦게 우리 집으로 찾아와서, 나는 그를 훔친 차에 태우고 파리아라고 불리는 작은 농촌 마을로 갔다. 그는 어머니가 죽기 전 자신에게 약속한 유산을 계부에게 요구할 생각이라고 말했다.

우리가 그 마을을 떠나기 전 마우스의 계부와 클리프턴이라는 젊은 남자는 총에 맞아 죽었다. 내가 마우스를 다시 휴스턴으로 데려다줄 때 그는 주머니에 1천 달러가 넘는 돈이 들어 있었다.

나는 그 총격과 아무 상관이 없었다. 하지만 마우스는 차를 타고 집으로 돌아가는 길에 자신이 한 일을 내게 말했다. 마우스는 그 늙은이가 자신의 요구를 들어주지 않기에 자신과 클리프턴이 계부 리스를 강탈했다고 말했다. 리스가 총을 꺼내 들어 클리프턴을 죽였을 때 자기가 리스를 죽였다고도 했다. 그는 내게 줄 피 묻은 돈 3백 달러를 세면서 이 모든 것을 순순히 말했다.

마우스는 자신이 저지른 어떤 일에 대해서도 후회하지 않았다.

그는 딱 그런 남자였다. 그는 내게 죄를 고백한 게 아니라 자신의 이야기를 한 것이었다. 그가 생전에 한 일 중 남에게 말하지 않은 것은 하나도 없었다. 적어도 한 사람에게만은. 그리고 일단 내게 털어놓은 그는 내게 3백 달러를 주었기에 자신이 옳은 일을 했으리라 내가 생각할 것이라고 알 터였다.

내가 한 일 중 가장 나쁜 일은 그 돈을 받은 것이었다. 하지만 내가 자기를 믿지 않는다고 그가 생각했다면 내 가장 친한 친구인 그는 내 머리에 총알을 박아 넣었을 것이었다. 그는 나를 적으로 여겼을 테고, 내 믿음의 부족 때문에 나를 죽였을 것이었다.

나는 마우스에게서, 텍사스에서 도망쳐 군대에 들어가기 위해 우선 로스앤젤레스로 갔다. 나는 나 자신이 싫었다. 내가 남자라는 사실을 나 자신에게 증명하기 위해 참전 서명을 했다. D-데이 공격 개시 전에는 두려웠지만 싸웠다. 두려움에도 불구하고 싸웠다. 독일군과 처음 백병전을 벌였을 때 나는 그를 죽이는 내내 도와 달라고 소리쳤다. 내가 그의 목에서 손을 놓기 전 무려 5분간 그의 죽은 눈이 나를 응시했다.

내 평생 두려움에서 완전히 벗어난 유일한 순간이 내가 마우스를 받아들인 때였다. 너무 자신감이 넘치는 그에게는 두려움이 끼어들 여지가 없었다. 마우스는 키가 겨우 165센티미터 남짓했지만 듀프리만 한 덩치의 남자에게도 덤벼들었고, 나는 한발 물러서서 마우스에게 돈을 걸 터였다. 그는 사람의 배에 칼을 찔러 넣고 10분 후 자리에 앉아 스파게티 한 접시를 먹을 사내였다.

나는 마우스에게 편지를 쓰고 싶지 않았고, 거짓말을 하고 싶지도 않았다. 마음속으로는 그의 힘이 워낙 막강했기에 그가 원하는 대로 따라야 한다고 느끼고 있었다. 하지만 나에게는 꿈이 있었다. 더 이상 길거리에서 도망 다니지 않겠다는. 내게는 집이 있었고, 나는 거칠었던 나날들을 뒤로하고 싶었다.

나는 차를 몰고 주류 판매점으로 가 보드카 5분의 1갤런 병과 자몽 소다 1갤런을 샀다. 그리고 운전석에 앉아 저무는 하루를 바라보았다.

창밖으로 보이는 로스앤젤레스는 휴스턴과 달랐다. 남부 도시 어디에 살든(휴스턴 피프스 워드 같은 거칠고 폭력적인 곳조차) 창밖으로 보이는 거의 모든 사람이 아는 사람이었다. 친척들과 옛 친구들과 전에 사귀었던 연인들, 언젠가 다시 연인이 될지도 모를 사람들의 행진이 매일 이어진다.

그것이 소피 앤더슨이 고향으로 돌아간 이유다. 그녀는 남부의 느린 삶을 좋아했다. 창밖을 내다보았을 때 그녀는 친구들과 가족을 보길 원했다. 그리고 그중 한 명을 소리쳐 부른다면 그들이 잠시 멈춰 서서 인사할 시간이 있는지 알고 싶어 했다.

소피는 로스앤젤레스의 평범한 세계에서 절대 버틸 수 없을 만큼 너무나 진정한 남부인이었다.

로스앤젤레스에서는 사람들이 멈춰 설 시간이 없으므로, 그들은 가야 할 곳이 어디든 차로 거기에 간다. 로스앤젤레스에서는 가장 가난한 사람도 차가 있었다. 집은 없을지언정 차는 있었다. 그리고 자신이 어디로 가는지도 안다. 휴스턴과 갤버스턴 그리고 더 나아가 루이지애나에서의 삶은 좀 더 막연했다. 사람들은 일을 좀 하긴 했지만 무슨 일을 하든 진짜 돈을 벌 수는 없었다. 하지만 로스앤젤레스에서는 열심히만 한다면 일주일에 1백 달러도 벌 수 있었다. 부자가 되리라는 약속이 사람들을 주중에는 두 직업을 갖게 밀어붙였고, 주말에는 배관 일도 조금 하게 했다. 냉장고를 나르는 것만으로 현금이 손에 들어온다면 거리를 거닐거나 바비큐를 할 시간이 없었다.

그래서 나는 그날 빈 거리를 바라보았다. 이따금 자전거를 탄 아이들이나 캔디와 탄산음료를 사러 가게에 가는 한 무리 어린 소녀들이 보였다. 나는 보드카를 홀짝였고, 깜빡 졸았고, 내가 할 수 있는 게 아무것도 없다는 것을 깨닫게 될 때까지 마우스의 편지를 여러 번 읽었다. 나는 편지를 무시하기로 마음먹었고, 그가 묻는다 하더라도 영문을 모르겠다는 얼굴로 편지가 배달된 적 없었다는 듯 행동하면 되었다.

해가 질 때쯤 나는 평온해졌다. 내게는 이름과 주소와 1백 달러가 있었고, 내일은 익숙한 내 직업을 되찾으러 갈 것이었다. 집이 있고, 보드카 한 병이 기분을 좋게 해 주었다.

편지의 소인은 2주 전에 찍힌 것이었다. 내가 아주 운이 좋다면 에타가 이미 마우스를 데려갔을 것이었다.

전화벨 소리가 나를 깨웠을 때는 밖이 어두워 있었다.

"여보세요?"

"미스터 롤린스, 난 자네 전화를 기다리고 있었네."

무슨 말인지 혼란스러웠다. 내가 말했다. "네?"

"난 자네가 날 위한 좋은 뉴스를 갖고 있길 바라네."

"올브라이트 씨입니까?"

"그럼 누구겠나, 이지. 어떤가?"

머릿속을 정리하는 데 시간이 걸렸다. 나는 그의 돈값을 하고 있었던 것으로 보이도록 며칠 후에 그에게 전화할 계획이었다.

"당신이 원하는 걸 알아냈습니다." 내 계획에도 불구하고 나는 그렇게 말했다. "그녀와 함께 있는……,"

"거기서 잠깐, 이지. 난 사업을 할 때 상대의 얼굴을 보길 좋아하지. 전화는 사업에 좋은 장소가 못 돼. 어쨌든 전화상으론 자네에게 보너스를 줄 수 없잖나."

"아침에 당신 사무실로 가죠."

"왜 지금 보면 안 되지? 샌타모니카 부두에 놀이공원이 어디 있는지 아나?"

"음, 네, 하지만……."

"거기가 딱 우리의 중간이지. 거기서 만나면 되겠지?"

"하지만 몇 시에요?"

"아홉 시쯤. 그들이 한 시간 내로 영업을 끝내면 우리만 있을 수 있지."

"모르겠군요…… 지금 막 일어나서……."

"난 자네에게 돈을 주고 있어."

"알겠습니다. 되도록 빨리 차를 몰고 가죠."

그가 내 귀에 대고 전화를 끊었다.

8

로스앤젤레스와 샌타모니카 사이에는 요즘도 여전히 농지가 넓게 펼쳐져 있었다. 일본 농부들은 길 양옆을 따라 아티초크, 상추 그리고 딸기를 키웠다. 그날 밤 그 들판은 희미한 달빛 아래 어두웠고, 공기는 차가웠지만 춥지는 않았다.

나는 샌타모니카 같은 백인 사회 안에 들어가는 게 익숙지 않아서 일을 하러 올브라이트 씨를 만나러 가는 게 마뜩잖았다. 내 일터였던 공장, 챔피언 항공은 샌타모니카에 있었지만 주간에 차를 몰고 일하러 갔다가 곧장 집으로 가곤 했다. 나는 내 주위 사람들 사이, 내 이웃들 안에서만 머물고 어디서든 어정거리지 않았다.

하지만 그가 원하는 정보를 줄 수 있으리라는 생각과 다음 달 대출금을 갚기에 충분한 돈을 받으리라는 생각에 기뻤다. 나는 더 많은 집, 어쩌면 두 세대용 건물까지도 살 수 있는 날을 꿈꾸고 있었다. 충분한 땅을 소유해 임대료만으로 본전을 찾을 수 있길 늘 바랐다.

내가 도착했을 때 놀이공원과 아케이드는 문을 닫고 있었다. 꼬마들과 부모들이 떠나고 있었고, 한 무리의 젊은이가 젊은이들답게 거칠게 행동하면서 담배를 피우며 서성대고 있었다.

나는 잔교를 가로질러 해변이 내려다보이는 난간에 기댔다. 거기서라면 올브라이트 씨의 눈에 띌 터였고, 추한 일을 피할 수 있도록 백인 아이들에게 충분히 멀리 떨어져 있다고 생각했다.

하지만 이번 주는 나쁜 일을 피할 수 있을 주일은 아니었다.

타이트한 스커트를 입은 통통한 여자애가 친구들에게서 떨어져 배회하고 있었다. 그녀는 그들 무리보다 어린, 아마 열일곱 살쯤이었고, 데이트 상대가 없는 유일한 여자애처럼 보였다. 그녀가 나를 보고 미소 지으며 말했다. "안녕하세요." 나는 인사를 받아 주고 샌타모니카 북쪽 희미한 불빛이 보이는 해안선 저편을 보려고 몸을 돌렸다. 나는 그 애가 떠나고 올브라이트가 와서 자정 전에 내 집으로 돌아갈 수 있길 바라고 있었다.

"여기 꽤 예쁘죠, 안 그래요?" 그녀의 목소리가 내 뒤에서 들려왔다.

"그래, 괜찮군."

"내 고향은 아이오와의 디모인이에요. 이런 대양 같은 건 없죠. 로스앤젤레스가 고향이에요?"

"아니. 텍사스." 뒤통수 머리 가죽이 따끔거리고 있었다.

"텍사스에 대양 있어요?"

"만灣. 만이 있지."

"그럼 이게 익숙하겠네요." 그녀가 내 옆 난간에 몸을 기댔다. "언제 봐도 넋을 잃게 해요. 난 바버라예요. 바버라 모스코위츠. 유대인 이름이죠."

"이지키얼 롤린스." 나는 속삭였다. 그녀가 날 애칭으로 부를 만큼 그렇게 친근해지길 원치 않았다. 어깨 너머를 힐끗 보고 남자애 두 명이 누군가를 찾는 것처럼 주위를 둘러보고 있다는 것을 알았다.

"쟤들이 널 찾는 것 같은데." 내가 말했다.

"누가 신경이나 쓴대요?" 그녀가 대꾸했다. "언니는 날 그냥 데려온 거뿐이에요. 부모님이 시켜서. 언니가 원하는 건 허먼과 잘해 보고 담배나 피우고 싶은 거죠."

"여자 혼자는 위험해. 부모님이 네가 누군가와 함께 있길 원하는 게 맞아."

"당신은 날 다치게 할 건가요?" 그녀가 내 얼굴을 빤히 쳐다보았다. 나는 그 외침을 듣기 전 그녀의 눈이 어떤 색인지 궁금했던 게 기억난다.

"어이 당신! 흑인 양반! 여기서 뭘 하는 거야?" 그 말을 한 것은 여드름투성이 소년이었다. 아이는 스물이 채 안 됐을 것이었고, 키가 170센티미터도 안 되었지만 베테랑 군인처럼 내게 다가왔다. 그는 두려워하지 않았다. 뭘 모르는 어린 녀석.

"원하는 게 뭐니?" 나는 최대한 정중하게 물었다.

"무슨 말인지 알잖아." 그가 내 손 닿는 범위 안에 들어오며 말했다.

"이 사람을 내버려 둬, 허먼!" 바바라가 소리쳤다. "우린 그냥 얘기하고 있었단 말이야!"

"그랬어, 응?" 그가 내게 말했다. "당신은 우리 여자들이랑 얘기할 필요가 없어."

나는 녀석의 목을 부러뜨릴 수도 있었다. 나는 녀석의 눈을 도려내거나 손가락을 모조리 부러뜨릴 수도 있었다. 하지만 대신 심호흡을 했다.

그의 친구 다섯이 우리에게 몰려들었다. 다가오는 동안은 아직 조직적이거나 똘똘 뭉쳐 있지는 않았지만 나는 녀석들도 모두 죽일 수 있었다. 폭력에 대해 녀석들이 뭘 알겠는가? 한 녀석씩 놈들의 목에 일격을 가할 수도 있었다. 녀석들은 날 막을 방법이 없을 터였다. 녀석들은 내게서 도망칠 만큼 빠르지도 않을 터였다. 난 여전히 살인 기계였다.

"어이!" 가장 큰 녀석이 말했다. "문제 있어?"

"깜둥이가 바바라를 꼬시려는 중이야."

"그래, 게다가 이 애는 아직 꼬마야."

"그를 그냥 두라고!" 바바라가 소리쳤다. "이 사람은 고향이 어딘지 말하고 있었을 뿐이야."

엄마가 갈비뼈를 부러뜨린 아이를 안아 주는 것처럼 그녀가 날 도우려 하고 있다고 추측했다.

"바바라!" 또 다른 여자가 소리쳤다.

"어이, 이봐, 너 바보야?" 덩치 큰 녀석이 내 얼굴에 대고 말했다. 그는 어깨가 넓고 나보다 조금 더 큰 풋볼 선수 같은 체격이었다. 넓적한 얼굴에는 살집이 있었다. 눈, 코, 입이 하얀 피부라는 대양에 떠 있는 작은 섬들 같았다.

나는 두 녀석이 막대기를 든 것을 눈치챘다. 그들은 내가 난간 쪽으로 밀리도록 내 주위로 다가왔다.

"난 어떤 문제도 원치 않아." 내가 말했다. 나는 키 큰 녀석의 숨결에서 술 냄새를 맡을 수 있었다.

"이봐, 넌 이미 문제를 일으켰어."

"이봐, 그녀는 '안녕'이라고 한 것뿐이야. 내가 한 말도 그게 다고." 하지만 '대체 내가 왜 너에게 대답해야 하지?'라는 생각이 들었다.

허먼이 말했다. "그는 얘한테 고향이 어딘지 말하고 있었대. 얘가 그랬어."

나는 해변에서 얼마나 떨어져 있는지 생각하고 있었다. 그때 시체 두어 구가 생기기 전에 여기서 벗어나야 한다는 것을 알았다. 그중 하나는 내가 될 것이었다.

"실례하네." 한 남자의 목소리가 들려왔다.

풋볼 선수 뒤에서 희미한 동요가 일더니 파나마모자가 그 옆에서 나왔다.

"실례하네." 디윗 올브라이트 씨가 다시 말했다. 그는 미소 짓고 있었다.

"뭡니까?" 풋볼 선수가 말했다.

디윗은 그냥 미소를 짓더니 코트에서 다소 라이플처럼 보이는 권총을 꺼냈다. 그는 덩치 큰 소년의 오른쪽 눈과 평행해지도록 총을 들어 올리더니 말했다. "네놈 뇌가 네놈 친구들의 옷에 튀는 모습을 보고 싶은데, 꼬마야. 네놈이 날 위해 죽어 줬으면 좋겠군."

빨간색 수영복을 입고 있는 덩치 큰 녀석이 혀를 삼키는 듯한 소리를 냈다. 그는 어깨를 아주 살짝 움직였고, 디윗은 공이치기를 당겼다. 그 소리가 뼈가 부서지는 소리처럼 들렸다.

"내가 너라면 움직이지 않을 거야, 꼬마야. 네가 숨소리만 크게 내도 난 널 죽일 거라는 뜻이지. 그리고 너희 중 어떤 녀석이라도 움직이면 난 이 녀석을 죽인 다음 네놈들 불알을 모두 날려 버릴 거야."

바다가 으르렁대고 있었고, 공기는 차가워져 있었다. 사람이 내는 유일한 소리는 바버라가 내는 소리로, 그녀는 언니의 품에 안겨 흐느끼고 있었다.

"네놈들에게 내 친구를 소개하고 싶군." 디윗이 말했다. "존스 씨를."

나는 어떻게 해야 할지 몰라 고개를 끄덕였다.

"그는 내 친구야." 올브라이트 씨가 말을 이었다. "그리고 그가 고집을 꺾고 내 누이와 엄마와 자 준다면 난 자랑스럽고 행복할 거야."

아무도 대꾸하지 않았다.

"자, 존스 씨, 당신에게 묻고 싶은 게 있습니다."

"네, 어, 스미스 씨."

"당신은 내가 이 형편없는 녀석의 눈을 쏴야 한다고 생각하십니까?"

나는 그 질문이 허공에 걸리게 좀 두었다. 더 어린 두 녀석은 이미 질질 짜고 있었지만 기다림이 풋볼 선수를 울렸다.

"글쎄요," 나는 15초쯤 후에 말했다. "만약 녀석이 날 괴롭힌 걸 사과하지 않는다면 녀석을 쏘셔야 할 것 같군요."

"죄송해요." 녀석이 말했다.

"그래?" 올브라이트 씨가 물었다.

"네에!"

"얼마나 죄송한데? 그러니까 충분히 죄송해?"

"네, 선생님, 충분히 죄송합니다."

"충분히 죄송하다고?" 그는 그렇게 물으며 총구를 녀석의 작고 껌뻑거리는 눈꺼풀에 닿을 만큼 가까이 갖다 댔다. "이제 깜빡거리지 마. 난 네가 총알이 날아오는 걸 보길 원하니까. 그러니까, 충분히 죄송하다고?"

"네, 선생님!"

"그럼 증명해 봐. 네가 그걸 이분께 보여 줬으면 좋겠는데. 난 네가 무릎을 꿇고 이분 걸 빨았으면 좋겠어. 네가 그걸 당장 빨면 좋겠군……."

올브라이트 씨가 그렇게 말했을 때 녀석은 드러내 놓고 울기 시작했다. 나는 그가 꽤 역겨운 방식으로 농담했을 뿐이라는 것을 확신했지만 내 심장은 풋볼 선수처럼 겁을 먹었다.

"무릎을 꿇든지 죽든지야, 꼬마 녀석아!"

풋볼 선수가 무릎을 꿇었을 때 다른 녀석들의 시선이 녀석을 따라갔다. 올브라이트가 녀석의 옆머리를 총신으로 내리치자 녀석들은 도망쳤다.

"여기서 꺼져!" 올브라이트가 소리쳤다. "그리고 만약 경찰에게 일러바치면 네놈들 모두를 찾아낼 거야."

30초도 걸리지 않아 우리 둘만 남았다. 나는 차 문들이 쾅 닫히는 소리를 들었고, 주차장에서 거리로 향하는 고물차의 엔진 소리를 들을 수 있었다.

"지금 일로 얻은 게 있겠지." 올브라이트가 말했다. 그는 총신이 긴 44구경 캘리버를 코트 안 총집에 넣었다. 부두는 버려졌다. 모든 것이 어둡고 조용했다.

"녀석들이 이 일에 관해 감히 경찰에 신고할 것 같진 않지만 혹시 모르니 움직여야겠어." 그가 말했다.

올브라이트의 하얀 캐딜락은 부두 아래 주차장에 주차되어 있었다. 그는 해안을 따라 남쪽으로 차를 몰았다. 해안에는 몇몇 불빛과 달의 은빛뿐이었지만 바다는 수백만 개의 작은 반짝임으로 빛나고 있었다. 그것이 하늘에서 반짝이는 별들을 흉내 내려 수면으로 올라온 빛나는 물고기들처럼 보였다. 어디에나 빛이 있었고, 역시 어디에나 어둠이 있었다.

그가 라디오를 켜 빅 밴드 프로에 주파수를 맞추자 팻츠 월러가 〈외로운 두 사람Two Lonely People〉을 연주하고 있었다. 그 음악이

나오자마자 몸이 떨렸기 때문에 기억난다. 나는 두렵지 않았다. 화가 났다. 그가 그 녀석에게 굴욕감을 준 방식에 화가 났다. 나는 녀석의 감정에는 관심이 없었지만, 만약 올브라이트가 자신과 같은 백인에게 그런 짓을 할 수 있다면 내게도 같은 짓을 하리라는, 내게는 더 심한 짓을 하리라는 것을 알았다. 하지만 만약 그가 나를 쏘고 싶으면 그냥 쏴야 할 것이었다. 나는 그나 누구에게든 무릎을 꿇지 않을 테니까.

나는 올브라이트가 그 소년을 죽이리라는 데 조금의 의심도 품지 않았다.

"알아낸 게 뭔가, 이지?" 잠시 뒤 그가 물었다.

"어떤 이름과 주소를 알아냈습니다. 그녀가 최근 모습을 보였던 날과 누구와 함께 있었는지 알아냈습니다. 그녀와 함께 있었던 남자를 알고 있고, 그가 뭘로 먹고사는지 압니다." 나는 어렸을 때 지식을 자랑스러워했다. 조피는 내게 그냥 돈을 받고 그 여자를 찾는 척하면 된다고 말했지만 일단 일말의 정보라도 얻으면 나는 그걸 자랑해야 했다.

"그것만 알면 됐네. 돈을 지불할 가치가 있군."

"하지만 난 먼저 뭔가 알고 싶습니다."

"뭘?" 올브라이트 씨가 물었다. 그는 일렁이는 태평양이 내려다보이는 갓길에 차를 댔다. 그날 밤은 파도가 정말 일렁이고 있었고, 닫힌 창을 통해서도 그 소리를 들을 수 있었다.

"그 여자에게든 누구에게든 해가 되지 않는지 알고 싶습니다."

"내가 자네한테 신처럼 보이나? 내일 무슨 일이 일어날지 자네에게 말해 줄 수 있을 것 같아? 난 그녀를 다치게 할 계획이 없네. 내 친구는 자기가 그녀와 사랑에 빠졌다고 생각해. 그는 그녀에게 금반지를 사 주고 영원히 행복하게 살고 싶어 하네. 하지만 다음 주에 그녀는 구두 버클 채우는 걸 깜빡하고 넘어져서 목을 부러뜨릴지도 모르고, 만약 그녀가 그런다면 자넨 그걸로 내게 책임을 물을 수 없어. 어쨌든 간에 말이야."

나는 그게 그에게서 알아낼 최대한이라는 사실을 알았다. 디윗은 아무런 약속도 하지 않았지만 나는 그가 사진 속의 그녀에게 아무런 해도 끼치지 않으리라는 것을 뜻했다고 믿었다.

"그녀는 지난주 화요일에 프랭크 그린이라는 남자와 있었습니다. 그들은 플레이룸이라는 바에 있었죠."

"지금은 어디 있나?"

"내게 정보를 준 여자 말로는 둘이 한 팀이라고 생각한답니다. 그린과 그 여자가요. 그러니까 아마 그와 있을 겁니다."

"거기가 어딘데?" 그가 물었다. 미소와 좋은 매너는 사라지고 없었다. 이것은 이제 사업이었다. 정말로.

"그의 아파트는 스카일러가와 팔십삼 번가 모퉁이에 있습니다. 스카일러 암스라는 아파트죠."

그는 흰색 펜과 지갑을 꺼내 메모지에 뭔가를 적었다. 그러더니 펜으로 운전대를 두드리면서 무표정한 눈으로 나를 응시했다.

"그 밖엔?"

"프랭크는 깡패입니다." 내가 말했다. 그 말이 다시 디윗을 미소 짓게 했다. "강탈 갱단의 일원이죠. 술과 담배를 털어 남부 캘리포니아에 팝니다."

"나쁜 놈인가?" 디윗은 미소를 감추지 못했다.

"충분히 나쁘죠. 칼 솜씨가 대단합니다."

"그가 싸우는 걸 본 적 있나? 그러니까, 그가 누굴 죽이는 걸 본 적 있나?"

"전에 바에서 한 남자를 베는 걸 봤습니다. 입이 건 녀석은 프랭크가 누군지 몰랐죠."

디윗의 눈에 잠시 생기가 돌았다. 내 목덜미에 그의 마른 숨이 느껴질 만큼 그는 좌석에 몸을 한껏 기댔다. "난 자네가 뭔가를 기억하길 바라네, 이지. 프랭크가 칼을 꺼내서 그 남자를 찔렀을 때를 떠올렸으면 좋겠어."

나는 잠시 그에 관해 생각하고 나서 고개를 끄덕여 준비가 되었다고 그에게 알렸다.

"그가 그 남자에게 가기 전에 머뭇거리던가? 잠시라도?"

나는 피게로아의 붐비는 바를 떠올렸다. 그 덩치 큰 사내는 프랭크의 여자와 이야기하는 중이었고, 프랭크가 그 사내에게 다가갔을 때 사내는 내 생각에, 프랭크를 떠밀 준비를 하고 그의 가슴에 손을 댔다. 프랭크의 눈이 커지더니 그는 모인 사람에게 말이라도 하듯 고개를 돌렸다. "이 등신이 하는 짓을 보게! 멍청하게 행동하면 죽어 마땅하지!"

이내 프랭크의 손에 칼이 들렸고, 덩치 큰 사내는 바에 등을 기대고 살집이 있는 두꺼운 팔로 휘둘리는 칼을 막으려고 애를 쓰고 있었다.

"일순간이거나 그 정도도 안 됐는지도 몰라요." 내가 말했다.

디윗 올브라이트 씨가 가벼운 웃음을 터뜨렸다.

"글쎄," 그가 말했다. "내가 뭘 볼지 봐야 할 것 같은데."

"어쩌면 그가 없을 때 여자에게 접근해 볼 수 있을지도 모릅니다. 프랭크는 여행을 떠나 있을 때가 많죠. 어젯밤 존네 가게에서 봤을 때 물건을 털러 나갈 때의 복장을 하고 있어서 며칠 동안 시내 밖에 있을지도 모릅니다."

"그게 좋을 것 같군." 올브라이트가 대꾸했다. 그는 좌석에 몸을 파묻고 있었다. "당장 필요 이상으로 일을 복잡하게 할 이유는 없지. 사진을 가져왔나?"

"아니요." 나는 거짓말했다. "지금 없어요. 집에 뒀습니다."

그는 잠자코 나를 바라보았는데, 나는 그가 내 말을 믿지 않는다는 것을 알았다. 나는 왜 내가 그녀의 사진을 갖고 있고 싶은지 모른다. 단지 나를 보는 사진 속 그녀 모습이 내 기분을 좋게 할 뿐이었다.

"음, 그녀를 찾으면 사진을 돌려받지. 난 일이 끝난 뒤 모든 걸 깔끔하게 정리하는 주의라……. 여기 추가로 백 달러야. 그리고 이 명함도 받아 둬. 자넨 이 주소로 가서 새 일거리가 생길 때까지 곤란한 상황을 극복할 일을 얻을 수 있을 거야."

그가 내게 빳빳한 지폐 뭉치와 명함을 건넸다. 어둠침침한 불빛으로 명함을 읽을 수가 없어서 나는 그것을 돈과 함께 주머니에 넣었다.

"예전 일로 돌아갈 수 있을 것 같아서 이 주소는 필요 없을 것 같습니다."

"그냥 넣어 둬." 그가 그렇게 말하며 시동을 걸었다. "자넨 이 정보를 잘 가져왔고, 나는 자네에게 좋은 일을 하는 거야. 이게 내 사업 방식이지, 이지. 난 빚지곤 못 사는 성격이야."

돌아오는 길은 조용했고, 달빛에 눈이 부셨다. 라디오에서는 베니 굿맨이 노래를 부르고 있었는데, 디윗 올브라이트가 빅 밴드와 커 왔다는 듯 노래를 따라 흥얼거렸다. 부둣가 내 차 옆에 차를 세웠을 때는 모든 것이 우리가 떠났을 때의 모습 그대로였다. 내가 차 밖으로 나가려고 문을 열자 올브라이트가 말했다. "자네와 일하게 돼서 기쁘네, 이지." 그가 손을 뻗어 내 손을 뱀처럼 휘감았을 때 그의 얼굴이 다시 묻는 듯한 표정으로 바뀌더니 입을 열었다. "한 가지 궁금한 게 있네."

"뭡니까?"

"왜 녀석들이 다가오게 내버려 뒀지? 자네 등이 난간에 닿기 전에 한 놈씩 해치울 수도 있었을 텐데 말이야."

"난 애들은 죽이지 않습니다." 내가 말했다.

올브라이트가 그날 밤 두 번째로 크게 웃음을 터뜨렸다.

이내 그는 나를 놓아주면서 잘 가라고 말했다.

9

우리 팀은 샌타모니카 공장 남쪽 편에 있는 큰 격납고에서 일했다. 나는 주간 근무가 시작되기 전 일찍 아침 6시에 거기에 갔다. 그들이 작업을 시작하기 전에 베니를 만나고 싶었다. 베니토 자코모를.

전에 챔피언사社는 공군기나 민간기의 새로운 비행기의 설계를 한 적이 있었는데, 몇몇 팀이 결성되어 한동안 구조상의 문제점들을 해결하며 제작에 임했다. 예를 들어 베니토 팀이 왼쪽 날개를 조립해 완전한 형태의 비행기 조립을 맡은 다른 팀에게 그것을 가져갔다. 하지만 조립 전에 숙련공 그룹은 제작 공정의 절차에 확실을 기하기 위해 확대경으로 작업물을 조사할 것이었다.

그것은 중요한 일이었고, 모든 사람이 그 일에 자부심을 가졌지만 베니토는 너무 예민해서 새 프로젝트가 시작될 때마다 신경질적이 되었다.

그가 나를 해고한 이유가 그것이었다.

감기로 두 사람이 결근한 가운데 나는 힘든 근무를 마쳐 가고 있었고, 피곤한 상태였다. 베니는 우리 작업을 확인하려고 우리에게 더 남아 있으라고 했지만 나는 그러고 싶지 않았다. 나는 내가 합격점을 받을 것을 알았기 때문에 내일까지 기다려야 할 거라고 말했다. 팀원 모두가 내 말에 귀를 기울였다. 나는 팀의 리더가 아니었지만 베니는 다른 사람들의 모범이 되는 훌륭한 일꾼인 내게 많이 의존했다. 하지만 그날은 재수 없는 날이었다. 제대로 일하기 위해서 나는 잠이 필요했고, 베니는 그 말을 들을 만큼 충분히 나를 신용하지 않았다.

그는 내게 우리가 전에 말한 적 있는 승진을 하려면 더 열심히 일해야 한다고 했다. 듀프리 바로 아래 자리.

나는 그에게 매일 열심히 일했다고 말했다.

공장 일은 남부의 농장 일만큼이나 끔찍이 많았다. 상관들은 직공들이 아이들이라도 되는 양 끊임없이 감시했고, 모두가 아이들이 얼마나 게으른지 알았다. 그래서 베니는 내게 책임감이라는 것에 대해 약간 가르쳐야 한다고 생각했다. 그는 상관이었고, 나는 아이였기에.

백인 직공들은 그런 취급에 고민할 필요가 없었다. 성인 남자들이 늘 아이라고 불리는 환경에 놓여 있지 않았기 때문에. 백인 노동자들은 이렇게 말하면 될 뿐이었다. "물론입니다, 베니, 그 말이 맞지만 지금 뭔가가 제대로 보여야 말이죠." 그러면 베니는 그 말을 이해할 터였다. 그는 웃음을 터뜨린 다음 자신이 얼마나 밀어붙였는지 깨닫고 대븐포트 씨에게든 누구에게든 맥주를 사겠다고 데리고 나갈 것이었다. 하지만 깜둥이 직공은 베니와 술 따윈 마신 적이 없었다. 우리는 같은 바에도 가지 않았고, 같은 여자들에게도 윙크하지 않았다.

내 일을 원한다면 내가 했어야 할 것은 그가 말한 대로 남아 있는 것이었고, 그런 다음 작업을 재확인하러 다음 날 일찍 나오는 것이었다. 만약 내가 베니에게 제대로 보이지 않는다고 말했다면 그는 내게 안경을 사라고 했을 것이었다.

그래서 나는 인공 동굴인 비행기 격납고 입구에 있었다. 해는 아직 뜨지 않았지만 모든 것이 훤했다. 넓은 시멘트 바닥은 트럭 몇 대와 날개 조립부에 걸친 큰 트랩을 제외하면 비어 있었다. 이곳으로 돌아오니 익숙한 느낌에 기분이 좋았다. 어디에도 백인 여자들의 요란한 사진들이 없었고, 생기 없는 푸른 눈의 낯선 백인 남자들도 없었다. 밤이면 집으로 돌아가 신문을 읽고 밀턴 벌Milton Berle 미국 배우이자 코미디언으로 1948년부터 6년간 NBC의 〈Texaco Star Theatre〉라는 프로그램을 진행했다을 시청하는, 가정이 있는 공원工員들이 있는 곳에 나는 있었다.

"이지!"

듀프리가 외치는 소리는 만나서 반갑다고 외치는 소리든 총신이 짧은 권총을 꺼내기 전에 외치는 소리든 늘 똑같이 들렸다.

"어이, 듀프리!" 내가 맞받아 외쳤다.

"이봐, 코레타에게 뭐라고 한 거야?" 그가 내게 다가왔을 때 말했다.

"아무 말도 안 했는데. 무슨 말이야?"

"음, 네가 뭐라고 했거나 나한테 입 냄새가 나거나야. 어제 아침에 뛰쳐나가서 여태 보지 못했어."

"뭐라고?"

"그래! 나한테 아침을 차려 주더니 볼일이 있어서 저녁때나 볼 것 같다고 했는데, 그때 이후론 못 봤어."

"집에 오지 않았다고?"

"그래. 난 집에 돌아와서 포크 촙을 태워 가며 저녁 준비를 했는데, 오지 않았어."

듀프리는 나보다 5센티미터쯤 컸고, 권투 선수였을 때의 조피 같은 체격이었다. 나를 내려다보는 그에게서 폭력이 파도처럼 밀려오는 것을 느낄 수 있었다.

"아니야, 친구, 난 아무 말도 안 했어. 우리가 널 침대에 누이고 나서 그녀가 내게 마실 걸 줬고, 난 집에 갔어. 그게 다야."

"그럼 그녀는 어디 있지?" 그가 따졌다.

"내가 어떻게 알아? 코레타를 잘 알잖아. 비밀스러운 걸 좋아하는 걸. 아마 콤프턴에 있는 이모네 갔겠지. 리노1931년 도박이 합법화된 네바다주에 있는 도시에 있을 수도 있고."

듀프리는 살짝 긴장을 풀며 웃음을 터뜨렸다. "네 말이 맞을지도 몰라, 이지. 코레타는 슬롯머신을 할 수 있다는 말을 들으면 엄마도 버릴걸."

그가 내 등을 찰싹 때리고 또 웃음을 터뜨렸다.

나는 다른 남자의 여자에게 눈을 돌리지 않겠다고 자신에게 맹세했다. 이후로도 나는 여러 번 그 맹세를 했다.

"롤린스." 격납고 뒤쪽의 작은 사무실에서 목소리가 들렸다.

"가 봐." 듀프리가 말했다.

나는 나를 부른 남자를 향해 걸었다. 그가 등지고 있는 사무실은 건물이라기보다 텐트에 가까운, 외관이 녹색인 조립식 건물이었다. 베니가 거기서 책상을 지키고 있을 때는 보스들을 만나거나 사람들을 해고할 때뿐이었다. 그는 거기서 나흘 전에 나에게 전화해 '약간의 잔업'을 하지 않는 사람은 쓸 수 없다고 말했다.

"자코모 씨." 내가 말했다. 우리는 악수했지만 그 안에 호의는 담겨 있지 않았다.

베니는 나보다 작았지만 어깨가 넓고 손이 컸다. 칠흑 같았던 머리는 희끗희끗해졌고, 피부색은 내가 아는 많은 물라토흑인과 백인 혼혈보다 검었다. 하지만 베니는 백인이었고, 나는 검둥이였다. 그는 나를 혹사하고 싶어 했다. 일하게 해 주는 것만으로 고마워하라는 태도를 취하며. 눈이 한데 몰려 있어서 늘 쏘아보는 것처럼 보였다. 살짝 굽어 있는 어깨 탓에 앞으로 전진하는 권투 선수처럼 보였다.

"이지." 그가 말했다.

우리는 방 안으로 들어갔다. 그가 의자를 가리켰다. 그는 책상 앞에 앉아 그 위에 발을 올리고 담배에 불을 붙였다.

"듀프리 말로는 복직하고 싶다며, 이지."

나는 베니의 책상 서랍에 아마 라이 위스키 한 병이 있으리라는 생각을 하고 있었다.

"네, 자코모 씨, 먹고살려면 이 일이 필요합니다." 나는 고개를 꼿꼿이 세우는 데 집중했다. 그에게 머리를 숙일 생각은 없었다.

"뭐, 자네도 알겠지만 누군가를 해고할 땐 자신의 입장을 고수해야 하는 법이지. 만약 내가 자넬 다시 받으면 사람들은 내가 나약하다고 할지도 몰라."

"그럼 난 여기서 뭘 하고 있는 겁니까?" 내가 그의 면전에 대고 말했다.

그는 의자에 등을 더 깊숙이 기대고 어깨를 숙였다. "자네가 말해 보게."

"듀프리가 당신이 내게 다시 일자리를 줄 거라던데요."

"누가 그 친구에게 그런 말을 할 자격을 줬는지 모르겠군. 내가 한 말은, 만약 자네가 뭔가 할 말이 있다면 자네와 말하게 돼서 기쁠 거라는 것뿐이었어. 할 말 있나?"

나는 베니가 원하는 말을 생각해 내려 했다. 어떻게 체면을 지키고 그에게 아부할 수 있을지 생각했다. 하지만 정말 생각나는 것은 다른 사무실과 또 다른 백인 남자뿐이었다. 디윗 올브라이트는 눈에 잘 띄는 곳에 술병과 총을 가지고 있었다. 그가 물었을 때 나는 그에게 할 말을 했다. 좀 긴장했을지 모르지만, 어쨌든 나는 그에게 말했다. 베니는 내 말에 관심이 없었다. 자신의 아이들이 무릎을 꿇고 자신을 보스로 대우해 줘야 했다. 그는 사업가가 아니라 농장의 보스였다. 노예 상인.

"음, 이지?"

"다시 일하고 싶습니다, 자코모 씨. 나는 일이 필요하고 훌륭한 일꾼이죠."

"그게 다인가?"

"아니요, 다가 아닙니다. 대출금을 갚고 먹고살 돈이 필요합니다. 살 집과 아이들을 키울 곳이 필요합니다. 당구장과 교회에 가려면 옷을 살 필요도……,"

베니가 발을 내려놓고 몸을 일으켰다. "난 내 일을 하러 가야겠군, 이지……."

"미스터 롤린스라고 불러 주십시오!" 나는 그에 맞춰 몸을 일으키며 말했다. "내게 일을 주지 않겠다면 날 존중해 달라고요."

"실례하겠네." 그가 말했다. 그가 나를 지나치려고 했지만 나는 그를 막아섰다.

"날 존중해 달라고 했습니다. 내가 당신을 자코모 씨라고 부르는 건 그게 당신 이름이기 때문입니다. 당신은 내 친구가 아니니 내가 경멸을 당하거나 이름으로 불릴 이유가 없습니다." 나는 내 가슴을 가리켰다. "내 이름은 미스터 롤린스입니다."

그는 주먹을 불끈 쥐고 싸움꾼이 그러듯 내 가슴을 노려보았다. 하지만 나는 그가 내 목소리에서 떨림을 들었으리라고 생각했다. 그가 나를 밀어젖히고 간다면 우리 둘 중 하나나 둘 모두 다치리라는 것을 그는 알았다. 알 도리는 없지만 그는 자신의 잘못을 알아차렸는지도 몰랐다.

"미안하군, 미스터 롤린스." 그가 내게 미소를 지어 보였다. "하지만 지금 당장은 빈자리가 없네. 어쩌면 몇 달 후엔 자리가 날지도 모르지. 새 전투기 라인에서 생산이 시작되면."

그렇게 말하고 그는 나에게 사무실에서 나가라는 몸짓을 했다. 나는 말없이 나갔다.

나는 듀프리를 찾아보았지만 그는 눈에 띄는 어느 곳에도 없었다. 그의 자리에도. 그게 나를 놀라게 했지만 너무 기분이 좋아서 그에 대해 걱정하지도 않았다. 가슴이 들썩이고 크게 웃음을 터뜨리고 싶은 기분이었다. 빚을 갚았고, 나 자신을 옹호해서 기분이 좋았다. 내 차로 걸어가며 나는 해방감을 느꼈다.

10

정오쯤에 집에 닿았다. 거리는 비어 있었고, 이웃은 조용했다. 내 집 길 건너에 검은색 포드 한 대가 주차해 있었다. 수금원이 돌고 있다고 생각했던 것이 기억난다. 어떤 청구서라도 선금으로 낼 수 있었기에 나는 웃음을 터뜨렸다. 나는 오늘 자만해 있었다. 추락이 머지않았는데도.

앞마당의 대문을 닫고 있을 때 포드에서 내리는 두 백인 남자를 보았다. 한 명은 키가 크고 말랐고, 검푸른 색 양복을 입고 있었다. 또 한 사람은 내 키 정도에 허리둘레가 내 세 배였다. 그는 여기저기에 기름때가 묻은 주름진 황갈색 양복 차림이었다.

남자들이 나를 향해 서둘러 걸음을 옮겼지만 나는 천천히 등을 돌리고 현관문을 향해 걸었다.

"미스터 롤린스!" 그중 한 명이 등 뒤에서 외쳤다.

나는 몸을 돌렸다. "네?"

그들은 빠르지만 주의 깊게 다가오고 있었다. 뚱뚱한 남자의 손이 주머니에 들어 있었다.

"미스터 롤린스, 나는 밀러고, 이쪽은 내 파트너 메이슨이오." 두 사람 모두 배지를 내밀었다.

"그런데요?"

"우리랑 가 줘야겠소."

"어디로요?"

"가면 압니다." 뚱뚱한 메이슨이 내 팔을 잡으며 말했다.

"체포하는 겁니까?"

"가면 알아." 메이슨이 다시 그렇게 말했다. 그가 나를 대문으로 잡아끌고 있었다.

"난 당신들이 날 왜 데려가는지 알 권리가 있습니다."

"넌 넘어져서 얼굴이 깨질 권리가 있지, 검둥이. 넌 죽을 권리가 있어." 그가 말했다. 이내 그가 내 횡격막을 쳤다. 내 몸이 구부러졌을 때 그가 내 등 뒤로 수갑을 채웠고, 둘이 합세해 나를 차로 끌고 갔다. 그들이 나를 뒷좌석에 던져 넣었고, 나는 거기에 누운 채 토할 뻔했다.

"차에다 토하면 그걸 다시 먹일 테다." 메이슨이 뒤에 대고 소리쳤다.

그들은 77번가의 경찰서로 차를 몰고 가 나를 정문으로 데려갔다.

"체포한 거야, 밀러?" 누군가가 물었다. 그들이 내 양팔을 잡고 있었고, 나는 고개를 떨군 채 축 늘어져 있었다. 나는 그 펀치에서 회복했지만 그들에게 그 사실을 알리고 싶지 않았다.

"집에 오는 걸 잡았지. 손쉽게."

그들이 작은 방의 문을 열자 희미한 지린내가 풍겼다. 벽은 페인트를 칠하지 않은 회반죽 벽이었고, 가구라고는 나무 의자뿐이었다. 하지만 그들은 내게 그 의자를 주지 않고 무릎을 꿇게 하더니 밖으로 나가 문을 닫았다.

문에는 안을 들여다볼 수 있는 작은 구멍이 있었다.

나는 어깨로 벽을 밀고 일어났다. 일어섰다고 해서 방이 조금도 나아 보이지는 않았다. 천장에 드러난 몇 개의 파이프에서 이따금 물이 떨어졌다. 리놀륨 바닥의 귀퉁이가 습기로 허옇게 부식되어 있었다. 창문은 하나뿐이었다. 유리 없이 5센티미터 두께의 바가 가로세로로 두 개씩 박혀 있을 뿐이었다. 창문으로 비집고 들어온 나뭇가지와 나뭇잎 사이로 아주 적은 빛이 들어왔다. 가로세로 4미터쯤 되는 아주 작은 방으로, 이 방이 내가 살 마지막 방이 될지도 모른다는 공포가 일었다.

그들이 일상적인 절차를 따르지 않았기에 걱정이 되었다. 나는 전에 '경찰과 검둥이' 게임을 한 적이 있었다. 경찰은 경찰차에 태워 경찰서로 끌고가 이름을 적고 지문을 뜬 다음 '용의자들'과 주정뱅이들이 있는 오수 탱크 같은 유치장에 던져 넣는다. 상스러운 말을 넌더리 나게 듣고 나면 그들은 별실로 데려가 왜 주류 판매점을 털었고, 그 돈으로 뭘 했는지 묻는다.

나는 그들이 한 말을 부정하는 동안 아무 죄가 없는 것처럼 보이려고 애썼다. 실제로 죄가 없지만 경찰이 그렇지 않다고 생각하면, 죄가 없는 것처럼 행동하기는 어렵다. 흑인이 뭔가를 저질렀다고 생각하는 게 경찰의 사고방식이었기 때문에 흑인이 무죄를 주장하는 것 자체가 뭔가 숨기고 있다는 증거가 되는 것이다. 하지만 우리가 오늘 하고 있는 것은 게임이 아니었다. 그들은 내 이름을 알고 있었고, 오수 탱크 같은 유치장에 처넣어 겁을 줄 필요가 없었다. 그들은 내 지문을 뜰 필요가 없었다. 나를 왜 체포했는지 몰랐지만 그들이 그게 옳다고 생각하는 한 그것은 문제가 아니라는 것은 알았다.

나는 의자에 앉아 창문으로 들어온 나뭇잎들을 올려다보았다. 밝은 녹색의 협죽도 나뭇잎을 서른두 잎까지 셌다. 창문으로 들어온 게 또 있었는데, 개미의 열이 방의 한쪽 벽을 타고 내려와 구석에 처박혀 죽은 작은 쥐의 사체로 이어져 있었다. 어떤 죄수가 그 쥐를 밟아 죽였으리라는 생각이 들었다. 아마 처음엔 바닥 한가운데에서 잡으려고 했다가 재빠른 쥐가 두 번, 어쩌면 세 번쯤 방향을 바꾸었을 터였다. 하지만 마침내 쥐는 벽에 난 틈을 찾는 치명적인 실수를 저질렀고, 죄수는 양발을 사용해 쥐의 탈출을 막을 수 있었을 것이었다. 쥐가 마르고 납작해져 있어서 그 죽음은 이번 주 초에 일어난 것 같았다. 내가 해고되던 참에.

쥐에 대해 생각하는 동안 다시 문이 열리고 그 형사들이 들어왔다. 문이 잠겨 있었는지 확인할 생각도 못 한 내게 화가 났다. 나는 이 경찰들이 내가 있길 바랐던 장소에 있었다.

"이지키얼 롤린스." 밀러가 말했다.

"네, 형사님."

"몇 가지 물을 게 있다. 네가 협조하겠다면 우린 이 수갑을 풀어 줄 수도 있어."

"협조하고 있습니다."

"말해 두는데, 빌," 뚱보 메이슨이 말했다. "이놈은 영리한 검둥이야."

"수갑을 풀어 줘, 찰리." 밀러가 말하자 뚱보가 마지못해 수갑을 풀어 주었다.

"어제 새벽 다섯 시쯤 어디 있었지?"

"그게 무슨 요일 아침이죠?" 나는 시간을 끌었다.

"이 친구가 말한 건," 뚱보 메이슨이 내 가슴에 발을 대고 나를 뒤로 넘어뜨리며 말했다. "목요일 새벽이야."

"일어나." 밀러가 말했다.

나는 몸을 일으키고 의자를 바로 세웠다.

"말하기 어려운데요." 나는 다시 앉았다. "밖에서 술을 마시고 술에 취한 친구를 집에 데려다줬습니다. 집에 가는 중이었거나 어쩌면 이미 침대에 들었을 겁니다. 시계를 보지 않아서요."

"어떤 친구였나?"

"피트. 내 친구 피트요."

"피트라고, 엉?" 메이슨이 싱긋 웃었다. 그가 내 왼쪽으로 천천히 걸어왔고, 내가 그를 향해 고개를 돌리기도 전에 옆머리에서 그의 단단한 주먹이 폭발하는 것을 느꼈다.

나는 다시 바닥에 나뒹굴었다.

"일어나." 밀러가 말했다.

나는 다시 일어났다.

"그래서 너와 네 친구 피트가 어디서 마셨는데?" 메이슨이 조롱했다.

"팔십구 번가에 있는 친구네 가게에서요."

메이슨이 다시 움직였지만 이번에는 나도 고개를 돌렸다. 무심한 표정으로 나를 내려다본 그는 양 손바닥이 위로 가게 들어 올렸을 뿐이었다.

"존이라는 불법 나이트클럽을 말하는 거겠지?" 밀러가 물었다.

나는 잠자코 있었다.

"넌 친구의 바를 때려 부수는 정도의 문제보다 더 큰 문제를 떠안았어, 이지키얼. 그런 것보다 더 큰 문제들을."

"어떤 문제들요?"

"큰 문제들."

"그게 무슨 뜻입니까?"

"우리가 네 검은 엉덩이를 서의 뒤쪽으로 끌고 가서 네놈 머리에 총알을 박을 수 있다는 뜻이야." 메이슨이 말했다.

"목요일 새벽 다섯 시에 어디 있었나, 미스터 롤린스?" 밀러가 물었다.

"확실히는 몰라요."

메이슨이 구두를 벗어 들고 살진 손바닥에 그 굽을 치기 시작했다.

"다섯 시." 밀러가 말했다.

우리는 조금 더 오래 그 게임을 했다. 마침내 내가 말했다. "이봐요, 나 같은 것 때문에 손을 때릴 건 없잖아요. 알고 싶어 하는 걸 말하겠습니다."

"협조할 준비가 됐나?" 밀러가 물었다.

"네, 형사 나리."

"목요일 새벽 코레타 제임스의 집에서 나와서 어디로 갔지?"

"집에 갔습니다."

메이슨이 내 의자 다리를 차려고 했지만 그가 그러기 전에 일어섰다.

"이 빌어먹을 걸로 충분하지 않습니까!" 내가 소리쳤지만 두 경찰 모두 깊은 인상을 받은 것 같지 않았다. "집에 갔다고 했잖아요. 그게 답니다."

"앉아, 미스터 롤린스." 밀러가 차분히 말했다.

"왜 내가 자리에 앉아서 당신들이 때리는 걸 참고 있어야 합니까?" 내가 외쳤다. 하지만 어쨌든 나는 자리에 앉았다.

"이놈은 미친놈이라고 내가 그랬잖아, 빌." 메이슨이 말했다. "부적격 제대자라고."

"미스터 롤린스," 밀러가 말했다. "미스 제임스의 집에서 나온 다음 어디로 갔지?"

"집에 갔다고요."

그때 아무도 나를 때리지 않았다. 아무도 의자를 차지 않았다.

"그날 이후 미스 제임스를 봤나?"

"아니요."

"미스터 부샤드와 언쟁이 있었나?"

나는 그의 말을 이해했지만 이렇게 말했다. "에?"

"너와 듀프리 부샤드가 미스 제임스 때문에 언쟁했냐고."

"네가 아는," 메이슨이 끼어들었다. "그 피트."

"난 가끔 그를 그렇게 불러요." 내가 말했다.

"넌," 밀러가 반복했다. "미스터 부샤드와 언쟁을 벌였나?"

"듀프리와는 아무 일도 없었습니다. 그 친군 잠이 들었죠."

"그래서 넌 목요일에 어딜 갔지?"

"숙취 상태로 집에 돌아가 하루 종일 집에 있다가 오늘 일하러 나온 거예요. 음," 메이슨이 또 의자에 화풀이하지 않도록 나는 그들이 계속 말하게 하고 싶었다. "월요일에 해고돼서 정말 일한 건 아니지만요. 하지만 다시 일을 얻으러 갔어요."

"목요일에 어디 갔었나?"

"숙취 상태로 집에 갔……,"

"검둥이 새끼!" 메이슨이 내게 주먹질을 시작했다. 그가 날 바닥에 쓰러뜨렸지만 나는 그의 양 주먹을 잡았다. 나는 몸을 비틀어 돌린 다음 그의 뚱뚱한 엉덩이 위에 올라탔다. 군복을 입은 다른 백인들을 죽인 방식으로 그를 죽일 수도 있었지만 등 뒤에 있는 밀러를 의식하고 벌떡 일어나 구석으로 움직였다.

밀러는 손에 경찰용 권총을 들고 있었다.

메이슨은 다시 내게 덤벼들 것 같더니 바닥에 눌린 배 때문에 숨쉬기가 힘든 것 같았다. 무릎을 꿇으면서 메이슨이 말했다. "몇 분만 저 새끼와 둘이 있게 둬 봐."

밀러가 그 말을 저울질했다. 그는 나와 뚱보를 번갈아 보고 있었다. 어쩌면 그는 내가 파트너를 죽일까 봐 겁을 먹었는지도 모르고, 어쩌면 서류 작업을 원치 않았는지도 몰랐다. 밀러는 자신의 책임하에 유혈 사태와 파국을 초래하고 싶지 않은 숨은 박애주의자일지도 몰랐다. 마침내 그가 속삭였다. "안 돼."

"하지만……," 메이슨이 입을 열었다.

"안 된다고 했어. 일어나."

밀러는 총을 쥐지 않은 손을 뚱보의 겨드랑이에 넣어 그가 일어나는 것을 도왔다. 이내 그는 권총을 총집에 넣고 코트를 바로잡았다. 메이슨이 내게 냉소를 흘리더니 밀러를 따라 방문 밖으로 나갔다. 그는 내게 훈련받은 잡종개를 떠오르게 했다. 그들 뒤에서 자물쇠가 잠기는 소리가 났다.

나는 의자로 돌아가 다시 나뭇잎을 셌다. 다시 죽은 쥐로 향하는 개미들을 따랐다. 하지만 이번에는 나는 죄수고 메이슨 형사가 쥐라는 상상을 했다. 나는 그가 구석에서 양복이 온통 더럽혀지고 구깃구깃해지도록 그를 짓밟았다. 그의 눈이 안구에서 튀어나왔다.

천장에서 이어진 전깃줄에 달린 전구가 있었지만 그것을 켤 방법이 없었다. 나뭇잎들 사이로 보이는 작은 해가 천천히 지고 있었고, 방은 황혼에 물들었다. 나는 의자에 앉아 고통이 줄었는지 보려고 이따금 멍을 눌렀다.

아무것도 생각하지 않았다. 코레타든 듀프리든 내 수요일 밤에 대해 경찰이 어떻게 그렇게 많은 것을 알고 있는지든 궁금하지 않았다. 내가 한 것이라곤 나 자신이 어둠이 되려고 애쓰며 어둠 속에 앉아 있는 것뿐이었다. 깨어 있었지만 내 생각은 꿈 같았다. 각성 상태에서 꿈을 꾸었다. 나는 어둠이 될 수도, 방의 풍화된 틈새들 사이로 빠져나갈 수도 있었다. 만약 내가 밤이라면 아무도 나를 찾을 수 없을 것이었다. 내가 사라진 것을 누구 하나 알지조차 못할 것이었다.

나는 어둠 속에서 얼굴들을 보았다. 아름다운 여자들과 햄과 파이의 향연. 그때 내가 얼마나 외롭고 허기졌었는지 지금에야 깨닫는다.

칠흑같이 어두워졌을 때 전등이 켜졌다. 밀러와 메이슨이 이미 들어왔을 때도 깜빡이는 눈을 부릅뜨려고 애썼다. 밀러가 문을 닫았다.

"말할 게 생각났나?" 밀러가 나에게 물었다. 나는 그냥 그를 쳐다보았다.

"나가도 돼." 밀러가 말했다.

"들었나, 껌둥이!" 메이슨이 바지 지퍼가 올라갔는지 확인하려고 바지 앞섶을 더듬대며 소리쳤다. "여기서 꺼져!"

그들에게 이끌려 넓은 방으로 들어간 다음 당직 경찰을 지나쳤다. 도처에서 나를 노려보려고 사람들이 몸을 돌렸다. 어떤 이들은 웃음을 터뜨렸고, 어떤 이들은 충격을 받았다.

그들이 나를 내근 경사에게 데려갔고, 그가 내게 지갑과 주머니칼을 건넸다.

"나중에 다시 연락할지도 몰라, 미스터 롤린스." 밀러가 말했다. "또 물을 게 생기면. 우린 네가 어디 사는지 알아."

"뭐에 대한 질문이요?" 정직한 질문을 하는 정직한 사람처럼 들리게 하려고 애쓰며 내가 물었다.

"그게 경찰이 하는 일이야."

"만약 당신들이 날 우리 집 마당에서 끌고 온 다음 이리로 데려와 여기에 처넣는다면 내 일은 아니겠죠?"

"고소장을 원하나?" 밀러의 여위고 창백한 얼굴은 표정 하나 변하지 않았다. 그는 내가 전에 알았던 남자, 오린 클레이처럼 보였다. 오린은 위궤양이 있어서 당장이라도 위액을 뱉을 것처럼 늘 입을 다물고 있었다.

"무슨 일인지 알고 싶을 뿐입니다." 내가 말했다.

"네가 필요하면 우리가 들를 거야."

"여기서 어떻게 집에 가야 합니까? 여섯 시 버스가 막차인데."

밀러는 내게서 돌아섰다. 메이슨은 이미 가고 없었다.

11

처음 경찰서를 나섰을 때는 걸었지만 뛰고 싶었다. 존네 가게까지는 열다섯 블록이었고, 나는 자신에게 느린 걸음을 유지하라고 말해야 했다. 경찰차가 뛰고 있는 검둥이를 맞닥뜨리면 체포하리라는 것을 알았기에.

거리는 유별나게 어두웠고, 인적이 없었다. 센트럴 애비뉴가 거대한 검은 골목 같았고, 나는 고양이들을 조심하며 모퉁이들을 끌어안는 작은 쥐가 된 것 같았다.

이따금 차가 쏜살같이 내달렸다. 순간 음악이나 웃음소리가 들린 것 같았는데 순식간에 멀어져 갔다. 앞서가는 사람은 없었다.

경찰서에서 세 블록 떨어졌을 때 나는 들었다. "어이, 이봐, 이지 롤린스!"

검은 캐딜락 한 대가 내 옆에서 속도를 줄이더니 내 보폭과 속도를 맞추었다. 긴 차였다. 차 두 대가 합쳐졌다고 해도 좋을 만큼. 챙이 달린 검은 모자를 쓴 하얀 얼굴이 운전석 창밖으로 나왔다. "이봐, 이지, 이쪽이야." 그 얼굴이 말했다.

"누구십니까?" 나는 어깨 너머로 묻고 나서 다시 얼굴을 돌리고 계속 걸었다.

"이봐, 이지." 얼굴이 다시 말했다. "이 뒤에 너와 이야기를 나누고 싶어 하는 분이 계셔."

"당장은 시간이 없는데. 가야 해요." 나는 걷는 보폭을 두 배로 늘려 달리다시피 했다.

"타. 자네가 가는 곳에 데려다줄 테니." 그가 그렇게 말한 다음 이렇게 말했다. "네?" 나에게 한 말이 아니라 동승한 사람에게 한 말이었다.

"이지," 그가 다시 말했다. 내가 모르는 누군가가 내 이름을 아는 게 싫었다. "자네가 차에 타면 보스가 오십 달러를 줄 거야."

"어디까지?" 나는 걸음을 늦추지 않았다.

"자네가 가고 싶은 곳 어디든."

나는 입을 닫고 계속 걸었다.

캐딜락이 속도를 내 앞으로 가더니 내 앞 10미터쯤 앞에 있는 커브 길에서 멈추었다. 운전석 문이 열리고 그가 나왔다. 그는 운전석에서 내리기 위해 가슴에서부터 긴 다리를 펴야 했다. 그가 서자 거의 초승달 같은 얼굴에, 마르고 키가 큰 사내라는 것을 알 수 있었다. 밝은색 머리는 가로등 불빛에 회색인지 금발인지 알 수 없었다.

그가 양손을 거의 어깨높이에서 내밀었다. 친화를 표시하는 듯한 이상한 제스처였지만 나는 그가 그 자세로 나를 거머쥘 수도 있다는 것을 알았다.

"이봐요." 내가 말했다. 키 큰 사람을 쓰러뜨리려면 무릎을 노리는 게 가장 쉬운 방법이라고 생각하며 뒷걸음질 치면서 몸을 구부렸다. "난 집에 가는 중입니다. 그게 다라고요. 당신 친구가 얘길 나누고 싶다면 나한테 전화하라고 하는 게 나을 겁니다."

키 큰 운전사가 엄지로 뒤쪽을 가리키며 말했다. "경찰이 자넬 데려간 이유를 안다고 그분이 전하라는군, 이지. 그분은 그에 관해 얘길 나누고 싶어 하셔."

만면에 웃음을 띤 운전사의 눈빛은 꿈꾸는 듯했다. 그를 보고 있자니 피곤해졌다. 만약 내가 덤벼들면 내 얼굴부터 땅에 처박히리라는 것을 느꼈다. 어쨌든 난 왜 경찰이 날 연행했는지 알고 싶었다.

"얘기만 하는 겁니까?" 내가 물었다.

"그분이 자넬 다치게 하고 싶었다면 자넨 이미 죽었어."

운전사가 뒷좌석 문을 열었고, 나는 차에 올랐다. 문이 닫힌 순간 나는 냄새에 욕지기가 났다. 향수처럼 달콤하면서도 시큼한 냄새. 정체는 알았지만 그것을 설명할 적절한 표현이 떠오르지 않았다.

차가 후진했다가 출발하는 바람에 나는 운전석 등받이에 던져졌다. 내 앞에 뚱뚱한 백인 남자가 있었다. 그의 둥근 하얀 얼굴이 스쳐 지나가는 헤드라이트 불빛에 달처럼 보였다. 그는 미소 짓고 있었다. 그의 좌석 뒤쪽은 얕은 짐칸이었다. 그 뒤에서 뭔가가 움직이는 게 보인 것 같았는데, 자세히 보기 전에 그가 말을 걸었다.

"그녀는 어딨나, 미스터 롤린스?"

"네?"

"대프니 모네. 그녀는 어딨지?"

"그게 누군데요?"

두꺼운 입술의 백인들은 좀처럼 없었다. 특히 백인 남자들은. 이 백인의 입술은 빨갛고 두꺼웠다. 입술은 부어오른 상처처럼 보였다.

"난 그들이 자넬 왜 거기로 데려갔는지 알지, 미스터 롤린스." 그가 뒤쪽에 있는 경찰서를 머릿짓했다. 그가 그랬을 때 다시 짐칸을 보았다. 그가 기뻐하며 말했다. "이리 나오거라, 예쁜이."

작은 소년이 좌석을 타 넘었다. 더러워진 팬티에 지저분한 양말 차림이었다. 피부는 갈색이었고, 두꺼운 직모는 검은색이었다. 아몬드 모양의 눈이 중국인이라고 말했지만 멕시코 소년이었다. 아이는 바닥으로 내려가 뚱뚱한 남자의 다리에 엉겨 붙었다.

"얘가 내 예쁜이지." 뚱뚱한 남자가 말했다. "내가 건강할 수 있는 건 이 녀석 덕분이야."

이 불쌍한 아이의 모습과 냄새에 나는 움찔했다. 내가 보고 있는 것에 대해 생각하지 않으려고 애썼다. 그에 관해 내가 할 수 있는 게 아무것도 없었기에. 적어도 그때는.

"제게 뭘 원하시는지 모르겠군요, 테란 씨." 내가 말했다. "나는 내가 왜 체포됐는지, 대프니가 누군지 전혀 모릅니다. 내가 하고 싶은 건 집에 가서 이 밤을 흘려보내고 싶을 뿐입니다."

"그러니까 자넨 내가 누군지 안단 말이지?"

"신문에서 봤습니다. 시장 선거에 나가셨죠."

"또 나갈 수도 있네." 그가 말했다. "또 나갈 수도 있지. 그리고 어쩌면 자네가 도움이 될지도 모르고." 그가 손을 뻗어 소년의 귀 뒤를 긁었다.

"무슨 말씀인지 모르겠는데요. 전혀."

"경찰은 자네가 코레타 제임스와 듀프리 부샤드와 술을 마신 뒤에 한 일을 알고 싶어 해."

"네?"

"난 그에 관해선 관심 없네, 이지. 난 대프니 모네의 이름을 입에 담은 자가 있었는지 알고 싶을 뿐이야."

나는 없다는 뜻으로 머리를 저었다.

"누군가," 그가 머뭇거렸다. "낯선 자가 코레타와 얘기하고 싶어 했나?"

"낯선 자라는 게 무슨 말입니까?"

매슈 테란이 잠시 나를 보고 미소를 짓더니 말했다. "대프니는 백인 여자야, 이지. 젊고 예쁜. 그건 내게 엄청 많은 걸 뜻하네. 내가 그녀를 찾을 수 있다면."

"저는 도움이 안 될 것 같군요. 난 그들이 날 연행한 이유도 모릅니다. 아십니까?"

그는 대답하지 않고 물었다. "하워드 그린을 아나?"

"한두 번 만난 적 있습니다."

"코레타가 그날 밤 그에 관한 무슨 말이든 했나?"

"전혀요." 사실을 말해서 기분이 좋았다.

"자네 친구 듀프리는 어떤가? 그가 무슨 말이든 했나?"

"듀프리는 취했습니다. 그게 그가 하는 거죠. 그리고 그 친구는 다 마신 다음 자러 갔습니다. 그게 그가 한 거죠. 그가 한 건 그게 답니다."

"난 힘 있는 사람이야, 미스터 롤린스." 그는 그 말을 내게 할 필요가 없었다. "그리고 난 자네가 내게 거짓말을 했다고 생각하고 싶진 않을 거야."

"경찰이 날 왜 연행했는지 아십니까?"

매슈 테란은 멕시코 꼬마를 들어 올려 품에 안았다.

"어떻게 생각하니, 예쁜아?" 그가 소년에게 물었다. 걸쭉한 콧물이 소년의 코에서 흘러내릴 것 같았다. 아이의 입은 벌어져 있었고, 아이는 내가 이상한 동물이라도 된다는 양 나를 쳐다보았다. 위험한 동물이 아닌, 아마도 고속도로에서 차에 치인 개나 호저의 사체인 양.

테란 씨가 머리 옆에 달린 수화기를 들더니 거기에 대고 말했다. "노먼, 미스터 롤린스를 그가 원하는 곳으로 데려다주게. 일단은 이걸로 됐어." 그리고 그가 내게 수화기를 건넸다. 거기서 달착지근한 향유와 시큼한 것이 섞인 냄새가 났다. 나는 노먼에게 존의 무허가 술집 주소를 알려 주면서 그 냄새를 무시하려고 애썼다.

"자, 받게, 미스터 롤린스." 테란이 말했다. 그는 손에 눅눅한 지폐 몇 장을 쥐고 있었다.

"됐습니다." 나는 그 남자의 손에 닿은 어떤 것도 만지고 싶지 않았다.

"내 사무실 전화번호가 전화번호부에 실려 있네, 미스터 롤린스. 뭔가를 찾으면 난 자네가 내게 도움이 될지도 모른다고 생각할 걸세."

차가 존네 가게에 섰을 때 나는 할 수 있는 한 빨리 내렸다.

"이지!" 해티가 외쳤다. "무슨 일 있었어, 자기?"

그녀가 카운터에서 돌아 나와 내 어깨에 손을 올렸다.

"경찰이요." 내가 말했다.

"오, 자기. 코레타 때문에?"

모두가 내 삶에 대해 아는 것처럼 보였다.

"코레타가 왜요?"

"못 들었어?"

나는 그녀를 빤히 볼 따름이었다.

"코레타가 살해됐어." 그녀가 말했다. "경찰이 듀프리를 그의 일터에서 연행했다고 들었어. 그가 그녀와 함께 나갔다고. 그리고 난 자기가 수요일 날 걔들과 함께 있었다는 걸 알아서 경찰이 자길 의심했을 거라는 걸 알았어."

"살해됐다고요?"

"딱 하워드 그린처럼. 너무 심하게 얻어맞아서 엄마가 아니면 알아볼 수 없었지."

"죽어요?"

"경찰이 자기한테 어떻게 했어, 이지?"

"오델, 여기 있어요, 해티?"

"일곱 시쯤 왔어."

"지금 몇 시죠?"

"열 시."

"오델 좀 불러 주시겠어요?" 나는 부탁했다.

"그럼, 이지. 주니어에게 시키면 돼."

그녀는 문에 머리를 디밀었다가 뺐다. 얼마 지나지 않아 오델이 나왔다. 나는 오델의 표정을 보고 내가 안 좋아 보이리라는 것을 알았다. 그는 거의 감정을 드러내지 않았지만 지금은 유령을 본 것처럼 보였다.

"날 집까지 태워다 주실 수 있어요, 오델? 차가 없어요."

"그럼, 이지."

오델은 차를 타고 있는 동안 거의 말이 없었지만 내 집에 가까워졌을 때쯤 입을 열었다. "좀 쉬는 게 나을 것 같군, 이지."

"물론 그럴 생각이에요, 오델."

"그냥 지금 자라는 말이 아니라, 휴가나 뭐 그런 것 같은 진짜 휴식을 말한 거야."

나는 웃음을 터뜨렸다. "어떤 여자가 나한테 가난한 사람들은 휴가를 낼 여유가 없다고 한 적 있죠. 일만 하다가 죽을 거라고."

"일을 그만둘 것까진 없어. 난 어디 좋은 데 가서 쉬는 걸 말한 거야. 휴스턴이나 사람들이 자넬 모르는 갤버스턴 같은 데."

"왜 그런 말을 하죠, 오델?"

차가 내 집 앞에 섰다. 주차된 채 나를 기다리는 폰티액이 반가웠다. 나는 올브라이트에게 받은 돈으로 이 나라를 횡단할 수도 있었다.

"먼저 하워드 그린이 살해된 다음 코레타가 그의 전철을 밟았네. 경찰이 이걸 자네와 엮을 거고, 듀프리는 아직 구치소에 있다고 들었어. 떠날 때야."

"갈 수 없어요, 오델."

"왜?"

나는 내 집을 보았다. 내 아름다운 집을.

"그냥 그럴 수 없어요. 하지만 당신 말이 맞아요."

"떠나지 않을 거라면, 이지, 도움을 청하는 게 좋을 거야."

"어떤 도움이요?"

"난들 알겠나. 어쩌면 일요일에 교회에 가 봐야 할지도 모르지. 어쩌면 타운 목사와 얘기해 볼 수도 있고."

"신은 이런 상황에 도움이 안 돼요. 어딘가 다른 곳을 찾아봐야 해요."

나는 차에서 내려 그에게 작별 인사로 손을 흔들었다. 하지만 오델은 좋은 친구였다. 그는 내가 절뚝거리고 비틀거리며 대문을 지나 집 안으로 들어갈 때까지 거기서 기다렸다.

12

나는 자러 가기 전에 버번 한 파인트 반을 마셨다. 시트는 빳빳하게 말라 있었고, 술기운에 두려움은 사라졌지만 눈을 감으면 코레타가 몸을 숙여 내 가슴에 키스하고 있었다.

나는 아직 내가 아는 누군가에게 일어나는 진짜 죽음을 상상하기엔 이른 나이였다. 전쟁 때조차 친구들이 죽었다는 사실을 알면서도 다시 그들을 보길 기대했다.

그 밤은 그렇게 계속되었다. 잠깐 잠이 들었다고 생각한 순간 내가 코레타를 부르는 소리를 듣거나 그녀가 나를 부르는 소리에 대답하다가 잠이 깨었다. 다시 잠이 들 수 없다면 침대 옆에 둔 위스키에 손을 뻗는 게 나을 것이었다.

그날 밤 늦게 전화가 울렸다.

"네?" 내가 중얼거렸다.

"이지? 이지, 너야?" 거친 목소리가 들려왔다.

"그래. 몇 시야?"

"세 시쯤. 자나?"

"어떨 것 같아? 누구야?"

"주니어. 날 몰라?"

그가 누구인지 생각하는 데 시간이 걸렸다. 주니어와 나는 친구였던 적이 없었고, 그가 내 전화번호를 어디서 찾았는지 생각조차 할 수 없었다.

"이지? 이지! 다시 잠든 거야?"

"이 새벽에 용건이 뭐야, 주니어?"

"아무것도. 별거 아니야."

"별거 아니라고? 별거 아닌 걸로 새벽 세 시에 날 깨웠다고?"

"그렇게 딱딱거릴 거 없어. 난 네가 알고 싶은 걸 알려 주고 싶었을 뿐이야."

"그게 뭔데, 주니어?"

"그 여자에 대한 거. 그거뿐이야." 초조한 목소리였다. 그는 빠르게 말하고 있었고, 내 느낌에 그가 계속 어깨 너머를 보고 있는 것 같았다. "어쨌든 넌 왜 그 여자를 찾는 거지?"

"그 백인 여자를 말하는 거야?"

"그래. 지난주에 그 여자를 본 게 막 기억났어. 그 여잔 프랭크 그린과 왔어."

"그 여자 이름이 뭐야?"

"녀석은 대프니라고 부르는 것 같던데. 분명히."

"그런데 왜 이제야 말하는 거야? 어쨌든 이렇게 늦게 왜 나한테 전화한 거야?"

"두 시 반까진 자리를 뜰 수 없었다고, 이지. 네가 알고 싶어 하는 것 같아서 전화한 거야."

"어떤 여자에 대해 말하려고 한밤중에 전화한 거라고? 이봐, 거짓말 마! 대체 원하는 게 뭐야?"

주니어는 몇 마디 욕을 내뱉더니 내 귀에 대고 전화를 끊었다.

나는 술병을 집어 들고 술을 가득 따랐다. 그런 다음 담뱃불을 붙이고 주니어의 전화를 곰곰이 생각했다. 내가 같이 놀고 싶어 한 어떤 여자에 대해 말해 주려고 이 밤에 내게 전화한 녀석이 이해되지 않았다. 녀석은 뭔가 알고 있었다. 주니어 같은 우둔한 농장 일꾼이 내 일에 대해 뭘 알 수 있을까? 나는 술을 다 마시고 담배를 다 피웠지만 여전히 이해가 가지 않았다.

어쨌든 위스키가 불안을 진정시켜 주었고, 나는 선잠에 빠져들 수 있었다. 아이로 돌아간 내가 휴스턴 남부에서 메기 낚시를 하는 꿈을 꾸었다. 케틀린강에는 거대한 메기가 살았다. 엄마가 어떤 것들은 너무 커서 악어가 잡아먹지 못한다고 했다.

그 거대한 녀석이 낚싯줄에 걸렸고, 나는 수면 아래에서 녀석의 대가리를 볼 수 있었다. 녀석의 주둥이는 어른 몸통만 했다.

그때 전화가 울렸다.

나는 전화를 받느라 잡은 물고기를 놔줄 수 없어서 엄마한테 녀석을 잡으라고 했지만 엄마는 계속 울리는 전화벨 소리, 잠수

하려고 애쓰는 메기 때문에 내 말을 듣지 못하는 것 같았다. 결국 녀석을 놔줘야 했고, 수화기를 들었을 때는 울음을 터뜨릴 뻔했다. "여보세요."

"여보세요? 미스터 롤린스? 응?" 프랑스어처럼 억양이 부드러웠지만 분명 프랑스어는 아니었다.

"네." 나는 숨을 내쉬었다. "누구십니까?"

"당신 친구 문제로 전화했어요."

"그게 누군데요?"

"코레타 제임스." 한 음절 한 음절을 또렷이 발음하며 그녀가 말했다.

그 말에 나는 일어나 앉았다. "누구십니까?"

"내 이름은 대프니예요. 대프니 모네." 그녀가 말했다. "코레타는 당신 친구죠? 그녀가 날 찾아와 돈을 요구했어요. 그녀가 당신이 날 찾고 있다면서 돈을 주지 않으면 당신에게 말하겠다더군요. 이지, 맞아요?"

"그녀가 언제 그렇게 말했습니까?"

"어제. 아니 그 전날이군요."

"그래서 당신은 어떻게 했습니까?"

"난 그녀에게 내 마지막 이십 달러를 줬어요. 난 당신을 몰라요. 아닌가요, 롤린스 씨?"

"그리고 그녀는 어떻게 했습니까?"

"그녀는 갔고 난 걱정이 됐어요. 내 친구도 외출하고 돌아오지 않아서 당신을 찾으면 당신이 사정을 말해 줄지도 모른다고 생각했죠. 그래요? 왜 날 찾고 싶어 하는 거죠?"

"무슨 말인지 모르겠습니다." 내가 말했다. "하지만 당신 친구, 누구더라?"

"프랭크. 프랭크 그린."

나는 반사적으로 바지에 손을 뻗었다. 바지는 침대 옆 바닥에 있었다.

"왜 날 찾는 거죠, 롤린스 씨? 내가 당신을 아나요?"

"당신은 뭔가 착각하고 있는 것 같군요. 난 짚이는 게 없습니다. 그녀가 무슨 말을 했는지……. 프랭크가 그녀를 찾으러 간 것 같습니까?"

"난 프랭크에게 그녀가 여기 왔다는 말을 하지 않았어요. 그는 여기에 오지 않았고, 집에도 가지 않았어요."

"난 프랭크가 어디에 있는지에 대한 건 모르고, 코레타는 죽었습니다."

"죽어요?" 그녀는 정말 놀란 것처럼 보였다.

"네, 경찰은 그게 목요일 밤에 일어난 일로 생각합니다."

"끔찍하군요. 혹시 프랭크에게도 무슨 일이 일어났다고 생각해요?"

"이봐요, 아가씨, 난 프랭크에게든 누구에게든 무슨 일이 일어나고 있는지 모릅니다. 내가 아는 건 그게 나와는 상관없는 일이라는 겁니다. 당신이 괜찮길 바라지만 나는 이제 자야……,"

"하지만 당신은 날 도와줘야 해요."

"됐습니다. 나로서는 무리한 일입니다."

"하지만 당신이 날 돕지 않으면 난 내 친구를 찾으려고 경찰서에 가야 할 거예요. 그럼 난 당신과 그 여자, 코레타에 대해 말해야 할 거고요."

"이봐요, 그녀를 죽인 사람은 아마 당신 친구일 겁니다."

"그녀가 칼에 찔렸나요?"

"아니요." 그녀가 한 말의 의미를 깨달으며 내가 말했다. "그녀는 맞아 죽었습니다."

"그건 프랭크가 아니에요. 그는 칼을 써요. 주먹을 쓰진 않죠. 날 도와줄 거예요?"

"뭘 돕습니까?" 내가 말했다. 나는 내가 얼마나 무력한지 보이기 위해 손을 들었지만 아무도 나를 볼 순 없었다.

"친구 한 명이 더 있어요, 네? 그가 프랭크의 거처를 알지도 몰라요."

"난 프랭크 그린을 찾으러 다닐 이유가 없지만 당신이 그를 찾길 원한다면 그 친구에게 전화하면 될 거 아닙니까?"

"난 그가 있는 곳에 가지 않으면 안 돼요. 그에게서 받을 것도 있고……."

"그러니까 왜 내가 필요하다는 겁니까? 그가 당신 친구라면 그냥 그의 집에 가요. 택시 타고."

"돈도 없고, 프랭크가 내 차를 가져갔어요. 거긴 아주 멀어요. 친구 집은요. 하지만 난 당신에게 가는 길을 알려 줄 수 있어요."

"됐어요, 아가씨."

"제발 도와줘요. 경찰엔 부탁하고 싶지 않고, 당신이 도와주지 않으면 다른 방법이 없어요."

나도 경찰이 두려웠다. 다음에 또 경찰서에 끌려가면 나올 수 없으리라는 두려움. 나는 계속 내 메기를 놓치고 있었다. 메기 튀기는 냄새를 거의 맡을 수 있었다. 그것을 맛보기 직전이었다.

"지금 어딥니까?" 내가 물었다.

"딘커가의 내 집이요. 3451번지의 5."

"프랭크가 사는 데가 아니군요."

"난 내 집이 있어요. 그는 내 애인이 아니에요."

"난 당신에게 돈을 좀 빌려주고 메인가에서 택시를 태워 줄 수 있습니다. 그게 다예요."

"오, 네, 그래요! 그거면 돼요."

13

새벽 4시에 로스앤젤레스 주민들은 잠들어 있었다. 딘커가에는 쓰레기통을 찾아 배회하는 개조차 없었다. 어둠에 물든 잔디는 쥐 죽은 듯 고요했고, 드문드문 피어 있는 흰 꽃이 헤드라이트 불빛에 부옇게 떠올랐다.

그 프랑스 여자가 가르쳐 준 주소지에는 단층으로 된 두 세대용 주택이 있었다. 그녀의 집 쪽 포치에 등이 켜져 있었다.

나는 담배에 불을 붙이고 나서 차에서 내렸다. 집은 전적으로 이상이 없어 보였다. 앞마당에는 몸통이 두꺼운 야자나무가 있었다. 잔디는 장식용 흰색 말뚝 울타리에 둘러싸여 있었다. 주위에 굴러다니는 시체도, 포치에 칼을 든 험상궂게 생긴 남자들도 없었다. 그때 오델의 충고를 받아들여 캘리포니아를 영원히 떠났어야 했다.

문에 다가갔을 때 그녀는 문 뒤에서 기다리고 있었다.

"롤린스 씨?"

"이지, 이지라고 불러 주십시오."

"오, 네. 코레타가 당신을 그렇게 부르더군요. 맞죠?"

"그래요."

"난 대프니예요. 들어오세요."

한 가족이 쓰는 집이었지만 어떤 이유인지 손을 댄 집이었다. 어쩌면 남매가 이 집을 상속받고 협의에 이르지 못해 벽으로 반을 막은 다음 두 세대용 주택으로 불렀는지도 몰랐다.

그녀가 나를 반으로 나뉜 거실로 데려갔다. 갈색 카펫, 갈색 소파와 같은 색의 의자가 있었고, 벽도 갈색이었다. 갈색 커튼 옆에는 화분에 담긴, 잎이 무성한 양치식물이 있었다. 그 잎이 벽을 온통 덮고 있었다. 탁자만 갈색이 아니었다. 탁자는 상판에 투명한 유리를 올린 금박을 입힌 스탠드였다.

"마실 걸 드릴까요, 롤린스 씨?" 그녀는 장식이 없는 푸른 원피스를 입고 있었다. 내가 군인으로 파리에 있었을 때 프랑스 여자들이 입던 종류의 원피스였다. 무늬가 없는 옷으로 무릎을 간신히 가리는 정도의 길이였다. 유일한 장신구는 왼쪽 가슴에 단 작은 세라믹 핀이었다.

"괜찮습니다."

그녀의 얼굴은 아름다웠다. 사진보다 더 아름다운. 웨이브 진 머리는 연갈색으로, 멀리서 보면 금발로 보일지도 몰랐고, 눈은 그녀가 머리를 어느 쪽으로 향하느냐에 따라 녹색으로도 푸른색으로도 보였다. 광대가 솟아 있었지만 그녀를 엄격하게 보이게 할 정도는 아니었다. 양 눈 사이가 대부분의 여자 눈보다는 살짝 모여 있었다. 그것이 그녀를 연약해 보이게 했고, 그녀에게 팔을 둘러 주고 싶다고 느끼게 했다. 그녀를 보호하기 위해.

그녀가 입을 열기 전 우리는 잠시 서로를 보았다. "뭐 좀 드시겠어요?"

"괜찮습니다." 나는 우리가 속삭이고 있었다는 것을 깨닫고 물었다. "여기 다른 누가 있습니까?"

"아니요." 그녀가 쓰는 아이보리 비누 냄새를 맡을 수 있을 만큼 충분히 가까이 그녀가 다가오며 속삭였다. "난 혼자 살아요."

이윽고 그녀가 길고 가녀린 손을 뻗어 내 얼굴을 만졌다.

"싸웠나요?"

"뭐라고요?"

"얼굴에 상처들이요."

"아무것도 아닙니다."

그녀는 손을 떼지 않았다.

"소독해 줄까요?"

나는 그녀의 얼굴을 만지려고 손을 올리며 생각했다. 이건 미친 짓이야.

"상처는 괜찮습니다. 이십오 달러를 가져왔습니다."

그녀가 아이처럼 미소 지었다. 아이만이 그렇게 행복해할 수 있었다.

"고마워요." 그녀가 말했다. 그녀는 몸을 돌려 갈색 의자에 앉고 무릎 위에 손을 모아 쥐었다. 그녀가 소파를 향해 고개를 끄덕여서 나도 자리에 앉았다.

"돈은 여기 있습니다." 내가 지갑을 꺼내려 하자 그녀가 말리는 몸짓을 했다.

"날 그가 있는 데까지 태워다 줄 순 없나요? 난 한낱 여자일 뿐이에요. 당신은 차에 있고, 난 잠깐이면 돼요. 아마 오 분."

"이봐요, 난 당신을 알지도 못해요……."

"하지만 난 도움이 필요해요." 그녀가 깍지 낀 손을 내려다보며 말했다. "당신은 경찰에 귀찮은 일을 당하고 싶지 않잖아요. 나도……,"

전화로도 들은 대사였다. "그냥 택시를 타면 되지 않습니까?"

"무서워요."

"하지만 어떻게 날 신용합니까?"

"선택의 여지가 없어요. 여기서 난 외지인이고 내 친구는 가버렸어요. 당신이 날 찾는다고 코레타가 말했을 때 난 당신이 나쁜 사람인지 물었고, 그녀는 아니라고 했어요. 이렇게도 말했어요. 뭐랄까, 당신은 완전히 무해해 보인다고요."

"난 당신에 대해 언뜻 들었을 뿐입니다." 내가 말했다. "그뿐이에요. 존 술집의 문지기가 당신이 대단한 미인이라더군요."

그녀가 나를 보고 미소 지었다. "도와줄 거죠, 네?"

안 된다고 말할 때는 지났다. 안 된다고 할 것이었으면 디윗 올브라이트에게나 코레타에게도 그랬어야 했다. 그래도 한 가지 물을 게 있었다.

"내 전화번호를 어떻게 알았죠?"

대프니는 한 3초쯤 자기 손을 내려다보았다. 보통 사람이 거짓말을 지어내기에 충분히 긴 시간이었다.

"코레타에게 돈을 주기 전에 당신 전화번호를 알고 싶다고 했어요. 그래서 당신에게 전화할 수 있었던 거예요."

그녀는 한낱 여자였다. 스물두 살 이상은 되어 보이지 않는.

"당신 친구가 어디 산다고 했죠?"

"할리우드 위쪽 동네요. 로럴 캐니언 거리."

"어떻게 가는지 압니까?"

그녀는 열정적으로 끄덕이고 폴짝 뛰며 말했다. "갖고 올 게 하나 있어요."

그녀는 거실에서 어두운 복도로 달려 나가더니 1분이 못 되어 돌아왔다. 그녀는 낡아 빠진 여행 가방을 가져왔다.

"리처드 거예요. 내 친구." 그녀가 수줍게 미소 지었다.

나는 라브레아 쪽으로 시내를 가로지른 다음 할리우드 방면 북쪽으로 곧장 내달렸다. 캐니언 길은 좁고 구불구불했지만 교통체증은 전혀 없었다. 우리는 경찰차도 보지 못했는데, 그것은 내게 다행이었다. 경찰은 흑인 남자와 백인 여자가 같이 있는 모습을 보면 그것을 강제적 매춘이라고 생각하기에.

높은 지대에 다다라 커브 길을 만날 때마다 우리는 로스앤젤레스의 야경을 마주했다. 오래전에도 도시는 빛의 바다였다. 눈부시게 반짝이며 살아 있는. 밤에 로스앤젤레스를 내려다보는 것만으로 힘이 솟았다.

"다음이에요, 이지. 간이 차고가 있는 데요."

또 다른 작은 집이었다. 우리가 도로상에서 본 어떤 저택들에 비하면 그것은 하인의 집 같았다. 활짝 열린 현관문과 창문이 두 개 달린, 작고 추레한 A 자형 집.

"당신 친구는 늘 저렇게 문을 열어 놓습니까?" 내가 물었다.

"모르겠어요."

나는 차를 세우고 그녀와 함께 내렸다.

"잠깐이면 될 거예요." 그녀는 내 팔을 어루만지더니 집으로 향했다.

"내가 같이 가는 게 나을지도 모르겠군요."

"안 돼요." 그녀가 전에 없이 힘주어 말했다.

"이봐요. 지금은 늦은 밤인 데다 큰 도시의 외딴 동네예요. 저 문이 열려 있는 건 뭔가 잘못됐다는 뜻입니다. 게다가 내가 아는 사람에게 무슨 일이 생기면 경찰은 나를 무덤까지 쫓을 겁니다."

"좋아요." 그녀가 말했다. "하지만 괜찮은지 보기만 하는 거예요. 괜찮으면 당신은 차에 가 있는 거예요."

나는 현관문을 닫고 벽에 있는 스위치를 켰다. 대프니가 소리쳤다. "리처드!"

산장처럼 설계된 집이었다. 현관문을 열면 큰 방이 나타나는데, 거실, 식당 그리고 부엌이 한데 있었다. 부엌은 긴 카운터로 식사하는 데와 나뉘어 있었다. 방의 왼쪽 끝에는 멕시코 러그를 깐 목제 소파와 좌석과 등받이에 황갈색 쿠션이 놓인 철제 의자가 있었다. 현관문 반대편 벽은 온통 유리였다. 도시의 불빛이 윙크하는 유리에 방과 대프니와 내가 비쳤다.

왼쪽 끝 벽에 문이 있었다.

"그의 침실이에요." 그녀가 말했다.

침실 또한 소박했다. 나무 마루, 벽에 난 창 그리고 킹사이즈 침대. 그 위에 죽은 남자가 있었다.

그는 전과 같은 푸른 정장 차림이었다. 예수처럼 팔을 쫙 펴고 침대를 가로질러 누워 있었지만 엄마의 십자가상에서 본 것과는 달리 손가락들은 꼬여 있었다. 그가 나를 '흑인 형제'라고 부르지는 않았지만, 나는 그가 존네 가게 앞에서 만난 술 취한 백인 남자라는 것을 알아보았다.

대프니가 헉하는 소리를 냈다. 그녀가 내 소매를 잡았다. "리처드예요."

가슴 깊숙이 박힌 것은 도살업자의 칼이었다. 매끄러운 갈색 손잡이가 연못에서 자란 부들처럼 시체에서 튀어나와 있었다. 담요 위에 등을 대고 쓰러져서 피가 얼굴과 목 주위에 튀어 있었다. 크게 뜬 눈 주위에 많은 피가 튀어 있었다. 푸른 눈과 갈색 머리에도. 피는 너무 걸쭉해져서 젤리처럼 접시에 담을 수도 있었다. 혀에 털이 자라나기라도 한 것처럼 나는 구역질을 했다.

다음 순간 정신이 들었을 때 나는 한쪽 무릎을 꿇고 욕지기를 참고 있었다. 슬픔에 잠긴 친척들이 데려온 시체를 축복하는 사제처럼 죽은 남자 앞에 무릎을 꿇고 있었다. 나는 그의 성姓도, 그가 무슨 일을 했는지도 몰랐다. 내가 아는 건 그가 죽었다는 것뿐이었다.

내가 알았던 죽은 사람 모두가 즉각 소환되었다. 버나드 훅스, 애디슨 셰리, 앨폰소 존스, 마릴 몬터규. 그리고 하인츠라는 이름의 수천 명의 독일인과 아이들과 여자들도. 어떤 이들은 시체가 훼손되었고, 어떤 이들은 불에 탔다. 나는 그들 중 내가 죽여야 할 몫을 죽였고, 전투 중에 한 일보다 더한 짓을 해치웠다. 이 리처드라는 남자처럼 눈을 뜬 시체들을 보았고, 아예 머리가 없는 시체들도 보았다. 죽음은 내게 새로운 게 아니었고, 백인 남자 시체가 하나 더 추가됐다고 해서 내가 쓰러질 일인가 하는 기분이 들었다.

거기에 무릎을 꿇고 있는 동안 나는 뭔가를 보았다. 몸을 구부려 그 냄새를 맡은 다음 주워 든 그것을 손수건으로 쌌다.

몸을 일으켰을 때 대프니가 없다는 것을 알았다. 나는 부엌으로 가서 개수대에서 얼굴을 씻었다. 대프니가 화장실로 달려갔다는 것을 알았다. 하지만 얼굴을 씻고 나서도 그녀는 돌아오지 않았다. 욕실을 둘러봤지만 그녀는 거기에 없었다. 밖으로 달려가 내 차 쪽을 보았지만 그녀는 눈에 띄지 않았다.

이내 차고에서 요란한 소리가 들렸다.

대프니는 거기서 분홍색 스튜드베이커 트렁크에 낡은 여행 가방을 밀어 넣고 있었다.

"뭐 하는 겁니까?" 내가 물었다.

"뭐 하는 거 같아요! 여기서 나가서 헤어지는 게 최선이에요."

나는 그녀의 아까 억양이 사라진 것을 궁금해할 시간이 없었다. “여기서 무슨 일이 일어난 겁니까?”

“이걸 도와줘요!”

“어떻게 된 거냐고요?” 나는 다시 물었다.

“대체 내가 어떻게 알아요? 리처드는 죽고 프랭크도 사라지고. 내가 아는 건 여기서 도망쳐야 한다는 거예요. 경찰이 당신을 점찍길 바라지 않는다면 당신도 그러는 게 좋아요.”

“누가 그랬습니까?” 나는 그녀를 잡고 차에서 몸을 돌렸다.

“몰라요.” 그녀가 나를 보며 조용하고 차분하게 말했다. 우리의 얼굴은 5센티미터도 떨어져 있지 않았다.

“이대로 둘 순 없어요.”

“할 게 없어요, 이지. 난 내가 여기 있었다는 걸 아무도 모르도록 이것들을 가져갈 거예요. 그리고 당신도 그냥 집에 가요. 침대에 들어서 꿈이었다고 생각해요.”

“저 사람은 어쩌고요?” 나는 집을 가리키며 소리를 질렀다.

“죽은 남자예요, 롤린스 씨. 그는 이미 죽었다고요. 그냥 집에 가서 본 걸 잊어버려요. 경찰은 당신이 여기 있었다는 걸 몰라요. 당신이 그렇게 크게 소리쳐서 누가 여기서 나가는 모습을 보고 당신 차를 보지 않는 한 그들은 모를 거라고요.”

“당신은 어쩌려고요?”

“그의 차를 어딘가 눈에 띄지 않는 장소로 몰고 가 거기에 버려야죠. 그리고 버스를 타고 여기서 천오백 킬로미터 이상 떨어진 곳으로 가는 거예요.”

“당신을 찾는 남자들은 어떡하고요?”

"카터를 말하는 거예요? 그라면 문제가 되지 않아요. 날 찾지 못하면 그는 포기할 거예요." 그녀가 미소 지었다.

이내 그녀가 내게 키스했다.

느리고 신중한 키스. 처음에 나는 밀쳐 내려고 했지만 그녀는 강하게 달라붙었다. 그녀의 혀가 내 혀 아래, 그리고 잇몸과 입술 사이로 움직였다. 내 입안의 쓴맛이 그녀 때문에 거의 달콤하게 바뀌었다. 그녀가 몸을 떼고 잠시 나를 보고 미소 짓더니 다시 내게 키스했다. 이번 키스는 격렬했다. 혀가 목구멍까지 달려들고 이가 맞부딪히고 내 송곳니 끝이 떨어져 나갈 정도였다.

"서로를 알 기회가 없는 게 너무 아쉽군요, 이지. 기회가 있다면 당신이 이 귀여운 백인 여자를 사로잡았을 텐데요."

"그냥 가면 안 돼요." 나는 말을 더듬었다. "저기에 살인이 일어났어요."

그녀가 트렁크를 탁 닫고 나에게서 빙글 몸을 돌려 운전석으로 갔다. 그녀는 차에 오르더니 창문을 내렸다. "안녕, 이지." 그녀가 시동을 걸고 후진 기어를 넣으며 말했다.

엔진이 두 번 캑캑대는 듯한 소리를 냈지만 꺼지지는 않았다.

나는 그녀를 붙잡을 수도 있고, 차에서 끌어 내릴 수도 있었지만 그녀를 어떻게 하겠는가? 내가 할 수 있는 일은 언덕 아래로 멀어지는 빨간 불빛을 지켜보는 것뿐이었다.

이윽고 내 운이 아직 길하게 바뀌지 않았다는 생각을 하며 나도 내 차에 올랐다.

14

'넌 녀석들이 널 짓밟게 하고 있어, 이지. 넌 놈들이 널 깔아뭉개게 두고 아무것도 하지 않는다고.'

"내가 뭘 할 수 있는데?"

나는 선셋 대로에 차를 세웠다가 왼쪽으로 방향을 틀어 동쪽 지평선의 불타는 오렌지빛 띠를 향했다.

'나도 모르겠지만, 이봐, 넌 뭐라도 해야 해. 이러다간 넌 다음 주 수요일을 맞기 전에 죽을 거야.'

"어쩌면 오델이 말한 대로 떠나야 할지도 모르겠군."

'떠난다고! 떠나? 네가 가진 쥐꼬리만 한 재산을 버릴 작정이야? 떠난단 말이지.' 그가 역겹다는 듯이 말했다. '떠나느니 죽는 게 나아.'

"뭐, 어쨌든 난 죽게 되겠지. 내가 할 일은 다음 주 수요일을 기다리는 거야."

'맞서야 해, 친구. 사람들이 널 짓밟게 해선 안 돼. 프랑스인도 아니면서 프랑스 이름을 쓰는 여자와 엮이고 말았고 말이야. 백인 남자를 위해 일하는 것도 그만둬. 이상한 냄새가 난다 싶으면 자신의 동족도 죽일 남자야. 네가 할 일은 무슨 일이 일어났는지 알아내서 까발리는 거야.'

"하지만 내가 경찰이나 올브라이트 씨나, 그 여자를 어떻게 감당하겠어?"

'때를 기다려, 이지. 쓸데없는 짓은 하지 말고. 때를 기다렸다가 기회가 되면 선수를 쳐.'

"만약……,"

'이러쿵저러쿵 마. 하든 말든 둘 중 하나야. '만약' 어쩌고는 애들이나 하는 말이야, 이지. 넌 남자야.'

"그래." 내가 말했다. 갑자기 강해진 기분이었다.

'어엿한 사내와 싸우고 싶어 하는 사람은 그리 많지 않은 법이야, 이지. 그들은 그러기엔 너무 겁쟁이들이야.'

그 목소리는 최악의 시간일 때 내게 들렸다. 모든 것이 너무 나빠 보여서 차를 벽에 들이받고 싶었을 때. 그 목소리가 내게 들렸고, 내가 얻을 수 있는 최고의 충고를 해 주었다.

그 목소리는 강하다. 내가 겁을 먹었든 위험에 처해 있든 상관없이. 그냥 모든 사실을 보고 내가 해야 할 일을 말해 준다.

군대에 있을 때 그 목소리가 처음 들렸다.

신문과 뉴스 영화에서 그들이 한 말을 믿었기에 나는 입대했을 때 자랑스러웠다. 내가 세계 희망에 한 부분을 차지하고 있다는 것을 믿었다. 하지만 이내 남부에서처럼 군대가 차별을 한다는 사실을 알게 되었다. 그들은 나를 보병으로, 전사로 훈련시킨 후 처음 3년간은 타이프라이터 앞에 앉혔다. 통계 부대원으로 나는 아프리카와 이탈리아를 전전했다. 전투원들을 따라다니며 그들의 작전 행동을 쫓아다닌 다음 전사자의 수를 셌다.

나는 흑인 부대에 있었는데, 상급자는 모두 백인이었다. 사람을 죽이는 법을 훈련받았지만 백인들은 내 손에 들린 총을 보면 불안해했다. 그들은 내가 백인의 피가 흐르게 하는 것을 보고 싶어 하지 않았다. 그들은 우리가 전쟁에 대한 규율이나 마음가짐이 없다고 말했지만 우리가 죽음의 초래가 가져다주는 종류의 자유를 좋아할지도 모른다는 것을 진정으로 두려워했다.

싸우길 원하는 흑인은 자원해야 했다. 그럼 어쩌면 싸울 수도 있었다.

나는 전투를 위해 자원한 사람들을 바보라고 생각했다.

'왜 이 백인 전쟁에서 죽고 싶은 거지?' 그게 내 생각이었다.

어느 날 PX에 있는데, 로마 근교에서 막 전투를 끝낸 백인 병사 한 무리가 들어왔다. 그들은 검둥이 병사들에 대해 평가했다. 그들 말로 우리는 겁쟁이였고, 유럽을 구하고 있는 것은 백인들이었다. 우리가 후방에서 좋은 음식을 먹고 여자들을 정복하고 있었기 때문에 그들이 시기하고 있다는 것을 알았지만 왠지 화가 났다. 그 백인 병사들을 증오함과 동시에 내 비겁이 싫었다.

그래서 나는 노르망디 상륙작전에 자원했고, 그 후 패튼 장군의 휘하에서 벌지 전투에 참전했다. 그때 연합국은 급박한 상황이어서 인종을 나눌 상황이 아니었다. 우리 소대에는 흑인들, 백인들 그리고 소수의 일본계 미국인들까지 있었다. 우리가 주로 걱정해야 했던 것은 독일군들을 죽이는 것이었다. 인종 간의 갈등은 끊이지 않았고, 특히 여자들을 둘러싼 다툼에 관해서라면 더했지만, 우리는 전쟁터에서 서로를 존경하는 법 또한 배웠다.

나는 그 백인 녀석들이 나를 싫어하는 것을 신경 쓰지 않았지만 그들이 날 존중하지 않는다면 싸울 준비가 되어 있었다.

내게 처음으로 목소리가 들린 것은 노르망디 외곽 작은 농장 근처에서였다. 나는 헛간에 갇혀 있었다. 내 두 전우, 앤서니 야키모토와 웰턴 나일스는 죽었고, 한 저격수가 그곳을 장악하고 있었다. 목소리가 나에게 '해가 지면 그 엉덩이를 떼고 저 후레자식을 죽여. 놈을 죽이고 네 총검으로 놈의 염병할 얼굴 가죽을 벗기라고, 친구. 놈이 널 죽이게 두지 마. 놈이 널 살려 두더라도 넌 남은 평생 두려움에 떨 거야. 저 후레자식을 죽여.' 그가 내게 말했다. 그리고 나는 그렇게 했다.

목소리에 강한 욕망은 없었다. 그는 내게 강간이나 도둑질을 시키지는 않았다. 내가 살아남고 싶다면 어떻게 해야 하는지 말할 뿐이었다. 사람답게 살아남는.

그 목소리가 말할 때 나는 들었다.

15

내가 도착했을 때 내 집 앞에 차 한 대가 주차되어 있었다. 하얀색 캐딜락. 차 안에 아무도 없었고, 우리 집 현관문이 열려 있었다.

매니와 섀리프가 문 안쪽에서 어정거리고 있었다. 섀리프가 나를 보고 씩 웃었다. 매니는 바닥에 시선을 떨어뜨리고 있어서 나는 여전히 그의 눈 색깔을 알 수 없었다.

올브라이트 씨가 부엌에 서서 창문으로 뒷마당을 내려다보고 있었다. 집 안에 커피 냄새가 가득했다. 내가 집 안에 들어서자 내게로 몸을 돌린 그의 오른손에 자기 컵이 감싸여 있었다. 그는 흰색 면바지에 크림색 스웨터, 흰색 골프화 그리고 검은 챙이 달린 선장 모자 차림이었다.

"이지." 그의 미소는 붙임성 있고 친근했다.

"내 집에서 뭐 하는 겁니까?"

"자네와 얘길 나눠야 해서. 난 자네가 집에 있을 거라 생각했네." 그의 목소리에 희미한 협박의 기미가 있었다. "그래서 매니가 문에 드라이버를 썼지. 좀 편하게 있으려고 커피를 끓이고."

"당신은 내 집에 억지로 들어올 이유가 없습니다, 올브라이트 씨. 내가 당신 집에 억지로 들어가면 어떡할 겁니까?"

"자네의 검은 머리를 뿌리째 뽑아 버리겠지." 그의 미소는 조금도 바뀌지 않았다.

나는 잠시 그를 쳐다보았다. 내 뇌리 깊은 곳 어딘가에서 이런 생각을 하고 있었다. '때를 기다려, 이지.'

"그래서 원하는 게 뭡니까?" 내가 그에게 물었다. 나는 카운터로 가서 커피를 한 잔 따랐다.

"이 새벽에 어디 있었나, 이지?"

"당신과 상관없는 일입니다."

"어디?"

나는 몸을 돌려 그에게 말했다. "어떤 여자를 만나러 갔습니다. 당신은 여자가 하나도 없습니까, 올브라이트 씨?"

그의 차가운 눈빛이 더 차갑게 변했고, 미소가 얼굴에서 사라졌다. 나는 그를 거슬리게 할 말을 하려고 애썼다가 곧 후회했다.

"난 너랑 놀려고 여기에 온 게 아니야, 꼬마야." 그가 억양 없이 말했다. "네 주머니에 내 돈이 들었는데, 내가 들은 거라곤 엉뚱한 말뿐이로군."

"무슨 말입니까?" 나는 엉겁결에 뒤로 물러서려는 발을 멈추었다.

"내 말은, 프랭크 그린이 이틀이나 집에 돌아오지 않았다는 거야. 내 말은, 스카일러 암스의 관리인 말로는 경찰이 그의 집 주변에서 흑인 여자에 관해 묻고 다녔다는 거야. 죽기 이삼일 전에 그린과 함께 있었다고 목격된 여자에 관해. 난 알고 싶은데, 이지. 난 백인 여자가 어디 있는지 알고 싶네."

"내가 일을 하지 않았다는 겁니까? 빌어먹을, 돈을 돌려주겠습니다."

"그러기엔 너무 늦었어, 미스터 롤린스. 내 돈을 가져갔으니 자넨 내 거야."

"난 누구 거도 아닙니다."

"우린 모두 어떤 의무를 지고 있어, 이지. 의무를 진다는 건 빚을 진 것과 같아서 빚을 지면 자기 생각대로만은 할 수 없는 법이지. 그게 자본주의야."

"당신 돈 여기 있습니다, 올브라이트 씨." 나는 지갑으로 손을 뻗었다.

"신을 믿나, 미스터 롤린스?"

"이봐요, 원하는 게 뭡니까?"

"자네가 신을 믿는지 알고 싶네."

"이게 다 무슨 헛소리입니까. 난 자러 가겠습니다." 나는 몸을 돌릴 것 같은 자세를 취했지만 그러지 않았다. 디윗 올브라이트에게서 자진해 등을 돌리지는 않을 터였다.

"왜냐하면 말이지," 그가 나를 향해 살짝 몸을 기울이며 말을 이었다. "난 내가 죽일 사람이 신을 믿는다면 가까이에서 지켜보고 싶거든. 신앙심이 깊은 사람에겐 죽음이 특별한지 알고 싶어서 말이야."

'때를 기다려.' 목소리가 속삭였다.

"그 여자를 봤습니다." 내가 말했다.

나는 거실의 의자로 갔다. 자리에 앉자 한결 기분이 나았다.

올브라이트의 심복들이 나를 향해 움직였다. 그들은 피를 기대하는 사냥개 같은 분위기를 자아냈다.

"어디서?" 디윗이 미소 지었다. 그의 눈에 활기가 도는 것처럼 보였다.

"그 여자가 전화했습니다. 자길 돕지 않으면 경찰에게 말하겠다더군요. 코레타에 관해……."

"코레타?"

"죽은 여자요. 내 친구. 경찰이 묻고 다닌 여자가 아마 그녀일 겁니다. 그녀는 프랭크와 당신이 찾고 있던 여자와 함께 있었습니다." 내가 말했다. "대프니가 내게 딘커가에 있는 주소를 알려줘서 거기에 갔죠. 갔더니 그녀가 할리우드 힐스에 있는 어떤 남자 집으로 차를 몰게 하더군요."

"이게 다 언제 일인가?"

"난 거기서 돌아온 참입니다."

"그녀는 어디 있지?"

"떠났습니다."

"어디로?" 우물 안에서 들려오는 듯한 목소리였다. 위험하고 거칠게 들렸다.

"모르죠! 우리가 시체를 발견하고 나서 그 여잔 그의 차를 타고 떠났으니까요!"

"무슨 시체?"

"우리가 거기 갔을 때 그자가 죽어 있었습니다."

"그자의 이름이 뭐야?"

"리처드."

"리처드 뭐?"

"그녀는 그를 리처드라고만 불렀어요. 그게 다예요." 나는 리처드가 존네 가게 주위를 얼쩡거렸다는 사실을 그에게 말할 이유가 없다고 보았다.

"죽은 게 확실해?"

"칼이 가슴을 꿰뚫었으니까요. 그의 눈 주위에서 파리가 행진하고 있었죠." 그 기억을 떠올리자 목구멍으로 담즙이 올라오는 게 느껴졌다. "온통 피투성이에다."

"그리고 자넨 그녀를 가게 했고?" 그의 목소리에서 협박의 기미가 다시 느껴져 나는 자리에서 일어나 커피를 좀 더 가지러 부엌으로 향했다. 내 뒤를 따르는 놈 중 한 명이 너무 신경 쓰여 문을 나서다가 문설주에 부딪혔다.

'때를 기다려.' 목소리가 다시 속삭였다.

"납치하라고 날 고용한 게 아니잖습니까. 그녀는 남자의 열쇠꾸러미를 갖고 도망쳤습니다. 내가 어떻게 해야 했습니까?"

"경찰에 전화했나?"

"제한속도를 지키려고 최선을 다했죠. 그게 내가 한 일이죠."

"이제 자네한테 뭔가를 물을 거야, 이지." 그의 시선이 내 시선을 붙들었다. "그리고 난 자네가 어떤 실수도 하지 않길 바라. 지금 당장은."

"말하세요."

"그녀가 뭔가를 갖고 있었나? 백bag이나 여행 가방을?"

"낡은 갈색 여행 가방을 갖고 있었습니다. 그걸 그의 차 트렁크에 두더군요."

디윗의 눈이 밝아졌고, 어깨에서 모든 긴장이 사라졌다. "차종이 뭐지?"

"사십팔 년형 스튜드베이커요. 분홍색."

"그녀는 어디로 갔나? 잊지 마, 깡그리 털어놓는다는 걸."

"어디다 차를 버릴 거라고만 했어요. 어딘지는 말하지 않고."

"여자의 주소를 말해 봐."

"이십육……,"

그가 조급한 모습으로 내게 손을 내저어서 나는 창피하게도 몸을 움찔했다.

"적어." 그가 말했다.

나는 소파 옆 작은 테이블 서랍에서 종이를 꺼냈다.

그가 내 맞은편 소파에 앉아서 그 쪽지를 면밀히 들여다보고 있었다. 그는 다리를 넓게 벌리고 있었다.

"위스키 좀 주겠나, 이지." 그가 말했다.

'네가 갖다 마셔.' 목소리가 말했다.

"갖다 드십시오." 내가 말했다. "캐비닛에 병이 있습니다."

나를 올려다보는 디윗 올브라이트의 얼굴에 서서히 큰 미소가 퍼졌다. 그가 웃음을 터뜨리고 무릎을 치며 말했다. "이런, 기가 막히는군."

나는 그를 노려보았다. 죽을 준비가 되어 있었지만 끝까지 싸울 생각이었다.

"우리에게 술을 갖다주겠나, 매니?" 작은 사내가 캐비닛으로 잽싸게 움직였다. "알겠지만 이지, 자넨 용감한 사내야. 그리고 난 날 위해 일할 용감한 사내가 필요하지." 그가 지껄임에 따라 질질 끄는 남부 억양이 드러났다. "난 이미 자네한테 돈을 지불했어, 맞지?"

나는 끄덕였다.

"그럼 내가 제대로 이해했다면, 프랭크 그린이 열쇠야. 그녀는 놈 주위에 있거나 그놈이 그녀가 어디로 갔는지 알겠지. 따라서 난 자네가 날 위해 이 깡패 녀석을 찾아 주길 바라네. 자넨 내가 녀석을 만나게 해 주면 돼. 그게 다야. 내가 놈을 만나기만 하면 일체를 알아내지. 자네가 프랭크 그린을 찾아 주면 우린 빚진 게 없는 거야."

"빚진 게 없다고요?"

"우리 비즈니스 모두가, 이지. 자넨 자네 돈을 지키고, 난 다시 나타나지 않겠네."

그것은 전혀 제안이 아니었다. 왜인지 모르지만 나는 올브라이트 씨가 나를 죽일 계획이라는 것을 알았다. 그는 나를 지금 죽이거나 내가 프랭크를 찾을 때까지 기다릴 것이었다.

"당신을 위해 그를 찾겠지만 위험을 무릅쓰는 이상 백 달러 더 주십시오."

"자넨 나 같은 부류야, 확실해." 그가 말했다. "그를 찾는 데 사흘 주겠네. 날짜 계산 똑바로 하게."

우리는 매니와 섀리프를 현관 밖에 기다리게 두고 남은 술을 마셨다.

올브라이트가 가려고 방충망을 씌운 문을 밀더니 생각에 잠겼다. 그가 내게 등을 돌리고 말했다. "난 만만한 사람이 아니야, 미스터 롤린스."

그렇고말고. 나는 생각했다. 나도 마찬가지야.

16

나는 그날 낮 그리고 밤까지 죽 잤다. 어쩌면 프랭크 그린을 찾아야 했겠지만 내가 원한 것은 잠뿐이었다.

한밤중에 땀에 젖어서 깼다. 내가 듣는 모든 소리는 나를 쫓는 누군가의 소리였다. 그것은 경찰이거나 디윗 올브라이트이거나 프랭크 그린이었다. 리처드의 방에서 따라온 피 냄새를 떨칠 수 없었다. 북아프리카 오란알제리 서북부의 항구도시에서 아군의 시체들 위로 떼를 지어 날아다니던 수백만 마리의 파리들이 창가에 윙윙거리고 있었다.

몸서리가 쳐졌지만 춥지는 않았다. 그리고 엄마에게든 나를 사랑하는 누구에게든 달려가고 싶었지만, 이내 프랭크 그린이 사랑하는 여자의 품에서 나를 떼어 내는 상상을 했다. 그는 내 심장에 칼을 박을 준비가 되어 있었다.

마침내 침대에서 뛰어내려 전화기로 달렸다. 내가 뭘 하고 있는지도 몰랐다. 조피는 이런 공포를 이해하지 못할 것이기에 그에게 전화할 수는 없었다. 오델은 그것을 너무 잘 이해할 테고, 내게 도망치라는 말만 할 것이기에 그에게 전화할 수 없었다. 듀프리는 아직 구치소에 있었기에 그에게 전화할 수 없었다. 어쨌든 나는 코레타에 관해 그에게 거짓말을 해야 할 것이기에 그에게 전화할 수 없었고, 그러기에 나는 너무 혼란해 있었다.

그래서 교환수 전화번호를 돌렸다. 그리고 그녀가 전화를 받자 장거리 통화를 문의한 다음 휴스턴 피프스 워드 클랙스턴가의 E. 알렉산더 부인을 부탁했다.

그녀가 전화를 받았을 때 나는 귀를 기울이고 그녀를 기억했다. 진갈색 피부, 토파즈색 눈의 덩치 큰 여인. 에타메이는 전화를 좋아한 적 없었기에 그녀가 "여보세요?"라고 했을 때 얼굴을 찌푸린 그녀를 상상했다. 그녀는 항상 이렇게 말했었다. "난 나쁜 소식이라도 내 눈으로 직접 보고 싶어. 고자질쟁이 같은 전화로 들을 게 아니라."

"여보세요." 그녀가 말했다.

"에타?"

"누구세요?"

"이지야, 에타."

"이지 롤린스?" 이윽고 큰 웃음이 터졌다. 따라 웃고 싶게 하는 웃음. "이지, 자기 어디야? 집에 왔어?"

"로스앤젤레스에 있어, 에타." 내 목소리가 떨리고 있었다. 그리움에 가슴이 고동쳤다.

"안 좋은 일 있어, 자기? 이상하게 들려."

"어…… 아니, 전혀 아니야, 에타. 네 목소리를 들으니까 정말 좋아. 그래, 이보다 더 좋을 게 없을 것 같아."

"무슨 일이야, 이지?"

"어떻게 하면 마우스에게 연락할 수 있는지 알아, 에타?"

침묵이 흘렀다. 과학 시간에 선생님이 우주가 얼마나 공허하고 어둡고 추운지 설명한 게 생각났다. 나는 지금 그것을 느꼈고, 분명 이런 것을 원한 것은 아니었다.

"알겠지만 레이먼드와 난 깨졌어, 이지. 그는 이제 여기서 살지 않아."

내가 에타를 슬프게 했다고 생각하자 견디기 힘들었다.

"미안해, 자기." 내가 말했다. "난 그냥 그를 어떻게 찾을지 네가 알지도 모른다고 생각했어."

"무슨 일이야, 이지?"

"어쩌면 소피가 옳았는지도 모르겠어."

"소피 앤더슨?"

"그래, 뭐, 너도 알다시피 그 애는 늘 로스앤젤레스가 과하다고 하지 않았어?"

에타가 가슴에서 우러나오는 웃음을 터뜨렸다. "정말이야."

"그 애 말이 맞을지도 몰라." 나도 웃음을 터뜨렸다.

"이지……."

"그냥 내가 전화했다고 마우스에게 말해 줘, 에타. 캘리포니아에 대해서라면 소피의 말이 맞을지도 모른다고, 어쩌면 거긴 그에게 맞을지 모른다고 전해 줘."

그녀가 무언가 다른 말을 하기 시작했지만 못 들은 척하고 말했다. "안녕." 나는 수화기를 내려놓았다.

앞뜰을 내다볼 수 있는 창문 앞에 의자를 놓았다. 양손을 모아 쥐고 깊이 숨을 들이쉬면서 지난 일을 추억하며 거기에 오래 앉아 있었다. 마침내 공포가 사라지고 잠이 들었다. 마지막으로 기억나는 것은 동트기 전 내 사과나무를 보고 있었다는 것이었다.

17

나는 디윗 올브라이트가 내게 건넨 명함을 서랍장 위에 놓았다. 이렇게 인쇄되어 있었다.

맥심 백스터

인사부장

라이언 인베스트먼트

오른쪽 하단에 라 시에네가街 대로라는 주소가 있었다. 나는 제일 좋은 양복을 입고 오전 10시에는 나갈 준비를 했다. 나를 위해 정보를 모을 때라고 생각했다. 그 명함은 두 가지 단서 중 하나였다. 그래서 나는 다시 시내를 가로질러 라 시에네가가 멜로즈 애비뉴와 교차하기 직전에 있는 작은 사무 빌딩으로 차를 몰았다.

라이언 인베스트먼트가 빌딩 전체를 쓰고 있었다.

머리를 파랗게 물들인 나이 든 여자 비서가 책상 위의 장부에 집중하고 있었다. 내 그림자가 그녀가 보고 있는 장부를 가로지르자 그녀가 그림자에 대고 말했다. "네?"

"백스터 씨를 뵈러 왔습니다."

"약속하셨나요?"

"아니요. 하지만 올브라이트 씨가 이 명함을 주면서 기회가 되면 언제든 찾아가 보라고 했습니다."

"올브라이트 씨가 누군지 모르는데요." 그녀가 그렇게 말하고 다시 책상 위 그림자로 돌아갔다. "그리고 백스터 씨는 아주 바쁜 분이에요."

"어쩌면 그분이 올브라이트 씨를 알지 모릅니다. 그가 내게 이 명함을 줬으니까요." 그녀가 읽고 있는 페이지에 내가 명함을 던지자 그녀가 고개를 들었다.

그녀가 자신이 본 것에 놀라 말했다. "오!"

나는 미소를 돌려주었다. "그분이 바쁘다면 기다릴 수 있습니다. 특별히 할 일도 없으니까요."

"그럼…… 시간을 내실 수 있는지 보고 올까요, 미스터……?"

"롤린스."

"소파에 앉아 계시면 바로 보고 오죠."

그녀가 책상 뒤에 있는 문으로 들어갔다. 몇 분 뒤 또 다른 나이 든 부인이 나타났다. 그녀는 나를 호기심 어린 눈으로 보더니 조금 전 여자가 놓아두고 간 일을 이어받았다.

대기실은 매우 좋았다. 창가에 놓인 검은 가죽 긴 소파에서 라시에네가 대로가 내다보였다. 창밖으로 비싼 레스토랑 중 하나인 앵거스 스테이크 하우스가 보였다. 런던탑 호위병 옷차림을 한 남자가 레스토랑 앞에 서서 45분 만에 하루치 급여를 쓰려고 하는 멋진 사람들을 위해 문을 열 준비를 하고 있었다. 문지기는 행복해 보였다. 나는 그가 팁을 얼마나 받을지 궁금했다.

소파 앞에는 긴 탁자가 있었다. 탁자 위에는 경제 신문과 경제 잡지들이 널려 있었다. 여성 잡지는 하나도 없이. 스포츠나 오락에 관련된 읽을거리를 찾을지도 모를 남자들을 위한 잡지도 하나 없이. 나는 문지기가 문들을 여는 모습을 보는 게 싫증이 나 대기실을 둘러보기 시작했다.

소파 옆 벽에는 청동 명판이 걸려 있었다. 명판 위 타원형 부조에는 급강하하는 매의 모습이 새겨져 있었다. 매는 세 개의 화살을 움켜쥐고 있었다. 그 밑에는 중요한 파트너들과 라이언 인베스트먼트 계열사 이름들이 있었다. 매일 「타임스」에 실리는 몇몇 유명인 이름을 알아보았다. 법률가들, 은행가들 그리고 평범한 늙은 부자들. 대표인 자신의 이름이 너무 명확하게 드러나길 원치 않는다는 듯 회장의 이름은 명판 맨 밑에 있었다. 내 생각에 토드 카터 씨는 자신의 이름이 널리 공개되길 원하는 부류가 아니었다. 만약 그렇다면 밤중에 죽은 남자의 차를 훔치러 나간 프랑스 여자가 자신의 이름을 입에 담았다는 것을 알면 뭐라고 할까? 나는 책상 뒤 나이 든 여자가 고개를 들고 째려볼 만큼 크게 웃음을 터뜨렸다.

"롤린스 씨," 아까의 비서가 내게 다가와 말했다. "아시겠지만 백스터 씨는 매우 바쁜 분이에요. 시간이 별로 없어서……,"

"뭐, 그렇다면 빨리 나를 만나시는 게 좋을지도 모르겠습니다. 그럼 다시 일로 돌아갈 수 있을 테니까요."

그녀는 그것을 좋아하지 않았다.

"어떤 용무인지 물어봐도 될까요?"

"되고말고요. 하지만 당신 보스는 사업에 도움이 될 얘기를 당신이 알길 원하지 않을 것 같은데요."

"걱정 마세요." 그녀가 화를 억누르며 말했다. "백스터 씨에게 어떤 말을 하든 나라면 안심하셔도 돼요. 게다가 그분은 당신을 만나실 수가 없어서 당신은 내게 말씀하실 수밖에 없어요."

"아니요."

"유감이지만 그래요. 자, 그럼 내게 전할 메시지를 주시면 나는 내 일로 돌아갈 수 있을 거예요." 그녀가 작은 메모지와 노란색 연필을 건넸다.

"음, 미스……?" 나는 왠지 우리가 이름을 알아 두면 좋으리라고 생각했다.

"메시지가 뭔가요, 선생님?"

"알겠습니다." 내가 말했다. "뭐, 내 메시지는 이겁니다. 나는 당신 회사의 회장이신 토드 카터 씨에게 알릴 정보를 갖고 있습니다, 정말로요. 내가 백스터 씨의 명함을 받은 건 카터 씨에게 말을 전하기 위해서입니다. 내가 디윗 올브라이트 씨라는 사람에게 고용돼 한 일에 대해서요." 나는 거기까지만 말했다.

"그래요? 그 일이 뭔데요?"

"정말 알고 싶습니까?" 내가 물었다.

"무슨 일인데요, 선생님?" 불안해하고 있는지는 몰라도 그녀는 겉으로 드러내지 않았다.

"올브라이트 씨가 카터 씨의 여자 친구를 찾으라고 날 고용했습니다. 그녀가 카터 씨를 찬 뒤에요."

그녀가 받아 적기를 멈추고 이중 초점 안경 너머로 나를 응시했다. "이건 농담 같은 건가요?"

"내가 알기론 아닙니다. 솔직히 당신 보스를 위해 일하기 시작한 이래, 난 크게 웃은 적이 없죠. 한 번도."

"실례하겠습니다." 그녀가 말했다.

그녀는 그녀의 보조 비서가 깜짝 놀랄 만큼 세게 메모장을 내려놓고 나온 문으로 다시 사라졌다.

그녀가 들어간 뒤 5분이 못 되어 진회색 양복을 입은 키 큰 남자가 나를 보러 나왔다. 숱이 많은 검은 머리에 역시 숱이 많은 검은 눈썹의 그는 호리호리했다. 눈은 튀어나온 이마 아래 그림자 속으로 후퇴한 것처럼 보였다.

"롤린스 씨." 그가 디윗 올브라이트에게나 어울릴 만한 환한 미소를 지었다.

"백스터 씨?" 나는 자리에서 일어나 그가 내민 손을 잡았다.

"안으로 들어가실까요?"

우리는 쏘아보는 두 여자를 지나쳤다. 백스터 씨와 내가 이 문으로 사라지자마자 그들은 머리를 맞대고 수다를 떨 것이 분명

했다.

문을 열고 들어간 복도는 좁았지만 카펫이 깔려 있었고, 벽은 고급스러운 푸른 직물로 도배되어 있었다. 복도 끝에는 '맥심 T. 백스터 부회장'이라고 새겨진 고급 오크 문이 있었다.

그의 사무실은 작고 수수했다. 물푸레나무로 만든 책상은 훌륭했지만 크거나 화려하지 않았다. 마룻바닥은 소나무 재질이었고, 책상 뒤 창문으로는 주차장이 내려다보였다.

"접견실에서 카터 씨의 일에 대해 말하는 건 별로 현명하지 않습니다." 우리가 자리에 앉자마자 백스터가 말했다.

"그런 말은 듣고 싶지 않군요."

"뭐라고요?" 그것은 질문이었지만 그 톤에는 일종의 우월감이 있었다.

"그런 말은 듣고 싶지 않다고 했습니다, 백스터 씨. 쓸데없는 트집은 그만두시죠. 당신 잘못이란 건 당신도 알잖습니까. 그 여자에게 말해야 당신과 얘기할 수……."

"난 그녀에게 당신의 메시지를 받아 달라고 했습니다, 롤린스 씨. 난 당신이 일자리를 찾는 걸로 생각했고요. 당신과 만날 약속을 나중에 편지로……."

"난 여기 카터 씨와 얘기하러 왔습니다."

"그건 불가능합니다." 그가 말했다. 이내 나를 겁주려는 듯 그가 자리에서 일어났다.

나는 그를 올려다보고 말했다. "자리에 앉아서 당신 보스에게 전화해 주시는 게 어떻습니까."

"당신이 무슨 생각을 하는지 모르겠군, 롤린스. 높으신 분들도 카터 씨를 불쑥 찾아오지 않소. 내가 당신을 만날 시간이 있어서 운이 좋은 줄 아쇼."

"그러니까, 공사 십장이 시간을 내 특별히 욕을 해 주니 하찮은 검둥이는 운이 좋다는 뜻입니까?"

백스터 씨는 대답하는 대신 손목시계를 보았다. "난 약속이 있소, 미스터 롤린스. 카터 씨에게 하고 싶은 말을 내게 말하면 카터 씨가 당신에게 전화할 거요. 그게 적절한 내용으로 보이면."

"그게 저 밖에 있는 여자가 한 말이죠. 그리고 당신은 날 떠버리라고 비난하고 있고요."

"난 카터 씨의 상황을 알고 있소. 바깥의 여자들은 모르고."

"그가 당신에게 해 준 말은 알지 모르지만 내가 할 말은 모를 겁니다."

"무슨 말인데?" 그가 다시 앉으며 물었다.

"이것만 말해 두죠. 그가 나와 얘기하지 않으면, 그것도 아주 빨리 하지 않으면 그는 감옥에서 라이언을 경영해야 할지도 모른다는 걸요." 나도 내가 무슨 말을 하는지 정확히 몰랐지만 백스터가 전화기를 들게 할 만큼 그를 흔들기에 충분했다.

"카터 씨," 그가 말했다. "올브라이트 씨의 정보원이 여기 있는데, 그가 당신과 만나고 싶어 합니다…… 올브라이트, 우리가 모네 건으로 고용한 남자…… 여기 있는 사람은 급해 보입니다. 그를 보셔야 할 것 같습니다만……."

두 사람은 좀 더 이야기를 나누었지만 그게 그 이야기의 골자였다.

백스터가 나를 복도로 데려갔는데, 비서들이 있는 대기실 문 앞에서 왼쪽으로 꺾었다. 검은색 나무 문 쪽으로 갔는데 문은 잠겨 있었다. 백스터가 열쇠로 문을 열었을 때 나는 그것이 소형 엘리베이터 문이라는 것을 알았다.

"타시오. 이게 당신을 그의 사무실로 데려갈 거요."

바닥 밑 어딘가에 있는 모터의 부드러운 웅얼거림만이 있을 뿐 움직인다는 느낌이 없었다. 엘리베이터에는 벤치와 재떨이가 있었다. 벽과 천장은 바둑판무늬로 재단된, 벨벳처럼 부드러운 빨간 직물로 덮여 있었다. 정사각형마다 쌍쌍이 춤추는 사람이 있었다. 왈츠를 추는 남자와 여자 들은 프랑스 궁전의 신하 같은 옷차림을 하고 있었다. 그 부富가 내 심장을 빨리 뛰게 했다. 문이 살짝 열리자 시어스 로벅에서 샀을지도 모를 황갈색 양복에 흰색 셔츠 깃을 양복 깃 위로 펼쳐 입은 남자가 서 있었다. 처음에 나는 그가 카터 씨의 하인인 줄 알았는데, 이내 방 안에 우리뿐이라는 것을 깨달았다.

"롤린스 씨?" 그가 후퇴하는 머리 선을 매만지며 내 손을 잡고 흔들었다. 종이처럼 얇은 손에는 힘이 없었다. 너무 작고 차분해서 어른이라기보다 아이에 가깝게 느껴졌다.

"카터 씨, 당신에게 할 얘기가 있어서……,"

내가 말을 잇기 전에 그는 손을 올리고 고개를 저었다. 이내 그가 넓은 방을 가로질러 그의 책상 앞에 있는 한 쌍의 핑크색 소파로 나를 데려갔다. 책상은 그랜드피아노 사이즈였다. 책상 뒤의 거대한 양단 커튼이 열려 있어서 선셋 대로 너머 산들의 풍경이 보였다.

지금도 기억에 남아 있는데, 부회장 자리에서 꼭대기 자리까지 가는 길은 멀다는 것을 실감했다.

우리는 소파 하나의 양 끝에 앉았다.

"마실 거라도?" 그가 내 옆에 있는 작은 테이블 위 갈색 액체가 담긴 크리스털 유리병을 가리켰다.

"이게 뭡니까?" 큰 방에서 내 목소리가 낯설게 들렸다.

"브랜디."

정말 좋은 술을 마셔 보긴 그때가 처음이었다. 나는 그 술이 아주 좋았다.

"백스터 씨 말로는 그 올브라이트라는 남자로부터의 전언이 있다던데."

"뭐, 정확히 그런 건 아닙니다."

내가 그렇게 말하자 그가 얼굴을 찌푸렸다. 그것은 작은 아이의 찌푸림이었다. 그것이 나에게 미안한 생각이 들게 했다.

"저는 올브라이트 씨를 둘러싸고 있는 일이 어떻게 되어 가는지 좀 불안합니다. 사실 전 그 남자를 만나고 난 후에 저에게 일어난 거의 모든 일이 불안하죠."

"그 일이 뭐요?"

"한 여자가, 제 친구입니다, 살해됐습니다. 그녀가 모네 양에 대해 묻고 다녔을 때요. 그리고 경찰은 그 일과 관련해 내가 뭔가

했다고 생각하죠. 게다가 저는 강탈범들과 거친 자들과 얽혀 버렸습니다. 제가 당신 친구에 대해 몇몇 질문을 했단 이유로요."

"대프니에게 무슨 일이라도 일어났소?"

그가 너무 걱정스러워 보여서 나는 이렇게 말하는 게 행복했다. "제가 마지막으로 봤을 때 그녀는 좋아 보였습니다."

"당신이 그녀를 봤다고?"

"그래요. 그저께 밤에요."

옅은 색의, 아이 같은 그의 눈에 눈물이 고였다.

"그녀가 뭐라고 했소?" 그가 물었다.

"우리는 문제가 있었습니다, 카터 씨. 일이 꼬이면 그렇게 되죠. 그녀를 처음 봤을 때 그녀는 프랑스 여자처럼 말하더군요. 근데 우리가 시체를 발견하고 난 뒤 그녀의 말투는 샌디에이고나 다른 어디 출신처럼 들렸습니다."

"시체? 무슨 시체?"

"그 문제로 돌아가더라도, 일단은 의사소통이 돼야 할 것 같습니다."

"당신은 돈을 원하는군."

"아니, 아니, 아닙니다. 저는 이미 돈을 받았습니다. 어쨌든 당신에게서 나온 돈이겠지만요. 하지만 제가 필요한 건 무슨 일이 일어나고 있는지 당신이 날 이해시켜 달라는 겁니다. 저는 당신이 고용한 남자 올브라이트를 전혀 신용하지 않고, 경찰은 논외입니다. 제겐 조피라는 친구가 있지만 이 건은 그가 감당할 수 없습니다. 따라서 감당할 수 있는 사람은 당신밖에 없습니다. 생각건대 당신이 그녀를 찾는 건 그녀를 사랑해서이고, 만약 내가 틀렸다면 내 엉덩이가 남아나지 않겠죠."

"난 대프니를 사랑하오." 그가 말했다.

나는 그의 말을 듣고 거의 당황스러웠다. 그는 아예 남자다운 척도 하지 않았다. 그는 내가 말하는 동안 양손을 꼭 쥐고 왠지 그녀에 대해서는 묻지 않았다.

"그럼 왜 올브라이트 같은 사람에게 그녀를 찾게 시켰는지 말해 주십시오."

카터는 다시 머리 선을 매만지고 창밖의 산을 내다보았다. 그는 입을 열기 전에 잠시 기다렸다. "내가 믿는 어떤 사람에게 듣기론, 올브라이트 씨는 일을 은밀하게 잘 처리한다고 하오. 내게 이 건이 신문에 나지 않길 원하는 이유가 있소."

"부인이 있으십니까?"

"아니오, 난 대프니와 결혼하고 싶소."

"그녀가 당신에게서 뭔가 훔치지 않았습니까?"

"왜 그런 걸 묻소?"

"올브라이트 씨가 그녀의 짐에 대해 상당히 관심 있는 것처럼 보였고, 전 그녀가 당신이 돌려받길 원하는 뭔가를 갖고 있다고 생각했습니다."

"당신은 그걸 '훔쳤다'고 부를지도 모르겠군, 롤린스 씨. 그건 내게 문제가 되지 않소. 그녀가 떠날 때 돈을 좀 가져갔지만 난 그 일에 관심 없소. 난 그녀를 원하오. 그녀를 봤을 때 그녀가 괜찮았다고 했소?"

"얼마나 많은 돈을요?"

"나에겐 중요하지 않소."

"내가 질문에 대답하길 원한다면 당신도 마찬가집니다."

"삼만 달러." 그는 그것을 욕실 선반에 둔 잔돈인 양 말했다. "우린 여러 자회사의 직원들에게 일종의 보너스로 반나절 휴가를 주고 있는데, 그렇게 정한 날이 봉급날이었소. 은행이 이른 시각에 현금을 보낼 수 없다고 해서 그걸 내 집으로 가져다 놓게 했기 때문에 그 돈이 집에 있었소."

"그 많은 돈을 집으로 가져오게 했다고요?"

"단 한 번뿐이었고, 그날 밤 내가 도둑맞을 확률이 얼마나 되겠소?"

"백 퍼센트일 겁니다."

그가 미소 지었다. "그 돈은 내게 아무 의미 없소. 대프니와 나는 말다툼을 했고, 그녀는 그 돈을 가져갔소. 그걸로 나와는 끝이라고 생각했겠지."

"뭣 때문에 싸웠습니까?"

"그녀를 협박하는 패거리가 있었소. 그녀가 나를 찾아와 그 이야기를 했지. 놈들은 그녀를 이용해 내게 손을 뻗치고 싶어 했소. 그녀는 날 구하려고 떠나기로 마음먹은 거요."

"뭘로 그녀를 협박했습니까?"

"말하지 않는 게 좋겠소."

나는 양보했다. "올브라이트가 그 돈에 대해 압니까?"

"그렇소. 난 당신의 질문들에 대답했고, 이제 그녀에 대해 알고 싶소. 그녀는 괜찮소?"

"제가 마지막으로 봤을 땐 괜찮았습니다. 그녀는 자기 친구를 찾고 있었습니다. 프랭크 그린."

나는 그 남자의 이름이 그를 흔들어 놓을지도 모른다고 생각했지만 토드 카터는 그것을 들은 것처럼 보이지도 않았다. "시체가 어땠다고 했소?"

"우린 그녀의 다른 친구를 만나러 갔습니다. 리처드라는 사람이었고, 우린 침대에서 죽은 그를 발견했습니다."

"리처드 맥기?" 카터의 목소리가 차가워졌다.

"모릅니다. 제가 아는 건 리처드뿐입니다."

"그가 로럴 캐니언 거리에 살았다고?"

"그래요."

"잘됐군. 난 그놈이 죽어서 기쁘오. 기쁘고말고. 놈은 끔찍한 남자였소. 놈이 소년들을 매매했다고 그녀가 말하지 않았소?"

"자기 친구라고만 했습니다."

"어쨌든 그런 놈이었소. 놈은 공갈범에다 동성애자 포주였소. 놈은 구역질 나는 취향의 부자들을 위해 일했소."

"어쨌든 그는 죽었고 대프니는 그의 차를 가져갔습니다. 그저께 밤에. 그녀는 도시를 떠날 거라고 했습니다. 그게 그녀에게서 들은 마지막 말이었습니다."

"그녀는 뭘 입고 있었소?" 그의 눈이 기대감으로 반짝이고 있었다.

"푸른 드레스에 파란색 하이힐이요."

"스타킹을 신고 있었소?"

"그런 것 같습니다." 나는 내가 너무 자세히 보고 있었다고 그가 생각하게 하고 싶지 않았다.

"무슨 색이었소?"

"역시 파란색이었던 것 같습니다."

그가 이를 드러내며 미소 지었다. "그녀로군. 그녀가 여기 가슴에 핀을 꽂고 있었소?"

"그 반대편에요. 어쨌든 그렇습니다. 작은 녹색 점들이 있는 빨간 핀이었습니다."

"한 잔 더 하겠소, 롤린스 씨?"

"그러죠."

이제 그가 따라 주었다.

"그녀는 아름답지 않소?"

"그녀가 그렇지 않다면 찾지 않으셨겠죠."

"난 그렇게 희미한 향이 나도록 향수를 뿌릴 줄 아는 여자를 모르오. 그게 무슨 향인지 물으려고 가까이 다가가고 싶을 만큼."

아이보리 비누. 나는 마음속으로 생각했다.

그는 내게 그녀의 화장과 헤어스타일에 관해 물었다. 그는 그녀가 뉴올리언스 출신이고, 가계를 추적하면 나폴레옹에게까지 거슬러 올라가는 프랑스의 옛 가문 출신이라고 말해 주었다. 우리는 30분 동안 그녀의 눈에 대해 말했다. 그런 다음 그는 자기 여자에 대해 남자들이 절대 말해서는 안 될 것들을 말하기 시작했다. 섹스에 관해서는 말하면 안 되었다. 하지만 그는 두려웠을 때 그녀가 자신을 어떻게 가슴에 품어 주었는지, 가게 주인이나 웨이터가 자신을 우습게 여길 때 그녀가 어떻게 지지해 주었는지 말했다.

토드 카터 씨와의 대화는 낯선 경험이었다. 그러니까, 그보다 더 가까울 수 없는 절친한 친구처럼 이야기를 나누며 부자 백인 남자의 사무실에 검둥이인 내가 있었다는 것이. 그에게는 대부분의 백인이 나를 대할 때 보였던 공포나 경멸이 없었다고 말할 수 있었다.

낯선 경험이었지만 처음은 아니었다. 토드 카터 씨는 나를 인간으로 여기지도 않을 만큼 부자였다. 그는 내게 뭐든 말할 수 있었다. 나는 그가 기분이 가라앉아 있을 때 무릎을 꿇고 안을 수 있을 만한 개일 수도 있었다.

그것이 가장 나쁜 종류의 인종차별이었다. 우리의 차이를 인식조차 하지 않는다는 사실이 그가 나에 대해 전혀 신경 쓰지 않는다는 것을 보여 주었다. 하지만 나는 그것에 연연할 새가 없었다. 나는 그가 잃어버린 사랑에 대해 말하는 입술을 지켜보다가 마침내 그를 이상한 존재로 보기 시작했다. 성인 체형의 아기 같은. 성인의 힘과 덜떨어진 지능으로 불쌍한 부모를 두려움에 떨게 하는.

"난 그녀를 사랑하오, 롤린스 씨. 그녀가 돌아오게 하기 위해 뭐든 할 거요."

"그렇다면 행운을 빌겠습니다. 하지만 제 생각에 그녀에게서 올브라이트를 떨치시는 게 나을 것 같습니다. 그는 그 돈을 원합니다."

"날 위해 그녀를 찾아 주겠소? 천 달러 주겠소."

"올브라이트는 어쩌시고요?"

"동료들에게 그를 해고하라고 말하겠소. 그는 우리를 거스르지 못할 거요."

"그가 그런다면요?"

"난 부자요, 롤린스 씨. 시장과 경찰국장이 내 집에서 정기적으로 밥을 먹지."

"그럼 왜 그들이 당신을 돕지 않습니까?"

내가 묻자 그는 나를 외면했다.

"날 위해 그녀를 찾으시오." 그가 말했다.

"먼저 비용 이백 달러를 주신다면 해 보죠. 결과는 보장할 수 없습니다. 그녀는 어쩌면 뉴올리언스로 돌아갔을지도 모릅니다."

그가 미소를 지으며 자리에서 일어났다. 그는 종이처럼 얇은 손으로 나와 악수했다. "백스터 씨에게 수표를 써 두라고 하지."

"어, 죄송하지만 현금이 필요합니다."

그는 지갑을 꺼내 지폐를 휙휙 넘기며 세었다. "여기 백칠십 몇 달러가 있소. 나머진 수표로 써 두게 하겠소."

"백오십만 가져가겠습니다." 내가 말했다.

그가 지갑에서 돈을 모조리 꺼내 건네면서 웅얼거렸다. "전부 가져가시오, 전부."

그래서 나는 그 돈을 받았다.

이러다가 어느 순간에 나는 내가 겪고 있는 모험을 끝내기 전에 죽으리라는 생각이 들었다. 도망치는 것 외에는 방법이 없지만 도망칠 수 없기에 백인들이 푸는 돈을 최대한 쥐어짜기로 마음먹었다.

돈으로 모든 것을 살 수 있었다. 대출금을 내고 저축을 할 수 있었다. 돈은 코레타가 죽은 이유였고, 디윗 올브라이트가 나를 죽이려는 이유였다. 어떻게든 충분한 돈이 있다면 나는 다시 내 삶을 살 수 있으리라고 믿었다.

18

나는 프랭크 그린을 찾아야 했다.

칼손이 내 문제들의 답을 쥐고 있었다. 그 여자가 어디 있는지 아는 사람이 있다면 그였고, 그는 코레타를 누가 죽였는지 알았다. 그것을 확신했다. 리처드 맥기도 죽었지만 경찰이 그것과 나를 연결할 수는 없을 것이기에 나는 그 죽음에 관심이 없었다.

살해된 그 남자에 대해 아무런 감정이 없는 것은 아니었다. 사람이 살해되는 것은 잘못된 것이라고 생각했고, 더 완벽한 세상에서라면 살인자는 정의의 심판을 받아야 한다고 느꼈다.

하지만 검둥이들을 위한 정의가 존재한다고는 믿지 않았다. 정의에 기름칠할 돈이 있는 흑인이 있다면 그에게는 어떤 정의가 존재할지도 모른다는 생각은 들었다. 돈이 확실한 베팅은 아니지만 내가 이 세상에서 본, 가장 가까운 신이었다.

하지만 내게는 돈이 없었다. 나는 가난한 데다 피부가 까만색이고 교도소행이 유력했다. 나와 디윗 올브라이트 패거리와 경찰 사이에 프랭크를 세우지 않으면.

그래서 나는 찾아 나섰다.

내가 첫 번째로 간 곳은 슬로슨가에 있는 리카르도의 당구장이었다. 리카르도네 당구장은 창문이 없고 문이 하나뿐인 좁고 어둑한 곳이었다. 바깥에 간판이 없었는데, 리카르도네를 아는 사람은 알고 거기에 어울리지 않는 사람은 몰랐기 때문이었다.

조피와 함께 조피네 바의 문단속을 한 뒤 조피는 나를 거기에 몇 번 데려갔었다. 그곳은 황달기가 있는 나쁜 남자들로 가득한 심각한 곳으로, 범죄가 저질러지길 기다리는 동안 그들은 담배를 피워 대고 술을 진탕 마셔 댔다.

살해당할 수도 있을 곳이었지만 조피 섀그처럼 억센 남자와 같이 있는 한 안전했다. 하지만 조피가 당구 테이블을 떠나 화장실에 갈 때면 나는 어둠 속에서 고동치는 폭력을 거의 느낄 수 있었다.

그러나 프랭크 그린을 찾기 위해서는 리카르도네 같은 곳들에 발을 들여놓지 않으면 안 되었다. 프랭크가 악행을 영위하는 사람이었기 때문이었다. 어쩌면 그의 돈을 강탈한 자가 거기에 있을 수도 있었고, 그의 여자에게 집적거린 놈이 있을 수도 있었다. 그러면 프랭크는 살인의 조력자가 필요할지도 몰랐다. 그럴 경우, 리카르도네는 그가 얼굴을 내밀 만한 장소였다. 어쩌면 그는 선적된 담배를 강탈하는 데 손이 필요할지도 몰랐다. 리카르도네에 있는 남자들은 지극히 위험한 사람들이었다. 그들은 악행을 일삼았다.

큰 방에 네 개의 당구 테이블이 있었고, 각 테이블에는 녹색 등갓이 걸려 있었다. 벽에는 등받이가 곧은 의자가 줄지어 있었는데, 손님 대부분이 그 의자에 앉아 어두운 불빛 속에서 담배를 피우고 갈색 봉지에 든 술을 마시고 있었다.

비쩍 마른 청년만이 당구를 치고 있었다. 로제타의 아들 미키였다. 리카르도가 당뇨병으로 두 다리를 잃은 이래 로제타가 그곳을 경영했다. 리카르도는 위층 어딘가 싱글 침대에서 위스키를 마시며 벽을 노려보고 있었다.

리카르도의 병에 대해 들었을 때 나는 그녀에게 말했었다. "얘기 들었어요. 유감이에요, 로즈."

로제타의 얼굴은 너부데데했다. 그녀의 투실투실한 갈색 뺨에 눌린 눈이 반짝였다. 그녀는 눈을 가늘게 뜨고 나를 보며 말했다. "그는 두 사람분 이상을 살았어. 이제 쉬어도 될 거야." 그것이 그녀가 한 말의 전부였다.

그녀는 방 한쪽 끝의 유일한 카드 테이블에 앉아 있었다. 나는 그녀에게 걸어가 말했다. "안녕, 로제타, 오늘 밤은 어때요?"

"조피가 왔어?" 그녀가 내 주위를 둘러보며 말했다.

"아니요, 그는 아직 바에서 일하는 중이에요."

로제타는 내가 그녀의 치즈를 훔치러 온 길고양이라도 된다는 양 나를 보았다.

방이 너무 어둡고 연기로 가득 차 있어서 미키를 빼면 누가 뭘 하고 있는지 알아볼 수 없었지만 자욱한 연기 속에서 나를 바라보는 눈들을 느꼈다. 내가 다시 로제타에게 몸을 돌렸을 때 그녀 역시 노려보고 있었다.

"최근에 고급 위스키를 팔고 있는 사람이 있었나요, 로즈?" 내가 물었다. 나는 질문을 하기 전에 그녀와 가벼운 이야기를 나누길 바랐지만 그녀의 시선이 나를 불안하게 했고, 방은 이야기를 나누기에 너무 조용했다.

"여긴 바가 아니야, 자기. 위스키를 원하면 자기 친구 조피를 보러 가는 게 좋을 거야." 그녀는 내게 말하면서 문을 응시하는 것 같았다.

"한잔하고 싶은 게 아니에요, 로즈. 한두 상자 사고 싶어서요. 어떻게 구해야 할지 아실 걸로 생각했죠."

"어쨌든 왜 자기 친구한테 묻지 않는 거야? 그는 위스키가 어디서 나는지 알아."

"조피가 날 여기로 보냈어요, 로즈. 당신이 알 거라고요."

그녀는 여전히 의심스러워했지만 불안이 사라졌다는 것을 알 수 있었다. "상자째 사고 싶다면 프랭크 그린에게 알아봐."

"그래요? 어딜 가면 그를 볼 수 있는데요?"

"지금 며칠째 그를 본 적이 없어. 여자랑 어디에 틀어박혀 있거나 돈벌이하러 나갔겠지."

로제타가 그에 관해 한 말은 그게 전부였다. 그녀는 담배에 불을 붙이고 몸을 돌렸다. 나는 그녀에게 고맙다고 말하고 미키 주위를 서성였다.

"에이트 볼 한판 할래요?" 미키가 물었다.

어떤 게임이라도 상관없었다. 나는 건 5달러를 잃은 다음 5달러를 더 잃었다. 게임은 30분 만에 끝났다. 정보에 대한 사례를 충분히 했다고 생각한 나는 그 사기꾼 녀석에게 인사하고 햇살이 비치는 밖으로 걸어 나왔다.

리카르도네에서 멀어져서 기뻤다. 그 기분을 정확히 어떻게 표현해야 할지 몰랐다. 생애 처음 내 방식대로 무언가를 하는 것 같았다. 아무도 내게 뭘 하라고 말하지 않았다. 내가 알아서 행동하고 있었다. 어쩌면 프랭크를 찾을 수 없을지도 모르지만 로제타에게 프랭크의 이름을 입에 올리게 했다. 그가 어디 있는지 그녀가 알았다면 나는 그날로 그를 붙잡았을 터였다.

퀴드삭cul-de-sac 막다른 길 끝에 있는 이저벨라 거리에 큰 집이 있었다. 그곳은 버니네 가게였다. 많은 노동자가 버니네 여자들을 만나러 가끔 거기에 들렀다. 그곳은 상냥한 곳이었다. 2층과 3층에 침실이 세 개씩 있었고, 1층에는 부엌과 손님들을 접대할 수 있는 거실이 있었다.

버니는 연한 금발에 창백한 피부의 여자였다. 그녀는 140킬로그램쯤 나갔다. 버니는 밤낮으로 요리하며 부엌에 머무를 것이었다. 그녀와 같은 사이즈인 그녀의 딸 다셀은 남자들을 거실로 안

내해 음식값과 술값으로 몇 달러씩 뜯어낼 터였다.

오델 같은 남자들은 술을 마시고 레코드판으로 음악을 들으며 행복해할 터였다. 버니는 이따금 거실로 나와 옛 친구들에게는 큰 소리로 인사를, 처음 온 사람들에게는 자기소개를 할 터였다.

하지만 친구로서 그곳에 왔다면, 위층 여자들이 자기들 방문 앞에 앉아 있었다. 손님이 붐비지 않을 때에는. 휴이 반스가 2층 복도에 앉아 있었다. 그는 아이 같은 순진한 얼굴에 엉덩이가 크고 뼈가 굵은 사내였다. 하지만 휴이는 그런 외모에도 불구하고 빠르고 잔인했고, 그의 존재 덕분에 모든 사업이 순조롭게 운영되었다.

나는 이른 오후에 거기에 갔다.

"이지 롤린스." 다셀이 살진 손을 내게 내밀었다. "난 자기가 우릴 남겨 두고 하늘로 떠난 줄 알았지."

"아냐, 다시. 자길 만나려고 저축하고 있었을 뿐이야."

"그럼 그걸 이리로 갖고 와, 자기. 갖고 오라고."

그녀가 내 손을 잡고 나를 거실로 데려갔다. 남자 몇 명이 둘러앉아 술을 마시며 재즈 음반을 듣고 있었다. 탁자 위에는 더티 라이스쌀에 양파, 고추, 닭 간, 허브 등을 넣어 조리한 케이준 요리가 담긴 커다란 볼이 있었고, 흰 자기 접시들도 놓여 있었다.

"이지 롤린스!" 부엌으로 통하는 문에서 목소리가 들려왔다.

"어떻게 지냈어, 자기?" 버니가 내게 달려오며 물었다.

"좋아요, 버니, 좋아요."

거대한 여자가 끌어안자 깃털 매트리스에 감싸인 것 같았다.

"우," 그녀가 나를 거의 바닥에서 들어 올리며 신음을 냈다. "너무 오랜만이야, 자기. 너무 오랜만이라고!"

"그래요." 나는 그녀를 안아 준 다음 소파에 앉았다.

버니가 내게 미소를 지었다. "잠시 그대로 앉아 있어, 이지. 위층으로 올라가기 전에 어떻게 지냈는지 듣고 싶으니까." 그녀는 그렇게 말하고 부엌으로 돌아갔다.

"어이, 로널드, 어떻게 지내?" 나는 옆자리 남자에게 말했다.

"그냥 그래, 이지." 로널드 화이트가 대꾸했다. 그는 시市 배관공이었다. 로널드는 어디에 있든 늘 배관공 오버올 차림이었다. 그는 작업복이야말로 남자의 유일한 진짜 복장이라고 말했다.

"아이들을 피해서 쉬러 온 거야?" 나는 로널드의 가족에 대해 즐겨 농담했다. 그의 아내는 12개월 혹은 14개월마다 아들을 낳았다. 그녀는 신앙심이 깊은 여자였고, 피임을 하지 않았다. 서른넷의 나이에 로널드는 아들이 아홉이었고, 한 명이 더 태어나려 하고 있었다.

"녀석들은 집을 작살내고 싶어 해, 이지. 정말이야." 로널드는 머리를 저었다. "녀석들은 잡을 것만 있다면 천장에도 기어올라갈 거야. 알겠지만 집에 가는 게 두려워."

"오, 제발. 그렇게까지 나쁘진 않잖아."

로널드의 이마가 말린 자두처럼 찌푸려졌고, 입을 열 때 얼굴에 고통이 어렸다. "거짓말 아니야, 이지. 내가 집에 들어가잖아. 그럼 녀석들 한 떼거리가 날 향해 달려든다니까. 먼저 가장 큰 놈이 뛰어올라. 그런 다음에 아장아장 걷는 녀석들. 그리고 작은 녀석들이 기어 오는 동안 너무 지쳐서 시체 같은 메리가 두 아이를 안고 걸어와.

정말이야, 이지. 난 음식값으로 오십 달러나 쓰고, 그걸 작살내는 애들을 지켜볼 뿐이야. 녀석들은 소리치지 않을 땐 내내 먹어대." 로널드의 눈에 정말 눈물이 어려 있었다. "정말 감당할 수 없어, 친구. 정말이야."

"다셀!" 내가 소리쳤다. "로널드에게 술을 갖다줘, 빨리. 자기도 이 친구에게 그게 필요하다는 걸 알잖아."

다셀이 I. W. 하퍼스버번 위스키 브랜드 한 병을 가져와 우리 세 사람에게 술을 따랐다. 나는 그녀에게 한 병 값으로 3달러를 건넸다.

"그렇고말고." 커티스 크로스가 말했다. 그는 테이블 위 더티 라이스가 담긴 접시 앞에 앉아 있었다. "열다섯에서 마흔둘 사이의 여자를 빼면 지구 상에서 가장 위험한 피조물이 아이들이야."

그 말에 로널드조차 미소를 지었다.

"모르겠어." 로널드가 말했다. "난 메리를 사랑하지만 당장이라도 도망쳐야 할 것 같아. 아니면 애들이 날 죽일 거야."

"한 잔 더 해, 친구. 다시, 술을 계속 갖다주지 않겠어, 응? 이 친구는 모든 걸 잊을 필요가 있어."

"자긴 이미 이 한 병 값을 냈어. 낭비하고 싶은 건 자기 마음이지만." 대부분의 흑인 여자처럼 다셀은 아내와 아이들을 버리고 싶어 하는 남자에 관한 이야기를 듣는 걸 좋아하지 않았다.

"고작 삼 달러잖아. 이러고도 돈이 벌려?" 나는 놀란 척했다.

"우린 대량으로 구매해, 이지." 다시가 나에게 미소를 지었다.

"나도 그렇게 구매할 수 있을까?" 마치 장물을 산다는 이야기를 처음 들었다는 듯 내가 물었다.

"모르겠어, 자기. 엄마와 난 휴이에게 구매를 맡겨."

내겐 그것만으로도 충분했다. 휴이는 프랭크 그린에 관해 물을 만한 사람이 아니었다. 휴이는 주니어 포네이 같은 사내였다. 심술궂고 악의적인. 내 일을 이야기할 만한 사람이 아니었다.

나는 9시쯤 로널드를 집에 태워다 주었다. 그의 집 앞에서 그를 내려 주기 전 그는 내 어깨에 기대 울고 있었다.

"제발 날 저기에 들어가게 하지 마, 이지. 날 네가 있는 데로 데려가, 형제."

나는 웃음을 터뜨리지 않으려고 애썼다. 문가에 서 있는 메리가 보였다. 그녀는 불룩 나온 배를 빼면 말라 있었고, 양팔에 두 사내 아기를 안고 있었다. 문가에 서 있는 그녀 주위로 아이들이 귀가하는 아빠를 보려고 서로 밀쳐 대고 있었다.

"자, 얼른, 론. 모두 네가 만든 아이들이야. 이제 침대에 올라가 자라고."

나는 그때 이렇게 생각했던 기억이 난다. 지금 겪고 있는 문제들을 극복하기만 한다면 내 삶이 꽤 좋으리라는. 하지만 로널드는 행복하게 될 기회가 없었다. 자신의 불쌍한 가족들 마음을 찢어 놓지 않는 한.

다음 날도 죽 프랭크가 강탈한 물건을 파는 바들과 그가 자주 얼굴을 내미는 골목의 도박장들을 찾아다녔다. 하지만 나는 절대

프랭크의 이름을 입에 올리지 않았다. 프랭크는 모든 갱이 그렇듯 경계가 심했고, 만약 사람들이 자신에 대해 말하고 있다고 느낀다면 불안해할 것이었다. 만약 프랭크가 불안을 느낀다면 말을 붙여 볼 틈도 없이 나를 죽일지도 몰랐다.

다른 어떤 때보다 이 이틀간이 나를 탐정으로 만들었다.

바에 가서 남이 준 돈으로 맥주를 시킬 때는 비밀스러운 기쁨을 느꼈다. 바텐더에게 이름을 묻고 잡담을 나누었지만 내 우호적인 대화 이면에 나는 실제로 무언가를 찾기 위해 일하는 중이었다. 아무도 내가 무엇을 하고 있는지 몰랐고, 그것이 나를 보이지 않는 존재로 만들었다. 사람들은 나를 보았다고 생각했지만 그들이 정말 본 것은 내 환영幻影으로, 실재하지 않는 무언가였다.

나는 지루해하지도 않고, 좌절하지도 않았다. 요즘에는 디윗 올브라이트에 대한 두려움조차 없었다. 어리석게도 그의 미친 폭력성에서 안전하다고 느끼기까지 했다.

19

49번가와 매킨리가가 만나는 모퉁이에 가면 늘 제포를 찾을 수 있었다. 그는 반은 검둥이고 반은 이탈리아인이었으며, 중풍에 걸려 있었다. 깡마른 그는 신의 말씀이 몸에 깃들었을 때의 사제처럼 세상을 바라보며 거기에 서 있었다. 얼굴을 온통 찌푸리고 온몸을 흔들고 비틀면서. 때로 그는 자신을 삼키려는 거리에 저항해 그것을 밀어내려는 듯 허리를 구부려 땅에 양 손바닥을 댔다.

이발사 어니스트는 제포를 자신의 가게 앞에 서서 구걸하게 했는데, 이발소의 유리창 앞에 서 있는 동안은 동네 아이들이 괴롭히지 못하리라는 것을 알았기 때문이었다.

"헤이, 젭, 어떻게 지내요?" 내가 물었다.

"뭐뭐뭐, 조조조좋아, 이지." 때로는 말이 쉽게 나오고 때로는 문장을 완성하지 못할 때도 있었다.

"멋진 날이죠, 안 그래요?"

"그그그래. 조오오오은 나알이야." 그가 얼굴 앞에 발톱을 세운 것처럼 양손을 들고 더듬었다.

"그래요." 나는 그렇게 말하고 이발소 안으로 걸어 들어갔다.

"어이, 이지." 어니스트가 이발 의자에서 일어나며 신문을 접으면서 말했다. 내가 그가 앉아 있던 자리에 앉자 그가 바스락거리는 흰 천을 내 몸에 두르고 목에 턱받이를 했다.

"목요일에 올 거라고 생각했는데, 이지?"

"사람이 언제나 똑같을 순 없잖아, 어니스트. 사람은 세월이 가면 변하게 돼 있어."

"좋았어! 신이여, 칠이 나오게 해 주소서!" 협소한 이발소 안쪽에서 누군가가 외쳤다. 어니스트의 이발소에서는 늘 안쪽에서 주사위 게임이 벌어졌다. 다섯 남자가 세 번째 이발 의자 너머에서 무릎을 꿇고 있었다.

"그러니까 오늘 아침에 거울을 보고 머리에 눈이 간 거야?" 어니스트가 내게 물었다.

"곰처럼 부스스해서."

어니스트가 웃음을 터뜨리고 연습 삼아 가위를 두 번 철컥거렸다.

어니스트는 늘 이탈리아 오페라가 나오는 라디오를 틀어 놓았다. 이유를 묻는다면 그는 제포가 그것을 좋아해서라고만 말할 터였다. 하지만 거리에 있는 제포는 라디오 소리를 들을 수 없었고, 어니스트는 공짜로 이발해 주는 한 달에 한 번 그를 이발소에 들였다.

어니스트의 아버지는 주정뱅이였다. 그는 불쌍한 꼬마 어니스트와 어니스트의 엄마를 피가 날 때까지 두들겨 팼다. 그래서 어니스트는 술꾼에 대한 인내심이 없었다. 그리고 제포는 술꾼이었다. 그에게 술병 주둥이에까지 꽉 찬 싸구려 위스키가 있다면 몸을 저 정도로 심하게 흔들지 않을 텐데. 그는 콩 통조림과 스카치 위스키 반 파인트를 살 만큼만 되면 구걸을 멈추었다. 그리고 술에 취했다.

제포는 거의 늘 술에 취해 있거나 취해 가는 상태였기에 어니스트는 그를 가게 안에 들이지 않았다.

술꾼이 싫다면 왜 제포를 이발소 앞에 있게 하는지 그에게 물어본 적이 있었다. 그리고 그는 내게 이렇게 말했다. "신이 어느 날 왜 불쌍한 형제를 살피지 않았는지 물어볼지도 모르니까."

우리가 잡담을 나누고 있는 동안 이발소 안의 남자들은 주사위를 던졌고, 제포는 유리창 밖에서 몸을 휙휙 비틀었다. 라디오에서는 돈 조반니가 속삭이고 있었다. 나는 프랭크 그린의 소재를 알고 싶었지만 자연스럽게 화제에 올려야 했다. 이발사들은 대개 동네의 모든 중요한 정보를 알고 있었다. 그게 내가 이발하고 있는 이유였다.

어니스트가 내 귀 주위에 뜨거운 비누 거품을 칠하고 있을 때 잭슨 블루가 문을 열고 들어왔다.

"어이, 어니스트, 이지." 그가 소리쳤다.

"잭슨." 내가 말했다.

"저기 레니가 있어, 블루." 어니스트가 경고했다.

나는 레니를 힐끗 보았다. 그는 뚱뚱한 사내로, 정원사 작업복 차림에 페인트칠할 때 쓰는 모자를 쓰고 무릎을 꿇고 있었다. 그는 시가 꽁초를 씹으면서 가늘게 뜬 눈으로 잭슨 블루를 보고 있었다.

"저 말라깽이 개자식을 여기서 쫓아내, 어니. 아니면 저 염병할 자식을 죽일 테니까. 농담 아니야." 레니가 경고했다.

"그는 자넬 방해하지 않을 거야, 레니. 다시 게임으로 돌아가지 않을 거면 내 가게에서 나가."

이발사들에게 한 가지 멋진 점이 있다면, 그들은 가게 내의 질서를 유지해 줄 열두 자루의 면도칼을 갖고 있다는 것이었다.

"레니가 왜 그래?" 내가 물었다.

"그냥 바보 자식이야." 어니스트가 말했다. "그뿐이야. 여기 있는 잭슨도 그렇고."

"무슨 일 있었어?"

잭슨은 피부색이 아주 까만 작은 사내였다. 그는 너무 새카매서 햇빛을 받으면 피부가 푸른색으로 빛났다. 그가 큰 눈을 빛내며 문가에서 웅크리고 있었다.

"레니의 여자 친구가 또 그를 떠났어. 너도 아는 엘바 말이야." 어니스트가 말했다.

"그래?" 나는 화제를 어떻게 프랭크 그린으로 전환할지 고민 중이었다.

"그런 데다가 그녀가 잭슨에게 아양을 떨어서 레니를 짜증 나게 했지."

잭슨은 바닥을 보고 있었다. 그는 헐렁한 푸른색 스프라이트 양복에 챙이 좁은 갈색 중절모를 쓰고 있었다.

"그녀가 그랬다고?"

"그래, 이지. 너도 아는 대로 잭슨은 여자가 윙크만 한다면 어떤 여자라도 가리지 않아."

"난 그녀에게 손대지 않았어. 그녀가 저 녀석에게 그걸 확실히 말했다고." 잭슨은 입이 댓 발 나와 있었다.

"내 이복동생도 거짓말을 하고 있다는 건가?" 어느샌가 레니가 우리 바로 옆에 와 있었다. 잭슨은 구석에 몰린 개처럼 겁을 먹은 듯이 보였고, 뚱뚱한 배를 늘어뜨린 레니는 그에게 다가가는, 약자를 괴롭히는 개 같았기에 이 상황이 영화 속의 코믹한 장면 같았다.

"물러서!" 어니가 두 남자 사이에 끼어들면서 외쳤다. "여기엔 누가 와도 상관없지만 싸움은 안 돼."

"이 빼빼 마른 꼬마 술꾼은 엘바 건으로 속죄하지 않으면 안 돼, 어니."

"여기선 아니야. 말해 두지만 잭슨을 건드리면 나를 상대해야 할 거야. 그리고 녀석은 때릴 가치도 없어."

나는 그때 잭슨이 가끔 어떻게 돈을 버는지 기억났다.

레니가 잭슨에게 손을 뻗었지만 그 작은 사내는 어니스트 뒤로 숨었고, 어니스트는 바위처럼 그 자리에 서 있었다. 그가 말했다. "피가 아직 네 혈관을 흐르고 있을 때 하던 게임으로 돌아가." 그러더니 푸른 작업복 주머니에서 면도칼을 꺼냈다.

"날 위협할 것까진 없잖아, 어니. 난 남의 집 문간에 똥을 쌀 생각은 없어." 그는 이발사 등 뒤에 있는 잭슨을 보려고 머리를 좌우로 움직이고 있었다.

그들 사이에 앉은 나는 슬슬 불안해져서 턱받이를 벗었다. 그걸로 내 목의 비누 거품을 닦았다.

"이거 봐, 레니. 넌 내 손님을 짜증 나게 하고 있어." 어니스트가 침목만큼이나 두꺼운 손가락으로 레니의 배를 가리켰다. "저 뒤로 돌아가지 않으면 가죽을 벗겨 주지. 거짓말 아니야."

어니스트를 아는 사람이라면 그게 마지막 경고라는 것을 알았다. 이발사가 되려면 거칠어져야 했는데, 이발소가 동네의 중요한 요소인 비즈니스 센터의 역할을 하기 때문이었다. 도박사들, 내기 돈 수금원들 그리고 여러 종류의 개인적인 사업을 하는 사람들이 이발소에서 만났다. 이발소는 사교 클럽 같았다. 어느 사교 클럽이든 원활하게 운영되려면 질서가 있어야 했다.

레니는 턱을 내밀고 어깨를 이리저리 움직였다가 느릿느릿 몇 걸음 물러났다.

나는 의자에서 내려와 카운터에 75센트를 탁 소리 나게 내려놓았다. "여기 놨어, 어니." 내가 말했다.

어니는 내 쪽을 향해 고개를 끄덕였지만 레니를 노려보느라 나를 보지 않았다.

"같이 나가는 게 어때." 내가 몸을 숙이고 있는 잭슨에게 말했다. 잭슨은 불안할 때면 자신의 물건에 손을 대야 했다. 그는 그때 그것을 쥐고 있었다.

"그래, 이지. 여기는 어니에게 맡기고."

우리는 첫 번째 모퉁이를 돌아 이발소에서 반 블록이나 떨어진 골목 쪽으로 갔다. 레니가 우리를 쫓아오겠다면 우리를 사냥하고 싶어 미칠 정도가 되어야 할 만큼 멀리.

그는 우리를 발견하지 못했지만 우리가 메리웨더가를 걷고 있을 때 누군가가 소리쳤다. "블루!"

제포였다. 그는 보이지 않는 목발을 짚은 사람처럼 절뚝이며 우리 뒤를 따라왔다. 매 걸음 넘어질 듯 간신히 걸음을 옮기며.

"헤이, 젭." 잭슨이 말했다. 그는 레니가 따라오는지 보려고 제포의 어깨 너머를 보고 있었다.

"재잭슨."

"왜요, 제포?" 나는 잭슨에게서 얻고 싶은 게 있어서 관중은 원치 않았다.

제포는 내가 가능하리라고 생각했던 것보다 더 멀리 고개를 뒤로 빼더니 양 손목을 어깨에 댔다. 그는 극심한 고통 속에 있는 새처럼 보였다. 그의 미소는 그 자체로 죽음 같았다. "레레레니는 미미미미친 것 같아." 이내 그는 기침을 하기 시작했는데, 제포 딴에는 웃는 것이었다. "자자자넨 파팔고 있나, 블블루?"

나는 그 중독자에게 키스할 수도 있었다.

"아니요." 잭슨이 말했다. "프랭크는 이제 거물이 됐어요. 그는 가게들에 상자째로만 팔아요. 동전 따윈 받고 싶지 않다면서요."

"넌 이제 프랭크의 술을 처리하지 않는 거야?" 내가 물었다.

"그래, 그는 나 같은 검둥이한텐 너무 거물이야."

"젠장! 나도 위스키를 얼마쯤 찾고 있었는데. 파티를 할 생각인데, 술이 좀 필요해."

"뭐 어쩌면 내가 알아봐 줄 수도 있어, 이즈." 잭슨의 눈이 반짝였다. 그는 아직도 레니가 쫓아오는지 보려고 이따금 고개를 돌렸다.

"어떻게?"

"많이 살 거면 프랭크가 거래해 줄 거야."

"얼마나 많이 사야 하는데?"

"얼마나 필요한데?"

"짐빔 한두 상자면 좋지."

잭슨은 턱을 긁었다. "프랭크도 상자째라면 나한테 팔 거야. 내가 세 상자 사서 한 상자는 병으로 팔면 되지."

"그를 언제 볼 건데?" 잭슨의 눈에 경고의 빛이 들어온 걸로 보아 내 목소리가 지나치게 적극적이었던 것 같았다.

그가 한참을 뜸 들이다가 말했다. "무슨 일이야, 이지?"

"무슨 말이야?"

"그러니까," 그가 말했다. "왜 프랭크를 찾느냐고?"

"이봐, 난 네가 무슨 말 하는지 모르겠는데. 내가 아는 건 토요일에 집에 올 사람들이 있고, 찬장이 비었다는 거야. 돈이 몇 달러 있지만 지난 월요일에 잘려서 위스키에 그걸 다 쓸 순 없어."

이러는 동안 제포가 우리 옆에서 엉덩이와 어깨를 흔들고 있었다. 그는 우리의 대화가 끝나면 술 한 병이 나타날지 기다리는 중이었다.

"그래 뭐, 네가 그게 급하게 필요하다면," 여전히 의심하며 잭슨이 말했다. "내가 다른 데를 알아보는 건 어때?"

"상관없어. 내가 원하는 건 싼 위스키를 구하는 거고, 난 네가 하는 사업이 그거인 것 같아서 말이야."

"맞아, 이지. 난 대개 프랭크에게서 사지만, 어쩌면 그가 파는 가게로 갈 수도 있어. 가격은 좀 더 비싸지만 그래도 싸게 사는 거야."

"알아서 해 줘, 잭슨. 거기로 데려가기만 해."

"나아아아도." 제포가 끼어들었다.

20

우리는 내 차를 주차해 둔 곳으로 갔고, 나는 차를 몰고 센트럴 애비뉴를 달려 76번가로 갔다. 경찰서에 가까워짐에 따라 초조해졌지만 프랭크 그린을 찾아야 했다.

잭슨이 나와 제포를 에이브 주류 판매점으로 데려갔다. 나는 제포가 우리와 함께여서 기뻤는데, 제포를 모르는 사람들이 온통 제포에게 주의를 쏟았기 때문이었다. 그 틈을 타 자연스럽게 프랭크에 관해 물을 수 있을 터였다.

주류 판매점으로 가는 동안 잭슨은 내게 가게 주인들의 신상을 말해 주었다.

에이브와 조니는 의형제였다. 그들은 폴란드 출신으로, 아주 최근에 아우슈비츠에서 왔다. 나치 수용소에서 살아남은 유대인들이었다. 그들은 폴란드에서 이발사였고, 아우슈비츠에서도 이발사였다.

에이브는 수용소 내 지하 조직의 일원이었다. 조니가 너무 허약해 나치 간수가 그를 가스실행으로 선별했을 때 그는 가스실행에서 조니를 구했다. 에이브는 침대 옆 벽에 구멍을 파서 조니를 거기에 넣고 간수에게 조니가 죽어서 야간 순찰조가 화장하려고 데려갔다고 말했다. 에이브는 레지스탕스 친구들에게서 조달한 음식을 벽의 구멍을 통해 병든 의형제에게 먹였다. 러시아군에 의해 해방될 때까지 그렇게 석 달을 버텼다.

에이브의 아내와 누이, 조니의 아내는 죽었다. 그들의 부모, 사촌, 그들이 알았던 모든 이가 나치 수용소에서 죽었다. 에이브는 조니를 들것에 싣고 미군 주둔지까지 끌고 갔고, 그들은 거기서 이민 신청을 했다.

잭슨은 수용소들에 관해 들은 이야기들을 더 하고 싶어 했지만 나는 그 이야기들을 들을 필요가 없었다. 나는 그 유대인들을 기억했다. 직장直腸에서 피를 흘리며 음식을 구걸하던, 해골에 불과한 그들을. 앙상한 손을 흔들면서도 진중함을 지키려던 그들을 기억했다. 그리고 내 눈 앞에서 죽어 간.

빈센트 리로이 병장이 민머리에 체중이 20킬로그램 나가는 열두 살 소년을 발견했다. 그 소년은 빈센트에게 달려와 매슈 테란에게 매달렸던 그 멕시코 꼬마처럼 그의 다리에 매달렸다. 빈센트는 냉철한 포병이었지만 그 꼬마에게 마음이 흔들렸다. 그는 그 소년이 다리에 매달려 떨어지지 않았기 때문에 그 소년을 트리 랫tree rat이라고 불렀다.

우리가 강제 수용소 생존자들을 대피시키던 첫날, 빈센트는 트리 랫을 등에 업고 다녔다. 그날 밤 그는 소년을 피난 센터의 간호사들에게 보냈지만 소년은 그들에게서 도망쳐 우리 야영지로 돌아왔다.

빈센트는 그 후로 그 소년을 돌보기로 마음먹었다. 매슈 테란이 그 멕시코 소년을 돌보는 방식이 아닌, 아이들에게 마음을 쓰는 여느 어른 같은 방식으로.

나는 소년을 꼬마 트리라고 불렀는데, 그 소년은 다음 날 하루 종일 빈센트의 등에 올라타 있었다. 소년은 빈센트의 배낭에 들어 있던 큼직한 초콜릿 바를 먹었고, 군인들은 소년에게 또 다른 단것들을 주었다.

그날 밤 우리는 트리의 앓는 소리에 잠에서 깨었다. 소년의 작은 배는 팽창해 있었고, 소년은 우리가 진정시키려고 애쓰는 소리를 듣지도 못했다.

수용소 의사는 소년이 갑작스레 많은 음식을 먹어 죽었다고 했다.

빈센트는 트리 랫이 죽은 뒤 하루 종일 울었다. 그는 자신을 탓했고, 나는 우리에게 공동 책임이 있다고 생각했지만 맛있는 것을 먹을 수조차 없을 만큼 독일인들이 저 불쌍한 소년을 그토록 끔찍하게 병들게 했다는 생각을 잊지 않을 것이었다. 그것이 그 때 당시 많은 유대인이 미국 검둥이들을 이해한 이유였다. 유럽에서의 유대인은 수천 년 전부터 검둥이였던 것이다.

미국에 온 에이브와 조니는 2년이 채 못 되어 주류 판매점을 차렸다. 그들은 자신들이 얻은 것을 위해 열심히 일했지만 한 가지 곤란한 것이 있었다. 조니는 거칠었다.

잭슨은 이렇게 말했다. "그가 벽의 구멍 안에서 그렇게 됐는지, 원래 그랬는지는 몰라. 자기 말로는 하룻밤 만에 미쳤다는 거야. 가스실로 가는 자기 아내와 에이브의 아내 머리를 자신들이 밀었기 때문에. 상상이 가? 자기 아내들의 머리를 민 다음 그녀들을 죽게 보낸다는 게? ……어쨌든 그는 아마 하룻밤 만에 미쳤을 테고, 그가 지금 그렇게 거친 이유야."

"거칠다는 게 무슨 뜻이야?" 내가 물었다.

"말 그대로야, 이지. 어느 날 밤 난 도나 프랭크라는 여고생을 데리고 거기에 간 적 있어. 술을 사 주고 마음을 끌어 보려고. 에이브는 퇴근하고 없었지. 그런데 조니가 날 안중에도 없다는 듯이 행동하는 거야. 그 애가 예쁘다면서 뭔가 선물을 주고 싶다고 떠들기 시작하더라니까."

"그래?"

"그가 그 애에게 오 달러를 주고 카운터 바로 뒤에서 그 애와 떡을 치는 동안 난 냉장고 앞에 서 있었어."

"거짓말!"

"천만에, 이지. 그 친군 미쳐 있었어. 여고생도."

"그래서 넌 그때부터 조니와 비즈니스를 했다고?"

"젠장, 아니야. 저 자식은 왠지 섬뜩해. 하지만 그 얘길 프랭크에게 했더니 그가 거래를 텄어. 프랭크가 한번은 에이브와 얘기를 나누러 갔었는데, 에이브는 장물과 엮이고 싶어 하지 않았다는군. 하지만 조니는 좋아했지. 에이브가 밤에 집에 가고 나서 그가 파는 건 전부 장물이야."

"프랭크가 정기적으로 여기다 물건을 대?" 내가 물었다.

"그래."

"배달 트럭처럼, 응?" 내가 웃음을 터뜨렸다. "수요일 오후가 되면 트럭을 몰고 와 물건을 내리면서 말이야."

"대개는 목요일이야." 잭슨은 그렇게 말했다가 이내 얼굴을 찌푸렸다.

그곳은 비좁고 어둑한 주류 판매점이었다. 마루 한가운데에는 케이크와 포테이토칩 그리고 돼지 껍질 스낵이 놓인 선반이 있었다. 기다란 캔디 카운터 그리고 그 뒤에는 술 선반들과 금전등록기가 있었다. 뒤쪽 벽에는 유리문이 달린 냉장고가 있었는데, 안에는 각종 음료와 소다수가 들어 있었다.

조니는 엷은 갈색 머리와 갈색 눈의 키가 큰 남자였다. 그의 얼굴에 떠오른 표정은 미소 반, 경계 반이었다. 그는 이미 나쁜 길로 접어든 청년처럼 보였다.

"어이, 조니." 잭슨이 말했다. "여긴 내 친구 이지와 제포야."

제포가 우리 뒤에서 몸을 비비 꼬며 다가왔다. 제포를 보았을 때 조니의 미소가 약간 딱딱해졌다. 어떤 사람들은 중풍 걸린 사람을 두려워하는데, 아마 자신도 옮을지 모른다는 두려움 때문이리라.

“안녕하십니까.” 그가 우리에게 말했다.

“이제 슬슬 수수료를 받아야겠어, 조니. 이만큼 돈벌이할 걸 가져다줬으니까. 이지는 파티를 준비하는 중이고, 제포는 매일 마시는 우유가 필요해.”

조니가 웃음을 터뜨리고 제포에게서 눈을 떼지 않았다. 그가 물었다. “뭐가 필요하십니까, 이지?”

“짐빔 한 상자가 필요한데, 잭슨은 당신이 그걸 일반적인 가격보다 싼 가격에 구매한다더군요.”

“상자째 사신다면 깎아 드릴 수 있습니다.” 그는 악센트가 심했지만 영어를 충분히 이해하고 있었다.

“두 상자를 사면요?”

“병에 삼 달러요. 어딜 가도 사 달러는 줘야 하죠.”

“그래요. 좋긴 한데, 내 예산을 좀 넘는데요. 난 지난주에 해고당했습니다.”

“오, 안됐군요.” 조니가 그렇게 말하고 나를 향했다. “생일 잔치에 해고라니.”

“그냥 파티예요. 이 달러 칠십오 센트면 어때요?”

그가 오른손을 들더니 엄지와 검지를 비볐다. “그렇게 드리고 싶군요, 친구. 하지만 이건 어떨까요.” 그가 말했다. “한 병에 삼 달러로 두 상자면 오십사 달러입니다. 그걸 오십에 드리죠.”

나는 좀 더 흥정해야 했지만 이곳에서 나가고 싶었다. 올브라이트에게는 프랭크가 금요일에 여기에 온다고 말해 두고, 목요일에 프랭크와 내가 거래하면 될 것이었다.

"그렇게 하죠." 내가 말했다. "내일 살 수 있습니까?"

"지금 거래를 끝낼 수는 없습니까?" 그가 의심스럽다는 듯 물었다.

"지금 오십 달러가 없어서요. 내일이라면 모를까."

"금요일까진 줄 수 없어요. 금요일에 다른 배송이 있어서."

"내일은 왜 안 됩니까?" 내가 따지듯 물었다.

"위스키를 한 사람에게 전부 팔 순 없어요, 이지. 내일 두 상자를 받는데, 만약 손님이 와서 짐빔을 원하면요? 나한테 없으면 다른 가게로 갈 겁니다. 그건 비즈니스에 좋지 않아요."

우리는 보증금 10달러에 흥정을 마무리 지었다. 나는 제포에게 하퍼스 반 파인트를 사 주고 잭슨에게는 5달러를 주었다.

"무슨 일이야, 이지?" 제포가 간 뒤에 잭슨이 내게 물었다.

"아무 일도 없어. 무슨 말이야?"

"내 말은, 넌 파티할 계획이 없다는 거야. 게다가 넌 보통 수요일에 머리를 깎지도 않아. 뭔가 이유가 있잖아."

"쓸데없는 소리 집어치워, 친구. 파티는 토요일 밤에 열릴 거고, 너도 와."

"응." 그가 경계의 눈초리로 나를 보았다. "이게 다 프랭크와 관련 있는 거지?"

배 속에 얼음물이 들어찬 것 같았지만 나는 내색하지 않았다. "프랭크 그린과는 아무 상관 없어, 친구. 난 술을 좀 마시고 싶을 뿐이야."

"좋겠지. 알았어. 파티가 있다면 나도 가지."

"그럼 그때 봐." 내가 말했다. 나는 내가 그때도 여전히 살아 있길 바라고 있었다.

이후 24시간 동안 어떻게 해서라도 살아 있지 않으면 안 되었다. 프랭크가 매주 하는 순회에 나타날 때까지는.

21

나는 주류 판매점에서 돌아가는 길에 조피네 가게에 들렀다.

대리석 상판을 광내고 있는 그를 보자 집에 돌아온 것 같았다. 하지만 편하지 않았다. 나는 늘 조피를 친구로서 존경했었다. 동시에 조금 경계하기도 했다. 권투 선수 근처에서는 조심해야 했기 때문이었다.

바에 갔을 때 나는 면 재킷 주머니에 양손을 넣고 있었다. 하고 싶은 말이 많았지만 한동안 말이 나오지 않았다.

"뭘 노려보는 거야, 이즈?"

"모르겠어요, 좁."

조피가 웃음을 터뜨리고 손으로 벗어진 머리를 훑었다. "무슨 말이야?"

"며칠 전날 밤에 어떤 여자한테 전화가 걸려 왔어요."

"어떤 여자?"

"당신 친구가 찾는 여자요."

"음." 조피가 행주를 내려놓고 바 위에 양손을 올렸다. "그거참 운이 좋은 것 같은데."

"그런 거 같아요."

바는 비어 있었다. 조피와 나는 서로의 눈을 바라보고 있었다.

"하지만 진짜 운이 좋았던 것 같진 않아요." 내가 말했다.

"않다고?"

"네, 조피. 당신이 그 여자에게 시킨 거죠."

조피가 양 주먹을 쥐자 양 팔뚝의 근육이 꿈틀거렸다. "어떻게 알지?"

"그게 유일한 답이에요, 좁. 내가 그녀를 찾고 있다는 걸 아는 사람은 당신과 코레타뿐이었죠. 디윗 올브라이트도 알았지만 그녀가 어디 있는지 알았다면 자기가 찾았겠죠. 그리고 코레타는 내게서 돈을 받을 생각이었으니까 자기가 대프니와 만났다는 걸 나에게 알리고 싶지 않았을 거고요. 그건 당신이었어요."

"그녀가 전화번호부에서 자넬 찾았을 수도 있잖아."

"우리 집 전화는 전화번호부에 올라 있지 않아요, 조피."

나는 내가 옳은지 확신이 없었다. 대프니가 다른 방식으로 나를 찾았을지도 모르지만 나는 그렇게 생각하지 않았다.

"왜죠?" 내가 물었다.

조피의 무표정한 얼굴은 무슨 생각을 하고 있는지 결코 알려주지 않았다. 하지만 내가 주머니 안에서 납 파이프를 꽉 쥐고 있다고 그가 의심한다고도 생각하지 않았다.

한참 뒤 그가 내게 친근한 미소를 보내며 말했다. "그렇게 열내지 마, 친구. 그렇게 나쁠 것도 없잖아."

"무슨 말이에요, 그렇게 나쁠 게 없다는 게?" 내가 소리쳤다. "코레타는 죽고, 당신 친구 올브라이트는 날 괴롭히고 있는 데다 경찰들은 이미 날 한번 끌고 가……,"

"그렇게 되리라곤 생각도 못 했어, 이지. 그것만은 믿어 줘."

"지금 올브라이트는 내게 프랭크 그린을 쫓게 하고 있어요." 나는 불쑥 그 말을 내뱉었다.

"프랭크 그린?" 조피의 눈빛이 험악해졌다.

"그래요. 프랭크 그린."

"좋아, 이지. 어떻게 된 건지 말해 주지. 올브라이트가 그 여잘 찾는다고 여기 왔어. 그는 내게 사진을 보여 줬고, 난 즉시 그게 누군지……,"

"그 여잘 어떻게 알았죠?" 내가 물었다.

"가끔 프랭크가 그녀를 데려왔어. 술을 배달할 때. 난 그녀가 그의 여자나 뭐 그런 걸로 생각했지."

"하지만 올브라이트에게는 아무 말 하지 않았고요?"

"응. 프랭크는 내 공급원이야. 난 그와 안 좋은 관계가 될 생각이 없어. 난 그가 그녀와 다시 올 때까지 기다렸다가 그녀에게 은밀히 알려 줬네. 알고 싶어 할 정보가 있다고. 그녀가 내게 전화해서 난 그녀에게 자네 전화번호를 알려 줬어."

"왜요? 왜 그녀를 돕고 싶은 거죠?"

조피의 얼굴에 미소가 스쳤는데, 그것은 그에게는 수줍음에 가까웠다. "그녀는 예쁜 여자야, 이지. 미인이지. 친구가 돼서 나쁠 것 없잖아."

"왜 프랭크에겐 말하지 않았고요?"

"그랬다간 여기에 칼을 휘두르러 오지 않겠어? 젠장. 프랭크는 미친놈이야."

내가 귀를 기울이는 모습을 보고 조피는 조금 느긋해졌다. 그는 다시 행주를 주워 들었다. "그래, 이즈. 자네가 돈을 좀 벌 수 있지 않을까 해서 내가 잘못된 길인 올브라이트에게 자넬 보낸 모양이야. 자네가 내 말을 들은 다음 그럴 생각이 없었다면 더할 나위 없었겠지만."

"왜 그녀한테 나에게 전화하라고 했죠?"

조피는 귀밑에서 턱뼈가 튀어나올 만큼 이를 꽉 물었다. "그녀는 내게 전화해서 어딜 가야 하는데 도와 달라고 하더군. 친구가 있는 곳이라던가. 하지만 난 내키지 않았네. 자네도 알겠지만 바 뒤에서 내가 도울 수 있는 건 돕겠지만 난 아무 데도 가지 않아."

"근데 왜 납니까?"

"난 그녀에게 자네한테 전화하라고 했네. 그녀는 디윗이 원하는 게 뭔지 알고 싶어 했고, 자넨 그를 위해 일하는 사람이잖아." 조피가 어깨를 움츠렸다. "그녀에게 자네 전화번호를 알려 줬지. 일이 이렇게 될 줄 몰랐어."

"그러니까 나에게 광대 노릇을 시키는 걸로 당신 볼일이 끝났으니 이번엔 그녀를 내게 보낸 거군요."

"아무도 자네한테 그 남자의 돈을 받으라고 강요하지 않았어. 아무도 그녀를 만나라고 강요하지 않았고."

그에 관해서는 그가 옳았다. 그가 날 설득하긴 했지만 그 돈에 눈이 먼 사람은 나였다.

"그녀의 친구는 죽었어요." 내가 말했다.

"백인?"

"네. 그리고 코레타 제임스가 죽었고, 그녀를 죽인 게 누구든 그자가 하워드 그린도 죽였죠."

"내가 들은 게 그거야." 조피가 카운터 밑에 행주를 던지고 작은 잔을 꺼냈다. 내 위스키를 따르면서 그가 말했다. "이 모든 걸 의도한 게 아니었어. 자네와 그 여자를 도우려고 한 것뿐이야."

"그 여자는 악마예요." 내가 말했다. "주머니마다 악마를 넣고 다니는."

"자넨 여기서 벗어나야 할지도 몰라, 이즈. 동쪽으로든 남쪽으로든 떠나."

"오델이 내게 딱 그런 말을 했죠. 하지만 난 도망치지 않을 겁니다."

나는 내가 해야 할 일을 알았다. 프랭크를 찾아서 카터가 제시한 돈에 관한 이야기를 해야 했다. 프랭크는 뼛속까지 사업가였다. 그리고 만약 디윗 올브라이트가 프랭크의 사업에 방해가 된다면 나는 둘의 싸움을 붙이고 옆에 서 있기만 하면 되었다.

조피가 내 잔을 다시 채웠다. 그것은 화해의 제스처 같은 것이었다. 그가 나를 정말 다치게 하려고 한 것은 아니었다. 그가 한 거짓말에 화가 났을 뿐이었다.

"왜 그 여자에 대해 내게 말하지 않았습니까?" 내가 그에게 물었다.

"나도 몰라, 이지. 그녀는 내가 조용히 있어 주길 바랐고," 조피의 얼굴이 부드러워졌다. "난 그녀의…… 비밀을 지켜 주고 싶었지. 아무도 모르게 말이야, 알겠나?"

나는 술을 들이켜고 조피에게 담배를 내밀었다. 우리는 앉아서 평화와 우정을 나누며 담배를 피웠다. 우리는 한참 동안 입을 열지 않았다.

한참 뒤에 조피가 물었다. "그들 모두를 죽이고 있는 게 누구라고 생각하나?"

"몰라요. 오델 말로는 경찰은 미치광이의 소행일지도 모른다고 생각한대요. 코레타와 하워드 건은 그럴지 몰라도 리처드 맥기를 죽인 자는 알아요."

"누구?"

"당신한테 말해 봤자 우리 둘 다에게 도움이 될 게 없어요. 나 혼자 알고 있는 게 최선이에요."

나는 생각에 잠겨 술집 문을 나와 집으로 향하는 길을 걸었다. 대문에 손을 뻗었을 때야 대문의 걸쇠가 이중으로 걸려 있지 않다는 것을 알았다. 우편배달부가 대문을 나선 후에 보통 그런 상태가 되는 것처럼.

뒤도 돌아보기 전에 머릿속에서 폭발이 일었다. 나는 현관 포치의 시멘트 계단을 향해 땅거미 속에서 긴 추락을 시작했다. 하지만 어떤 까닭인지 계단에 부딪히지 않았다. 문이 활짝 열렸고, 나는 소파에 얼굴을 대고 있는 나 자신을 발견했다. 몸을 일으키고 싶었지만 머릿속에서 나는 소음에 속이 울렁거렸다.

이윽고 그가 나를 뒤집었다.

그는 검은색으로 착각할 만큼 짙은, 검푸른 양복을 입고 있었다. 셔츠는 검은색이었다. 검은색 구두가 내 머리 옆 소파 위에 있었다. 머리에는 챙이 좁은 검은색 스테트슨 모자가 올려 있었다. 얼굴은 그가 입고 있는 옷만큼이나 까맸다. 프랭크 그린에게서 찾아볼 수 있는 유일한 색은 목에 헐겁게 걸려 있는 바나나색 타이뿐이었다.

"안녕, 프랭크." 그 말이 내 머리에 찌르는 듯한 고통을 안겨주었다.

프랭크의 오른쪽 주먹에서 찰칵 소리가 나더니 크롬색 불꽃처럼 10센티미터 길이의 칼날이 튀어나왔다.

"날 찾고 있단 얘길 들었는데, 이지."

나는 일어나 앉으려고 애썼지만 그가 내 얼굴을 소파에 눌렀다. "네가 날 찾고 있다고 들었다고." 그가 다시 말했다.

"맞아, 프랭크. 네게 할 말이 있어. 우리 둘 다에게 오백 달러씩 들어오는 거래를 하고 싶어서."

프랭크의 검은 얼굴이 하얀 이를 드러낸 미소로 갈라졌다. 그가 내 가슴을 무릎으로 누르고 칼끝으로 내 목을 겨누었다. 살을 찌르는 칼끝과 흐르는 피가 느껴졌다.

"널 죽여야 할 것 같은데, 이지."

내 첫 반응은 나를 구해 줄 만한 게 있을지 주위를 둘러보는 것이었는데, 벽과 가구를 제외하면 거기엔 아무것도 없었다. 이내 나는 무언가 이상한 것을 눈치챘다. 부엌에 두는, 등받이가 곧은 나무 의자가 마치 누군가가 발을 올리는 데 쓰는 용도로 쓴 것처럼 소파 앞에 놓여 있었다. 왜 내가 그것에 집중했는지는 나도 모른다. 내가 아는 것은 내가 정신을 잃은 동안 프랭크가 거기다 놓았으리라는 것이었다.

"내 말을 들어 봐." 내가 말했다.

"뭘?"

"네 몫을 칠백오십으로 해도 좋아."

"어떻게 그런 돈이 들어오지?"

"어떤 남자가 네가 아는 여자와 얘기하고 싶어 해. 부자가. 말만 하는 걸로 그만큼을 낼 거야."

"어떤 여자?" 프랭크의 목소리가 으르렁거리다시피했다.

"백인 여자. 대프니 모네."

"넌 죽은 목숨이야, 이지." 프랭크가 말했다.

"프랭크, 내 말을 들어 봐. 뭔가 오해하고 있어."

"넌 날 염탐했어. 그렇게 들었어. 넌 내 사업장과 내가 술 마시는 데까지 냄새를 맡고 다녔어. 짧은 사업 여행에서 돌아와 보니 이제 대프니가 사라졌고, 내가 똥을 싼 데마다 네가 코를 박았더군." 그의 냉혹한 노란 눈이 내 눈을 곧장 쏘아보고 있었다. "경찰도 날 찾고 있어, 이지. 누군가가 코레타를 죽였어. 그녀는 죽기 전에 너와 함께 있었다던데."

"프랭크……."

그가 칼날을 조금 더 세게 눌렀다. "넌 죽었어, 이지." 그는 그렇게 말하고 어깨에 실린 힘을 칼날에 눌렀다.

목소리가 말했다. '울지도 빌지도 마, 이지. 이 깜둥이에게 만족감을 주지 말라고.'

"안녕, 프랭크." 누군가가 친근한 톤으로 말했다. 나는 아니었다. 프랭크가 얼어붙었기 때문에 그 목소리는 진짜였다. 그는 여전히 나를 노려보고 있었지만 그의 주의는 등 뒤로 쏠려 있었다.

"누구야?" 그가 꺽꺽대듯 말했다.

"오랜만이야, 프랭크. 거의 십 년 만인가."

"너야, 마우스?"

"기억력이 좋은데, 프랭크. 난 늘 기억력이 좋은 녀석을 좋아했지. 머리가 잘 돌아가는 녀석은 십중팔구 어려운 문제를 이해하니까. 넌 이제 문제를 떠안았거든, 프랭크."

"뭐라고?"

그때 전화가 울렸고, 나는 빌었다. 마우스가 전화를 받지 않길!

"여보세요?" 그가 말했다. "네, 네. 이지는 여기 있지만 지금 좀 바쁩니다. 음, 네, 물론이죠. 전화하라고 할까요? 됐다고? 알겠습니다. 네, 그래요. 한 시간쯤 뒤에 그가 한가해질 때 다시 거쇼."

그가 수화기를 거치대에 올리는 소리가 들렸다. 나는 프랭크 그린의 가슴밖에 볼 수 없었다.

"어디까지 했더라…… 오 그래, 너한테 내 문제를 말할 참이었지. 알았나, 프랭크, 난 지금 이 총신이 긴 사십일 구경으로 네 뒤통수를 겨누고 있단 말이지. 근데 쏠 수가 없어. 네가 쓰러지면서 내 파트너의 목을 벨까 봐 말이야. 그게 좀 문제야, 안 그래?"

프랭크는 나를 노려볼 뿐이었다.

"그래서 내가 어떻게 해야 할까, 프랭크? 네가 가엾은 이지를 베고 싶어 근질거리는 건 알지만 그러고서도 싱글거리며 살아 있을 것 같진 않은데."

"너랑은 상관없는 일이야, 마우스."

"뭐 하나 말해 주지, 프랭크. 그 칼을 소파에 내려놓으면 살려 줄게. 아니면 죽는 거야. 카운트하진 않을 거야. 이제 그런 헛소리는 집어치우고. 일 분이야. 그다음엔 쏜다."

프랭크는 천천히 내 목에서 칼을 치우고 그것을 뒤에서도 보이도록 소파 위에 내려놓았다.

"좋아, 이제 거기서 떨어져서 여기 있는 의자에 앉아."

프랭크가 시키는 대로 하자 더할 나위 없이 멋진 마우스가 거기에 있었다. 그의 미소가 반짝반짝 빛났다. 몇몇 이는 금테를 두르고 있었고, 몇 개는 금니였다. 금테 중 하나에는 푸른 보석이 박혀 있었다. 격자무늬 주트 양복1940년대에 유행한, 어깨가 넓고 기장이 긴 상의에 통이 넓은 하의 차림에 셔츠 앞에 멜빵이 보였다. 에나멜가죽 구두 위에 각반을 차고 있었으며, 왼손에 느슨하게 들린 것은 내가 본 총 중에 가장 컸다.

프랭크도 그 총을 응시하고 있었다.

칼손은 악당이었지만 마우스를 아는 사람이라면, 제정신인 한 그를 쉽게 보는 사람은 없었다.

"대체 무슨 일이야, 이지?"

"마우스." 내가 말했다. 셔츠 앞이 피투성이였다. 양손이 떨리고 있었다.

"놈을 죽일까, 이지?"

"이봐!" 프랭크가 외쳤다. "약속이 다르잖아!"

"이지는 내 가장 오랜 파트너야. 네 추한 얼굴을 날려 버리면 네가 주저리주저리 떠드는 말을 안 들어도 될 텐데 말이야."

"그를 죽일 필욘 없어. 내가 필요한 건 몇 가지 대답뿐이야." 만약 마우스가 옆에 있다면 굳이 프랭크가 필요 없다는 것을 깨달았다.

"그럼 질문해, 친구." 마우스가 씩 웃었다.

"대프니 모네는 어딨지?" 내가 그린에게 물었다. 그는 나를 노려볼 뿐으로, 그의 눈빛이 그의 칼처럼 날카로웠다.

"들었잖아, 프랭크." 마우스가 말했다. "그 여자 어딨어?"

마우스를 보는 프랭크의 눈은 그렇게 날카롭지 않았지만, 어쨌든 입을 다물고 있었다.

"이건 게임이 아니야, 프랭크." 마우스는 총구가 마루를 향하게 총을 내렸다. 그는 프랭크에게 다가갔다. 칼손이 그를 잡을 수 있을 만큼 가까이. 하지만 프랭크는 움직이지 않았다. 그는 마우스가 자신을 데리고 놀고 있다는 것을 알았다.

"우리가 알고 싶어 하는 걸 말해, 프랭키. 아니면 쏠 거야."

프랭크의 턱에 힘이 들어가고 왼쪽 눈이 반쯤 감겼다. 나는 그가 대프니의 안전을 지키기 위해 죽을 준비가 됐을 만큼 그녀가 그에게 충분한 의미가 있다는 사실을 알 수 있었다.

마우스가 들어 올린 총이 프랭키 턱 밑의 부드러운 부위를 겨냥하고 있었다.

"보내줘." 내가 말했다.

"하지만 오백 달러짜리 거래가 있다며." 마우스의 톤에서 프랭크를 다치게 하고 싶어 하는 갈망을 느낄 수 있었다.

"보내줘. 그를 내 집에서 죽이고 싶지 않아." 나는 마우스가 가구에 피 칠갑은 피하고 싶다는 데 공감했으리라고 생각했다.

"그럼 네 차 키 내놔. 이 녀석이랑 드라이브를 좀 하게." 마우스가 악마 같은 미소를 지었다. "녀석이 내가 알고 싶어 하는 걸 말할 거야."

예고 없이 마우스가 권총으로 프랭크를 세 번 내리쳤다. 세 번의 타격 모두 끔찍하게 둔탁한 소리가 났다. 프랭크가 검은 옷에 검붉은 피를 흘리며 무릎을 꿇고 쓰러졌다.

프랭크가 바닥에 쓰러졌을 때 나는 그와 마우스 사이로 뛰어들었다.

"그를 보내!" 내가 외쳤다.

"비켜, 이지!" 마우스의 목소리는 피에 굶주려 있었다.

나는 그의 팔을 잡았다. "그를 죽이지 마, 레이먼드!"

순간 프랭크가 뒤에서 나를 밀쳤다. 나는 마우스에게 밀쳐졌고, 우리는 바닥에 나동그라졌다. 나는 쓰러지지 않으려고 마우스를 안았지만 그가 프랭크를 쏘는 것을 막기도 한 셈이었다. 강단 있는 그가 내 밑에서 빠져나왔을 때쯤 프랭크는 문밖으로 달려 나간 뒤였다.

"젠장, 이지!" 그가 느슨하게 나를 겨눈 총을 쥐고 돌아섰다. "내 손에 총이 들려 있을 땐 절대 나를 잡지 마! 미친 거야?"

마우스가 창가로 달려갔을 때 프랭크는 사라진 뒤였다.

마우스가 진정하는 동안 나는 잠시 잠자코 있었다.

잠시 뒤 그가 창가에서 돌아서서 자신의 재킷을 내려다보았다. "네가 내 코트에 묻힌 피를 봐, 이지! 왜 그런 거야?"

"프랭크 그린은 살아 있지 않으면 안 돼. 네가 그를 죽이면 내 정보원情報源 하나가 주는 거라고."

"뭐? 그게 이 얼빠진 짓과 무슨 상관이 있는 건데?" 마우스는 재킷을 벗어 그것을 팔에 걸쳤다. "저게 화장실이야?" 그가 화장실 문을 가리키며 물었다.

"그래." 내가 말했다.

그는 허리띠의 총집에 총을 넣고 피로 얼룩진 재킷을 화장실로 가져갔다. 나는 물이 흐르는 소리를 들었다.

마우스가 돌아왔을 때 나는 나무 블라인드 사이로 창밖을 응시하고 있었다.

"놈은 오늘 밤 다시 나타나지 않아. 프랭크 같은 거친 놈은 죽음을 너무 많이 봐서 그게 자기한테 일어나길 원치 않거든."

"여기서 뭘 하고 있었어, 마우스?"

"네가 에타한테 전화하지 않았냐?"

"응?"

마우스는 고개를 저으며 미소를 짓고 나를 보고 있었다.

"이지, 너 변했다."

"어떻게?"

"옛날에 넌 만사에 겁을 먹었었지. 정원 일이나 청소 일 같은 꼬마 깜둥이 일들을 하면서. 이젠 이 멋진 집에다 백인 남자의 여자를 후리고 다니는군."

"난 그녀를 만지지도 않았어, 친구."

"아직은."

"앞으로도!"

"이봐, 이지, 네가 상대하고 있는 사람은 이 마우스야. 여자가 두 번 쳐다보면 '노'라고 할 수 없는 게 너야. 난 알아."

나는 마우스와 에타가 막 약혼했을 때, 마우스의 등 뒤에서 에타와 놀아났었다. 그는 그것을 눈치챘지만 신경 쓰지 않았다. 마우스는 자기 여자들이 뭘 하든 전혀 걱정하지 않았다. 하지만 내가 그의 돈을 건드린다면 그는 나를 즉각 죽일 것이었다.

"그래서 여기서 뭘 하는 거야?" 나는 화제를 바꾸려고 물었다.

"먼저 네가 프랭크에게 얘기한 그 돈을 내가 어떻게 하면 가질 수 있는지 알고 싶은데."

"안 돼, 마우스. 그건 너와 아무 상관 없는 거야."

"넌 뒈질 참이었어, 이지. 네 눈이 햄버거만 했다니까. 이봐, 난 네가 왜 나한테 전화했는지 알아. 넌 도움이 필요해."

"아니야, 레이먼드. 너한테 전화를 하긴 했지만 우울해서 한 거였어. 날 구해 줘서 고맙지만 네 도움은 조금도 필요 없어."

"이봐, 이지. 네가 날 끼워 주면 우리 둘 다 한밑천 잡을 수 있다고."

그는 8년 전에 내게 지금과 똑같은 말을 했었다. 모든 일이 끝났을 때 내 뇌리에 두 명의 죽은 사람이 새겨졌다.

"안 돼, 레이먼드."

마우스는 잠시 나를 응시했다. 그의 눈은 연회색이었다. 모든 것을 꿰뚫어 보는 듯한 눈.

"안 된다고 했어, 마우스."

"뭔지 말해, 이지." 그가 의자에 등을 기댔다. "다른 방법은 없어, 형제."

"무슨 뜻이야?"

"깜둥이는 도움 없이 늪에서 빠져나올 수 없어, 이지. 넌 이 집을 지키고 돈을 벌어서 전화로 부를 수 있는 백인 여자를 몇 명쯤 두고 싶겠지? 좋아, 좋다고. 하지만 넌 뒤에 누군가 있어야 해, 친구. 백인들이 자기들 힘으로 일어섰다고 하는 말 따윈 새빨간 거짓말이야. 놈들은 늘 뒤를 받쳐 줄 사람들이 있었어."

"내가 원하는 건 기회뿐이야." 내가 말했다.

"그래, 이지. 그래, 그게 다지."

"하지만 말해 두는데," 내가 말했다. "난 너랑 엮이는 게 두려워, 친구."

나를 향한 마우스의 금빛 미소가 스쳐 지나갔다. "뭐라고?"

"우리가 파리아에 갔을 때 기억나? 네 결혼 자금을 손에 넣으려고."

"근데?"

"계부 리스와 클리프턴이 죽었어, 레이. 두 사람은 너 때문에 죽었어."

마우스의 미소가 사라지자 거실의 불빛이 어두워진 것 같았다. 갑자기 그의 표정이 진지함 그 자체가 되었다. 아까의 진지함은 프랭크 그린을 단지 조롱한 것에 지나지 않았다.

"무슨 말이야?"

"네가 그들을 죽였잖아! 너 그리고 나도! 클리프턴이 죽기 이틀 전날 밤에 날 찾아왔어. 어떻게 하면 좋을지 나와 상담하러. 녀석은 말했어. 네가 그에게 뭘 시킬 작정인지." 나는 눈에 눈물이 차올랐지만 꾹꾹 억눌렀다. "하지만 난 아무 말도 하지 않았어. 난 녀석을 그냥 보냈어. 지금 사람들 모두 그가 리스를 죽였다고 생각하지만 난 그게 너였다는 걸 알아. 그리고 그게 날 힘들게 해, 친구."

마우스는 입을 문질렀다. 눈 한 번 깜빡이지 않고.

"그게 널 내내 괴롭혔다고?" 그는 놀란 것 같았다.

"그래."

"그건 오래전 일이야, 이지. 그리고 넌 실제로 거기에 있지도 않았잖아."

"죄의식은 시간을 따지지 않아." 내가 말했다.

"죄의식?" 그는 그 단어가 아무 의미가 없다는 듯 말했다. "내가 한 일이 나쁘다는 말이야?"

"맞아."

"그럼 이렇게 하자." 그가 양어깨에 양손을 올리며 말했다. "이번 건을 끼워 주면 지휘는 네게 맡기지."

"무슨 말이야?"

"네가 하지 말란 것은 하지 않겠다는 뜻이야."

"내가 말하는 건 전부?"

"네가 무슨 말을 하든. 어쩌면 넌 불쌍한 사람이 피를 흘리지 않고도 어떻게 살아갈 수 있는지 내게 보여 줄지도 모르지."

우리는 위스키에 손대지 않았다.

나는 마우스에게 내가 아는 것을 말했다. 아는 것은 많지 않았다. 디윗 올브라이트가 좋지 않은 일을 꾸미고 있다는 것, 대프니 모네 현상금으로 1천 달러를 벌 수 있다는 것을 말했다.

그녀가 무슨 짓을 저질렀는지 그가 물었을 때 나는 그의 눈을 보고 말했다. "나도 몰라."

마우스는 내 말을 들으며 담배를 피웠다. "프랭크가 다시 오면 넌 이번엔 도망칠 수 없을지도 몰라." 내가 말을 마쳤을 때 그가 말했다.

"우리도 여기에 있지 않을 거야, 친구. 우리 둘 다 아침에 나가서 일을 시작할 거니까." 나는 어디로 가면 디윗 올브라이트를 찾을 수 있을지 말해 주었다. 만약 도움이 필요하다면 어떻게 오델 존스나 조피와 연락할 수 있을지도 말해 주었다. 마우스는 프랭크를 쫓고, 나는 대프니를 만났던 장소들을 조사하는 게 계획이었다. 일단 여자를 찾은 다음 상황을 살펴볼 생각이었다.

반격에 나선다고 생각하자 기분이 좋았다. 마우스가 지시에 따를지 걱정이 됐지만 그는 훌륭한 전사였다. 내가 모든 것을 제대로 정리했다면 우리가 이길 터였다. 나는 아직 살아 있었고, 내 집도 건재했다.

마우스는 내 거실 소파에서 곯아떨어졌다. 그는 늘 잠이 쉽게 들었다. 그는 전에 내게 이렇게 말한 적이 있었다. '이 마우스 어르신은 잠을 소홀히 하지 않기 때문에' 깨우지 않으면 자신의 사형 직전까지도 잠을 잘 거라고.

22

나는 마우스에게 모든 것을 말하지 않았다.

대프니가 훔친 돈이나 백인 부자의 이름에 대해서는 알려 주지 않았다. 내가 그의 이름을 알고 있다는 사실을 밝히지 않았다. 마우스는 아마 나와의 약속을 지킬 생각일 터였다. 그도 마음만 먹으면 살인을 자제할 수 있을 것이었다. 하지만 그가 3만 달러의 낌새를 알아차린다면 그를 막을 수 있는 것은 아무것도 없으리라는 것을 알았다. 그는 그 돈 때문이라면 나를 죽일 터였다.

"넌 프랭크만 주시하면 돼." 내가 그에게 말했다. "그가 가는 곳만 알아내. 그가 그 여자가 있는 데로 널 데려가면 성공한 거야. 잘 들어, 레이먼드. 난 그 여자를 찾고 싶을 뿐이야. 프랭크를 죽일 이유는 없어."

마우스가 미소 지었다. "걱정 마, 이즈. 난 네 위에 있던 놈을 보고 그냥 미쳤던 것뿐이야. 그러면 놈에게 교훈 같은 걸 가르쳐 주고 싶으니까."

"그를 조심해야 해." 내가 말했다. "그는 칼을 어떻게 다루는지 알아."

"쳇!" 마우스가 침을 뱉었다. "난 칼을 입에 물고 태어났어."

아침 8시에 집에서 나서는데 경찰이 찾아왔다.

"젠장."

"미스터 롤린스," 밀러가 말했다. "몇 가지 질문이 더 있어서 왔어."

메이슨은 싱글거리고 있었다.

"난 가는 게 좋겠군, 이지." 마우스가 말했다.

메이슨이 뚱뚱한 손을 마우스의 가슴에 댔다. "누구지?" 그가 물었다.

"이름은 나브로쳇." 마우스가 말했다. "난 이 친구에게 받을 돈을 받으러 왔을 뿐이에요."

"무슨 돈?"

"일 년 전에 빌려준 돈이요." 마우스가 지폐 뭉치를 꺼내 보였다. 맨 위에 있는 돈은 20달러짜리였다.

메이슨의 뚱뚱한 얼굴에 퍼진 미소가 그를 더 예쁘게 보이게 하지는 않았다. "그러니까 이 친구가 그 돈을 막 손에 넣었다는 건가?"

"다행이죠." 마우스가 말했다. "아니었다면 난 형사님들을 찾아갔을 테니까요."

두 형사가 의미 있는 눈빛을 교환했다.

"어디 삽니까, 미스터 나브로첵?" 밀러가 물었다. 그가 수첩과 펜을 꺼냈다.

"플로렌스가 2733의 5번지요. 이 층 뒤쪽에." 마우스가 거짓말했다.

"나중에 질문을 할지도 모르니까," 밀러가 주소를 받아 적으며 그에게 말했다. "도시를 떠나선 안 됩니다."

"원하신다면요. 난 크렌쇼 대로에 있는 큰 세차장 월드 카워시에서 일합니다. 집에 없으면 거기 있을 겁니다. 또 보자고, 이지." 마우스는 팔을 흔들고 휘파람을 불며 떠났다. 나는 그가 그토록 거짓말을 잘할 수 있을 만큼 어떻게 그 거리를 잘 아는지 절대 알 수 없었다.

"안으로 들어갈까?" 밀러가 집으로 들어가자는 제스처를 했다.

두 사람은 나를 의자에 앉히고 업무를 시작하자는 듯 내 앞에 섰다.

"리처드 맥기에 대해 아는 게 있나?" 밀러가 나에게 물었다.

내가 고개를 들자 내 얼굴에서 진실을 탐색하는 두 사람이 보였다.

"누구요?" 내가 말했다.

"들었잖아." 밀러가 말했다.

"누구를 말하는지 모르겠는데요." 나는 그들이 아는 것을 알아

내려고 시간을 끌었다. 메이슨이 무거운 손을 내 어깨에 올렸다.

"로스앤젤레스 경찰이 지난밤 로럴 캐니언에 있는 그의 집에서 죽은 남자를 발견했어." 밀러가 내게 말했다. "리처드 맥기. 테이블 위에는 자필 쪽지가 있었지."

밀러가 종이쪽지를 꺼내 보였다. 거기에는 'C. 제임스'라고 휘갈겨 쓰여 있었다.

"익숙한 이름이지?" 밀러가 물었다.

나는 멍청하게 보이려고 애썼다. 그것은 그리 어렵지 않았다.

"하워드 그린은 어때? 그를 알지?" 밀러가 내 테이블에 발을 올리고 그의 여윈 얼굴이 내 얼굴에 거의 닿을 때까지 앞으로 몸을 숙였다.

"아니요."

"모른다고? 그는 네가 코레타 제임스와 가는 깜둥이 술집에 가. 거긴 몸을 숨길 만큼 큰 데가 아니야."

"뭐, 얼굴을 보여 주면 알지도 모르죠." 내가 말했다.

"그건 어려울 것 같은데." 메이슨이 으르렁거렸다. "그는 죽은 데다 얼굴은 햄버거처럼 보이니까."

"매슈 테란은 어떤가, 이지키얼?" 밀러가 물었다.

"당연히 알죠. 몇 주 전까지 시장 선거에 나왔잖아요. 어쨌든 대체 이게 뭡니까?" 나는 넌더리가 난다는 듯 자리에서 몸을 일으켰다.

밀러가 말했다. "우리가 널 체포한 날 밤 테란이 우리에게 전화했어. 그는 우리가 자기 운전사 하워드 그린을 죽인 자를 알아냈는지 알고 싶어 했지."

나는 그에게 멍한 시선을 보냈다.

"우린 그에게 모른다고 하면서," 밀러가 말을 이었다. "또 다른 살인, 코레타 살인 사건이 일어났는데, 하워드 그린 살해와 같은 수법의 살인이라고 말해 줬어. 그는 진짜 흥미로워하더군, 이지. 그는 너에 대한 모든 걸 알고 싶어 했어. 일부러 경찰서에까지 와서 너를 지적했어. 그와 그의 새 기사가."

나는 문의 엿보기 구멍이 떠올랐다.

"난 그 사람을 만난 적도 없어요." 내가 말했다.

"없다고?" 밀러가 말했다. "테란의 시체가 오늘 아침 시내에 있는 그의 사무실에서 발견됐어. 작고 멋진 총알이 그의 가슴에 구멍을 내 놨더군."

나는 머리를 강타당한 것처럼 의자에 주저앉았다.

"우린 네가 그와 어떤 관련이 있다고 생각하지 않아, 이지키얼. 적어도 우린 아무것도 증명할 수 없어. 하지만 넌 뭔가 아는 게 틀림없고…… 그래서 우린 널 하루 종일 심문할 거야."

메이슨이 번들거리는 빨간 잇몸이 보일 만큼 활짝 웃었다.

"당신들이 무슨 얘길 하는지 모르겠군요. 어쩌면 그 하워드 그린이란 작자를 알지도 몰라요. 그러니까 그가 존 술집에 간다면 어떻게 생겼는지는 알지 모르죠. 하지만 그거 말고는 그에 대해 아는 게 없어요."

"아는 것 같은데, 이지키얼. 그리고 아는데 우리한테 말을 안 한다면 상황은 점점 나빠지는 거야. 너한테 아주 심각해지지."

"이봐요, 난 몰라요. 사람들이 살해되는 건 나랑 아무 상관 없다고요. 당신들은 날 연행했었잖아요. 알다시피 난 전과가 없어요. 듀프리와 코레타와 술을 마셨고, 그게 다란 말입니다. 그걸로 날 목매달진 못해요."

"맥기의 집에 네가 있었다는 걸 증명하면 할 수 있어."

나는 밀러의 오른쪽 눈 밑에 작은 초승달 모양의 흉터가 있다는 것을 알아차렸다. 그에게 그런 흉터가 있었다는 것을 전부터 알았던 느낌이 들었다. 알았던 동시에 몰랐던.

"난 거기 없었습니다." 내가 말했다.

"어디에?" 밀러가 사이를 두지 않고 물었다.

"죽은 남자의 집에 있지 않았다고요."

"칼에서 큰 지문이 나왔어, 이지키얼. 만약 그게 네 거면 넌 전기의자행이야."

메이슨이 의자에서 내 재킷을 집어 들어 집사가 그러는 것처럼 그것을 내게 건넸다. 나를 손에 넣었다고 생각해 정중함을 베푸는 것이리라.

그들은 나를 경찰서로 연행해 지문을 채취한 다음 칼에서 발견된 지문과 대조하기 위해 그 지문을 시내의 연구실로 보냈다.

밀러와 메이슨은 추가 심문을 위해 나를 또 그 작은 방으로 데려갔다.

그들은 같은 질문을 계속했다. 하워드 그린을 알았는지. 리처드 맥기를 알았는지. 밀러는 존 술집에 가서 그린과 내가 함께 있는 것을 본 사람을 찾아냈다며 계속 다그쳤지만 우리 둘 다 그가 허풍을 떨고 있다는 것을 알았다. 당시만 해도 경찰에 협조할 흑인은 1백 명 중 하나도 없었다. 협조한 흑인이 있었다 해도 그 누구보다 거짓말할 가능성이 높았다. 그리고 존네 손님들은 유난히 결속이 강했기에, 적어도 친구들이 내게 불리한 증언을 할 위험은 없었다.

하지만 나는 지문이 걱정되었다.

내가 그 칼을 만지지 않았다는 것은 알았지만 경찰이 무슨 짓을 할지는 알 수 없었다. 만약 그들이 살인자를 정말 잡고 싶다면 공정하게 그 칼의 지문과 내 지문을 대조한 다음 나를 풀어 줄 터였다. 하지만 어쩌면 그냥 범인이 필요한 것인지도 몰랐다. 어쩌면 수년간 그들의 실적이 좋지 않았기 때문에 나를 범인으로 만들고 수사를 종결하고 싶은 것인지도 몰랐다. 경찰이 흑인 주민을 상대할 경우, 일이 어떻게 흘러갈지는 예측 범위를 넘어섰다. 경찰은 검둥이들 간의 범죄에 관해서는 신경 쓰지 않았다. 흑인 남자가 아내를 죽이거나 아이에게 어떤 위해를 가한다면 화를 내는 인정 많은 경찰도 있긴 했다. 하지만 프랭크 그린이 저지른 폭력이나 직업적인 폭력 같은 것에 관해서는 아무도 관심을 두지 않았다. 흑인 살해에 관해서는 신문에 실리지도 않았다. 실린다 한들 뒤 페이지에 작게 실렸다.

따라서 경찰이 나를 하워드 그린이나 코레타 살해에 엮고 싶다면 서류를 짜 맞춰 나에게 뒤집어씌우면 될 뿐이었다. 적어도 나는 그때 그렇게 생각했다.

다른 점이 있다면 백인 남자 두 명도 죽었다는 것이었다. 백인 남자를 살해하는 행위는 진짜 범죄였다. 내 유일한 바람은 이 형사들이 진짜 범인을 찾는 데 관심을 두는 것이었다.

오후에 헐렁한 갈색 양복을 입은 젊은 남자가 작은 방에 들어오기 전까지 나는 내내 심문을 받고 있었다. 그가 큰 갈색 봉투를 밀러에게 건넸다. 그가 밀러의 귀에 무언가를 속삭이자 밀러는 매우 중요한 무언가를 들었다는 듯 고개를 끄덕였다. 젊은 남자가 나가자 밀러가 나를 향했다. 나는 그때 그가 처음으로 미소 짓는 것을 보았다.

"이 봉투에 든 게 지문에 관한 답변이야, 이지키얼." 그가 씩 웃었다.

"그럼 이제 난 가도 되겠군요."

"아니, 안 되지."

"답변이 뭐래?" 막 집에 온 주인을 본 개처럼 메이슨은 들떠 있었다.

"우리가 범인을 잡은 것 같아."

심장이 너무 빨리 뛰어서 나는 내 귀로 맥박을 들을 수도 있었다. "아니, 이봐요. 난 거기 없었어요."

나는 약간의 두려움도 내비치지 않고 밀러의 얼굴을 주시했다. 나는 그를 보면서 내가 죽인 모든 독일인을 생각했다. 그는 나를 겁먹게 할 수도, 내 콧대를 꺾을 수도 없었다.

밀러는 봉투에서 흰 종이를 꺼내 그것을 보았다. 이내 그는 나를 보았다. 그러더니 다시 서류를 보았다.

"가도 돼, 미스터 롤린스." 그가 1분 만에 입을 열었다. "하지만 다시 소환할 거야. 어떻게 해서든 그 콧대를 꺾어 놓을 테니까. 믿어도 좋아."

"이지! 이지, 여기야!" 마우스가 길 반대편 내 차 안에서 작게 소리쳤다.

"내 차 키는 어디서 났어?" 조수석에 오르며 그에게 물었다.

"차 키? 젠장, 이봐. 전선 두 개만 비비면 이런 건 얼마든지 시동 걸 수 있어."

점화 장치에 테이프로 감싼 전선이 매달려 있었다. 다른 때였다면 미친 듯이 화가 났을 테지만 지금은 웃음만 나올 뿐이었다.

"너 다음은 내 차례라는 생각이 들기 시작하던 참이었어, 이즈." 마우스가 말했다. 그가 앞좌석 우리 사이에 놓인 총을 톡톡 쳤다.

"경찰은 날 잡아 둘 만한 게 없어, 아직은. 하지만 조만간 경찰에게 별다른 일이 일어나지 않으면 다른 녀석들을 쫓는 건 잊어버리고 날 끌고 갈 생각으로 머릿속이 가득 찰 거야."

"음," 마우스가 말했다. "듀프리가 숨은 곳을 알아냈어. 그가 있는 곳을 들이닥쳐서 다음 일을 생각하자고."

나는 듀프리와 이야기를 나누고 싶었지만 더 중요한 무언가가 있었다.

"거긴 좀 나중에 가고, 먼저 어떤 곳으로 태워 주면 좋겠어."

"거기가 어딘데?"

"여기서 모퉁이까지 가서 좌회전해." 내가 말했다.

23

포틀랜드 코트는 107번가와 센트럴 애비뉴 근처에 있는, 작은 아파트들이 말발굽 모양으로 늘어선 곳으로, 조피네 바에서 멀지 않았다. 작은 마당의 벽돌 화단에서 작은 망고 나무 일곱 그루가 자라고 있었고, 그 마당을 둘러싸고 열여섯 개의 작은 포치와 현관문들이 반원형으로 늘어서 있었다. 초저녁으로, 대부분이 노인인 세입자가 현관문 방충망 안쪽에서 휴대용 알루미늄 스탠드를 놓고 앉아 그 위에 차린 저녁을 먹고 있었다. 모든 집에서 라디오 소리가 들려왔다. 마우스와 나는 사람들에게 손을 흔들고 인사하며 8호 건물로 갔다.

문이 닫혀 있었다.

나는 노크를 하고 기다렸다가 이내 다시 노크했다. 몇 분 뒤 무언가가 부딪히는 요란한 소리가 들린 다음 무거운 발걸음이 문으로 향하는 소리가 들렸다.

"누구야?" 약간 두려움이 섞인 듯한 화난 목소리가 소리쳤다.

"이지!" 내가 소리쳤다.

문이 열리자 파란색 사각팬티에 흰 티셔츠 차림의 주니어 포네이가 잿빛 방충망 뒤에 서 있었다.

"뭐야?"

"요전 날 밤 네가 한 전화에 관해 얘기하고 싶어, 주니어. 묻고 싶은 게 몇 가지 있어서."

내가 문을 열려고 손을 뻗었지만 주니어가 안에서 걸쇠를 걸었다.

"얘기를 하고 싶었다면 그때 끝냈어야지. 지금 당장 난 좀 자야겠어."

"문을 열지 않으면 쏠 거야." 마우스가 말했다. 그는 주니어가 볼 수 없는 문 옆에 서 있었지만, 그때 보이는 곳으로 나와 섰다.

"마우스." 주니어가 말했다.

그가 내 친구를 다시 보게 돼서 여전히 불안한지 궁금했다.

"문 열어, 주니어. 이지와 난 밤새울 생각 없으니까."

우리는 안으로 들어갔고, 주니어는 우리를 편하게 해 주고 싶다는 듯 미소를 지었다.

"맥주 마실래? 냉장고에 이 쿼트쯤 있어."

우리는 맥주를 마시며 주니어가 내놓은 담배에 불을 붙였다. 그는 카드 테이블 주위에 놓인 접이의자에 우리를 앉혔다.

"용건이 뭐야?" 잠시 뒤 그가 물었다.

나는 주머니에서 손수건을 꺼냈다. 리처드 맥기의 집 바닥에서 뭔가를 주울 때 쓴 손수건이었다.

"이걸 알아보겠어?" 나는 손수건을 테이블 위에 펼치고 주니어에게 물었다.

"담배꽁초랑 나랑 무슨 상관인데?"

"네 거야, 주니어. 사파타스. 이런 싸구려를 피우는, 내가 아는 유일한 사람이 너야. 게다가 끄지 않고 바닥에 던져서 필터가 재가 되도록 태울 사람이 달리 또 있겠어?"

"그래서 뭐? 그게 내 거라면 뭐?"

"이걸 죽은 남자의 집 바닥에서 발견했어. 리처드 맥기가 그 사람 이름이지. 누군가가 코레타 제임스의 이름을 그에게 알려줬어. 코레타가 그 백인 여자와 같이 있다는 걸 안 누군가가."

"그래서 뭐?" 마술처럼 주니어의 이마에서 땀이 배어났다.

"왜 리처드 맥기를 죽였지?"

"뭐?"

"장난할 시간 없어, 주니어. 네가 그를 죽인 사람이란 걸 알아."

"이지가 왜 이러는 거야, 마우스? 누가 머리라도 때렸어?"

"장난할 시간 없어, 주니어. 네가 그를 죽였고, 난 그 이유를 알아야겠어."

"미쳤군, 이지. 넌 미쳤어!"

자리를 피하려는 듯 주니어가 의자에서 벌떡 일어났다.

"앉아, 주니어." 마우스가 말했다.

주니어가 앉았다.

"어떻게 된 건지 말해, 주니어."

"네가 무슨 말 하는지 모르겠다고. 네가 말하는 사람이 누군지도 몰라."

"좋아." 그에게 양 손바닥을 펼치며 내가 말했다. "하지만 내가 경찰에 가면, 그들이 갖고 있는 칼에 남은 지문이 네 거라는 걸 알게 될 거야."

"무슨 칼?" 주니어의 눈이 달처럼 커졌다.

"주니어, 귀를 쫑긋 세우고 잘 들어. 난 지금 당장 내 문제 때문에 널 걱정할 시간이 없어. 내가 존네 술집에 있던 날 밤, 그 백인이 거기 있었어. 해티가 너에게 그를 집에 데려다주라고 했고, 그는 네가 코레타의 이름을 알려 준 대가로 돈을 줬겠지. 넌 그때 그를 죽였어."

"난 아무도 죽이지 않았어."

"그 지문이 네가 틀렸다는 걸 증명하겠지, 친구."

"씨발!"

나는 주니어에 대한 내 판단이 옳았다는 것을 알았지만 그가 이야기하고 싶어 하지 않는다면 아무 도움이 되지 않을 것이었다. 문제는 주니어가 나를 두려워하지 않는다는 것이었다. 그는 자기가 싸움에 관해서라면 최고라고 생각했기 때문에 어떤 사람도 두려워하지 않았다. 내가 그의 유죄를 입증할 정보를 갖고 있다 할지라도 그는 걱정하지 않았다. 내가 싸움에서 열세이기 때문이었다.

"이 자식을 죽여, 레이먼드." 내가 말했다.

마우스가 씩 웃으며 자리에서 일어났다. 그의 손에 총이 들려 있었다.

"잠깐, 친구. 대체 여기서 무슨 짓을 할 작정이야?" 주니어가 말했다.

"넌 리처드 맥기를 죽였어, 주니어. 그리고 다음 날 밤 넌 내게 전화했어. 내가 찾던 여자와 어떤 관련이 있었기 때문에. 넌 내가 아는 게 뭔지 알고 싶었지만 내가 별말이 없자 전화를 끊었어. 어쨌든 넌 그를 죽였어. 그리고 나에게 그 이유를 말하지 않으면 마우스가 네 엉덩이를 날려 버릴 거야."

주니어가 입술을 핥더니 아이가 화내는 것처럼 의자에 몸을 던졌다.

"대체 뭣 때문에 참견하는 거야? 내가 뭘 하면 되는데?"

"어떻게 된 건지 말해, 주니어. 털어놓으면 내가 아는 걸 잊어버려 줄 수도 있어."

주니어는 몇 차례 더 의자에서 털썩거렸다. 마침내 그가 말했다. "놈은 네가 온 날 밤 바에 나타났어."

"그래서?"

"해티는 놈을 들이고 싶지 않아서 놈에게 가라고 했어. 근데 놈은 이미 취한 것 같았어. 길거리에서 뻗었으니까. 그래서 해티가 나더러 나가서 놈을 확인해 보라고 했어. 그걸로 문제가 일어나길 원치 않았으니까. 그래서 내가 놈을 일으켜 세우고 그의 차로 데려다줬던가, 그랬어."

주니어는 맥주를 한 모금 마시느라 말을 멈췄다가 이내 창밖만 내다볼 뿐이었다.

"얼른, 주니어." 마침내 마우스가 말했다. 그는 다음으로 넘어가고 싶었다.

"놈은 그 여자에 대해 아는 걸 말해 주면 이십 달러를 주겠다고 했어. 네가 냄새를 맡고 다니던 여자 말이야, 이지. 그러더니 자길 집까지 태워 주고 그 백인 여자를 어떻게 찾을지 알려 주면 백 달러를 주겠다더군."

"당연히 넌 좋다고 했고." 마우스는 이쑤시개로 앞니를 쑤시고 있었다.

"큰돈이니까." 마우스가 웃어 주길 바라며 주니어가 미소를 지었다. "그래, 난 놈을 집에 태워다 줬어. 그리고 그가 찾는 그 여자가 코레타 제임스와 있는 걸 봤다고 했어. 어쨌든 그냥 백인 여잔데, 내가 왜 신경 써야 해?"

"근데 왜 그를 죽였지?" 내가 물었다.

"놈은 내가 프랭크 그린에게 메시지를 전하길 바랐어. 내가 그렇게 하면 그 후에 돈을 주겠다고 하더군."

"그래서?"

"엿이나 먹으라고 했지! 난 그가 원하는 걸 해 줬고, 다른 뭔가가 더 필요하다면 나한테 돈을 낸 후에 얘기해 볼 수 있는 거지." 주니어의 눈에 사나운 빛이 어렸다. "그러자 놈이 그렇게 생각한다면 이십 달러를 갖고 걸어서 돌아가라고 씨불이는 거야. 그리고 내게 악담을 퍼붓더니 다른 방으로 가 버리잖아. 씨발! 어쩌면 그 방에다 총을 뒀을지도 모르는데. 난 싱크대에서 칼을 들고 놈을 따라갔어. 놈이 거기다 총을 뒀을 수도 있는 거 아니겠어, 레이먼드?"

마우스는 맥주를 홀짝이며 주니어를 노려보았다.

"그가 프랭크에게 전하고 싶어 한 말이 뭐야?" 내가 물었다.

"자기와 자기 친구들이 그 여자에 관해 중요한 걸 쥐고 있다고 그에게 전해 주길 바랐어."

"대프니?"

"그래." 주니어가 말했다. "자기들이 그녀에 관한 중요한 걸 쥐고 있어서 같이 상의해야 한다고 말이야."

"그 밖엔?"

"없어."

"그가 총을 갖고 있을지도 모른다는 이유로 죽였다고?"

"이제 경찰에 찌르지 않겠지, 친구." 주니어가 말했다.

그는 노인처럼 의자 깊숙이 몸을 묻고 있었다. 그는 내게 넌더리를 냈다. 주니어는 자기보다 작은 사람과 맞설 만큼 용감했고, 무장하지 않은 주정뱅이를 칼로 찌를 만큼 용감했지만 자신의 죄를 책임질 용기는 없었다.

'이 녀석은 살 가치가 없는 놈이야.' 목소리가 내 머릿속에서 속삭였다.

"가자." 내가 마우스에게 말했다.

24

듀프리는 와츠를 지나 콤프턴에 있는 그의 누이의 집에 있었다. 불라는 템플 병원 간호 보조 야간 근무여서 노크에 대답한 사람은 듀프리였다.

"이지," 그가 조용한 목소리로 말했다. "마우스."

"피트!" 마우스는 생기가 넘쳤다. "이거 돼지 꼬리 냄새야?"

"그래, 불라가 오늘 아침에 해 놨어. 검은콩 요리도."

"말할 필요도 없어. 내 코에 흘러드니까."

마우스가 듀프리를 지나쳐 냄새를 따라갔다. 우리는 서로의 어깨를 보며 작은 현관에 서 있었다. 나는 아직 몸이 반쯤은 밖에 있었다. 불라가 가꾸는 장미 화단에서 귀뚜라미 두 마리가 우는 소리가 들렸다.

"코레타에 관해서는 유감이야, 피트. 정말 유감이야."

"내가 알고 싶은 건 왜냐는 거야, 이지. 왜 누가 그녀를 그렇게 죽이고 싶어 했을까?" 듀프리가 고개를 들어 나를 보았을 때, 나는 그의 두 눈이 검게 부어오른 것을 보았다. 나는 묻지 않았지만 그 멍들이 경찰 심문의 일부였다는 것을 알았다.

"나도 모르겠어, 친구. 왜 누군가가 누구에게든 그러고 싶어 하는지."

듀프리의 얼굴에 눈물이 흘러내리고 있었다. "난 그녀에게 그런 짓을 한 놈에게 같은 짓을 해 줄 거야." 그가 내 눈을 보았다. "그게 누군지 찾아내면, 이지, 그 자식을 죽여 버릴 거야. 어떤 놈이든 상관없어."

"너흰 들어오는 게 낫겠어." 마우스가 복도 끝에서 말했다. "테이블에 음식이 있어."

불라는 캐비닛에 라이 위스키를 넣어 두었다. 마우스와 듀프리는 그것을 마셨다. 듀프리는 저녁 내내 울고 화를 냈다. 나는 그에게 몇 가지 질문을 했지만 그는 아무것도 몰랐다. 그는 경찰이 이유도 알려 주지 않고 이틀 동안 자신을 잡아 두고 어떻게 심문했는지 우리에게 말했다. 경찰이 마침내 코레타에 대해 그에게 말해 주었을 때, 경찰은 범인이 그가 아니라는 것을 쉽게 알 만큼 그는 무너져 내렸다.

듀프리는 그 이야기를 하면서 계속 술을 마셨다. 마침내 소파에 쓰러질 때까지 계속.

"듀프리는 좋은 녀석이지만," 마우스가 혀 꼬부라진 소리를 냈다. “술이 약해.”

“너도 꽤 취했어, 레이먼드.”

“내가 취했다고?”

“둘이 그걸 다 마셔 버렸다고 말하는 것뿐이야. 분명 음주 검사에도 통과 못 할 테고.”

“내가 취했다면,” 그가 말했다. “이걸 할 수 있겠어?”

마우스는 사람이라고는 할 수 없을 만큼 빠르게 화려한 재킷에 손을 뻗더니 총신이 긴 권총을 뽑았다. 총구가 내 이마에서 몇 센티미터 떨어진 곳에 있었다.

“텍사스에 있는 인간 어느 누구도 나보다 빨리 총을 뽑을 순 없어!”

“총 치워, 레이먼드.” 나는 최대한 침착하게 말했다.

“덤벼.” 마우스가 어깨 총집에 총을 넣으며 부추겼다. “총을 뽑아. 누가 뒈지는지 볼까.”

내 손은 무릎 위에 있었다. 내가 만약 움직이면 마우스가 나를 죽이리라는 것을 알았다.

“난 총이 없어, 레이먼드. 알잖아.”

“총 없이 나다닐 만큼 바보라면 죽고 싶은 게 틀림없어.” 그의 눈이 게슴츠레해졌고, 나는 그가 나를 보고 있지 않다고 확신했다. 누군가를 보긴 했는데, 그것은 그의 머릿속을 돌아다니고 있는 어떤 악마였다.

그는 총을 다시 뽑았다. 이번에는 공이치기를 당겼다.

“기도해라, 껌둥이. 내가 너희 세계로 보내 줄 테니까.”

"그를 보내 줘, 레이먼드." 내가 말했다. "그는 충분히 교훈을 얻었어. 네가 그를 죽이면 그는 교훈을 얻지 못할 거야." 나는 손을 뻗지 않고 말만 했다.

"놈은 날 불러낼 만큼 바보인 데다 총도 없어! 염병할 놈아, 죽여 주마!"

"그를 살려 줘. 레이. 그러면 네가 그 방에 들어갈 때마다 그가 너에게 겁먹을 거야."

"염병할 놈은 겁먹는 게 나아. 난 그 염병할 놈을 죽일 거야. 놈을 죽일 거라고!"

마우스는 고개를 끄덕이더니 총을 무릎 위에 떨어뜨렸다. 머리가 가슴으로 떨어졌고, 그는 잠이 들었다. 느닷없이!

나는 총을 들어 그것을 부엌 테이블 위에 놓았다.

마우스는 늘 가방 안에 더 작은 총 두 정을 가지고 다녔다. 우리의 젊은 시절부터 나는 그 사실을 알았다. 나는 그중 하나를 꺼낸 다음 듀프리와 마우스에게 쪽지를 남겼다. 두 사람에게 집에 간다고, 마우스 총을 가져간다고 썼다. 그 사실을 말해 두는 한, 그가 신경 쓰지 않으리라는 것을 알았다.

거리에서 나를 기다리는 사람이 아무도 없다는 확신이 들기 전까지 내 집 블록을 두 번 돌았다. 그런 다음 길모퉁이에 주차했다. 누군가가 집에 오더라도 내가 집에 없다고 생각하도록.

자물쇠에 열쇠를 꽂았을 때 전화가 울리기 시작했다. 일곱 번 울렸을 때 나는 수화기를 들었다.

"이지?" 그녀의 목소리가 전에 없이 달콤하게 들렸다.

"그래요, 납니다. 지금쯤 뉴올리언스까지 반은 갔을 거라고 생각했는데요."

"당신한테 밤새 전화했어요. 어디 있었어요?"

"놀고 있었죠. 온갖 새 친구들을 만들면서. 경찰이 내게 경찰서로 와서 함께 살자고 합디다."

그녀는 내 친구들에 관한 농담을 진지하게 받아들였다. "혼자예요?"

"용건이 뭡니까, 대프니?"

"당신한테 할 얘기가 있어요, 이지."

"어서 말해요."

"아니, 그게 아니에요. 당신을 봐야 해요. 난 무서워요."

"무리도 아니죠. 난 당신과 통화하는 것만으로도 무서우니까요." 내가 말했다. "그렇긴 해도 당신과 얘기할 필요가 있습니다. 알고 싶은 게 있어요."

"날 만나러 오면 당신이 알고 싶은 건 모두 얘기해 줄게요."

"좋아요. 어딥니까?"

"혼자예요? 내가 있는 곳을 당신만 알았으면 해요."

"그러니까 당신의 남자 친구 조피가 당신이 숨어 있는 곳을 알길 바라지 않는다고요?"

내가 조피에 대해 알았다는 사실에 그녀가 놀랐다 해도 그녀는 그것을 드러내지 않았다.

"당신을 빼고 난 누구도 내가 있는 곳을 알길 원치 않아요. 조피도, 친구가 와 있다면 그 친구도."

"마우스?"

"아무도요! 나랑 약속하든지 당장 끊든지 해요."

"오케이, 오케이, 좋아요. 난 막 집에 왔고, 마우스는 여기에 있지도 않아요. 어디 있는지 말하면 당신을 만나러 가죠."

"나한테 거짓말하지 않을 거죠, 이지?"

"네, 난 이야기를 나누고 싶을 뿐입니다, 당신처럼."

그녀는 L. A. 남쪽에 있는 모텔 주소를 알려 주었다.

"서둘러요, 이지. 당신이 필요해요." 그녀는 전화를 끊기 전에 그렇게 말했다. 너무 빨리 끊는 바람에 나에게 방 번호를 알려 주지 않았다.

나는 계획을 세우면서 메모를 끄적였다. 마우스 앞으로 내가 친구 프리모의 집에 있을 것이라고 썼다. 쪽지 위에 레이먼드 알렉산더를 볼드체로 썼는데, 마우스가 읽을 수 있는 유일한 글자가 그의 이름뿐이기 때문이었다. 나는 마우스에게 쪽지를 읽어 주고 프리모의 집으로 가는 길을 알려 줄 듀프리가 마우스와 함께 오길 바랐다.

이내 나는 문밖으로 뛰쳐나갔다.

어느새 나는 로스앤젤레스의 밤거리를 다시 달리고 있었다. 계곡 쪽의 산호색 하늘을 엷은 검은 구름이 가로지르고 있었다. 왜 푸른 옷을 입은 여자를 혼자 만나러 가는지 알 수 없었다. 하지만 아주 오랜만에 행복했고 기대감에 부풀었다.

25

선리지 모텔은 작은 규모의 핑크색 모텔로 정사각형 건물 두 채가 아스팔트가 깔린 주차장을 사이에 두고 L 자형으로 배치되어 있었다. 이 지역 주민은 대개 멕시코인이었고, 매니저 데스크에 앉은 여자 또한 멕시코인이었다. 그녀는 순수 혈통의 멕시코 인디언이었다. 작은 키, 붉은 기가 많이 도는 올리브색 피부에 아몬드형 눈. 눈 색깔은 아주 새카맸고, 머리도 검은색이었는데, 네 군데의 백발 터럭이 보기보다 나이를 먹었음을 알려 주었다.

그녀가 눈으로 물으며 나를 응시했다.

"친구를 찾고 있습니다." 내가 말했다.

그녀가 눈을 조금 더 가늘게 떠서 눈가에 두꺼운 주름이 드러났다.

"모네가 성姓이에요. 프랑스 여자."

"방 출입은 안 돼요."

"그녀와 얘기하지 않으면 안 됩니다. 여기서 안 된다면 커피를 마시러 나가도 좋습니다."

그녀는 우리의 대화가 끝났다는 듯 고개를 돌렸다.

"무례하게 굴려는 건 아니지만, 부인, 이 여자는 내 돈을 갖고 있고, 난 그녀를 찾을 때까지 기꺼이 모든 문을 노크하고 다닐 준비가 돼 있습니다."

그녀가 뒷문 쪽을 향해 몸을 돌렸지만 나는 그녀가 소리치기 전에 말했다. "부인, 난 이 여자와 이야기하기 위해서라면 당신 형제들과 아들들과 기꺼이 싸울 겁니다. 그녀나 당신을 해치겠다는 뜻이 아니라, 난 그녀와 할 말이 있습니다."

그녀는 의심 많은 개가 새로운 집배원을 체크하듯 허공에 코를 들고 나를 평가하더니 뒷문까지의 거리를 눈으로 헤아렸다.

"십일 호요. 맨 끝에 있는." 마침내 그녀가 말했다.

나는 건물 끝까지 달렸다.

11호 문을 노크하는 내내 어깨 너머를 주시했다.

그녀는 회색 테리직織 로브 차림에 머리에는 둥글게 부푼 타월이 올려 있었다. 그녀의 눈빛은 녹색을 띠었고, 나를 보자 그녀는 미소를 지었다. 그녀의 모든 문제, 내가 초래할지 모르는 모든 문제에도 불구하고 그녀는 내가 데이트하러 온 친구인 양 미소를 지을 뿐이었다.

"종업원인 줄 알았어요." 그녀가 말했다.

"으음." 나는 중얼거렸다. 긴 로브를 입고 있는 그녀는 전보다 더 아름다웠다. "우린 여기서 나가야 해요."

그녀는 내 어깨 너머를 보고 있었다. "일단 매니저와 얘기하는 게 좋겠어요."

그 키 작은 여자와 두 명의 배불뚝이 멕시코 남자가 우리에게 다가오고 있었다. 남자 중 한 명은 곤봉을 휘두르고 있었다. 그들은 내 앞에 멈춰 섰다. 대프니는 자신의 모습을 감추려고 문을 조금 닫았다.

"이 사람이 귀찮게 하나요, 미스?" 매니저가 물었다.

"오, 아니에요, 구이티에라 부인. 롤린스 씨는 내 친구예요. 날 저녁 식사에 데려갈 거예요." 대프니는 장난기 어려 보였다.

"난 방에 남자들을 들이는 걸 원치 않아요." 여자가 말했다.

"그는 차에서 기다릴 거예요, 그렇죠, 이지?"

"그럼요."

"얘기를 마저 끝내게 해 주시면, 구이티에라 부인, 그는 착한 사람이 돼서 차에서 기다리러 갈 거예요."

남자 중 하나가 곤봉으로 내 머리를 부수고 싶다는 듯 나를 보고 있었다. 다른 남자는 대프니를 보고 있었다. 그도 무언가를 원했다.

그들이 우리를 계속 주시하며 사무실로 물러갈 때 내가 대프니에게 말했다. "이봐요, 당신은 내가 여기에 혼자 오길 바랐고, 난 여기 왔습니다. 이제 나도 같은 기분이에요. 그러니까 내가 아는 장소로 날 따라왔으면 합니다."

"당신이 날 카터에게 고용된 남자에게 데려가지 않으리란 걸 어떻게 알죠?" 그녀의 눈은 웃고 있었다.

"아닙니다. 나도 그와는 엮이고 싶지 않아요……. 난 당신 남자 친구 카터와 얘기했어요."

그 말이 그녀의 얼굴에서 미소를 데려갔다.

"당신이 그랬다고요! 언제요?"

"이삼일 전에요. 그는 당신이 돌아오길 원하고, 올브라이트는 그 삼만 달러를 원합니다."

"난 그에게 돌아가지 않을 거예요." 그녀는 그렇게 말했고, 나는 그 말이 사실이라는 것을 알았다.

"그 얘긴 나중에 할 수 있어요. 지금은 여길 떠나야 해요."

"어디로요?"

"아는 데가 있어요. 당신은 당신을 찾는 남자들에게서 벗어나야 하고 나도 마찬가지예요. 당신을 안전한 곳에 데려간 다음 우리가 할 수 있는 걸 얘기해 봅시다."

"난 로스앤젤레스를 떠날 수 없어요. 프랭크에게 말하기 전엔 안 돼요. 그는 지금쯤 돌아왔을 거예요. 하지만 계속 전화했는데 집에 없더군요."

"경찰이 코레타 건과 그를 엮어서 그는 아마 납작 엎드리고 있을 거예요."

"난 프랭크와 얘기해야 해요."

"좋아요. 하지만 일단 여길 뜹시다."

"잠깐만요." 그녀가 말했다. 그녀는 잠시 방에 가 있었다. 다시 나타났을 때 종이에 싼 지폐 다발을 내게 건넸다. "모텔비를 내줘요, 이지. 그러면 우리가 가방들을 옮기는 걸 볼 때 귀찮게 하지 않을 거예요."

집주인이라면 예외 없이 돈을 좋아했다. 내가 대프니의 모텔비를 내자 두 사내는 떠났고, 키 작은 여자는 마지못해 나에게 미소를 지었다.

대프니는 가방 세 개를 갖고 있었지만 그중 어느 것도 우리가 처음 만났던 날 밤 그녀가 갖고 있던 낡고 오래된 여행 가방이 아니었다.

우리는 긴 드라이브를 했다. 나는 와츠와 콤프턴에서 멀리 떨어지길 원해서 L. A. 동쪽으로 갔다. 요즘은 엘 바리오라고 불리는 곳으로. 예전에는 또 하나의 유대인 구역이었지만 최근에는 멕시코인들이 장악해 있었다.

우리는 1백여 채의 가난한 집, 볼품없는 야자수들 그리고 길거리에서 소리치며 뛰노는 수천 명의 아이들을 지나쳤다.

마침내 예전에 저택이었던 다 허물어져 가는 낡은 집에 도착했다. 높은 녹색 지붕이 달린 엄청나게 큰 돌로 된 포치가 있었고, 3층 건물의 각 층에는 커다란 유리창이 두 개씩 있었다. 유리창 두 개는 깨져 있었다. 그것들은 판지와 천으로 덧대어 있었다. 개 세 마리가 어슬렁거리고 있었고, 병든 떡갈나무의 가지들 아래 붉은 점토 마당에는 낡은 차 여덟 대가 흩어져 있었다. 낡은 차 사이에서 예닐곱 명의 꼬마들이 놀고 있었다. 떡갈나무에 못질한 작은 나무 간판에는 '방'이라고 쓰여 있었다.

티셔츠에 오버올 차림의 반백 노인이 계단 발치의 알루미늄 의자에 앉아 있었다.

"안녕하세요, 프리모." 내가 손을 흔들었다.

"이지." 그가 대답했다. "여기서 길을 잃었나?"

"아니요. 눈을 피할 필요가 좀 있어서 당신이 있는 데를 써 보려고요."

프리모는 멕시코에서 나고 자란 진짜 멕시코인이었다. 때는 멕시코인들과 흑인들이 반목하기 시작하기 전인 1948년이었다. 인종의 정체성이 의식되기 이전이었던 당시, 멕시코인과 흑인은 자신들이 동류라고 생각했다. 다시 말해 부당한 취급에 따를 수밖에 없는, 또 다른 운 나쁜 인종인 셈이었다.

한때 정원사였을 때 프리모를 만났다. 함께 팀의 일원으로 일하며 베벌리힐스와 브렌트우드에서 큰일들을 맡았었다. 6번가에서 떨어진 다운타운의 두 저택을 둘이서 도맡아 할 때도 있었다.

프리모는 좋은 사람이었고, 나와 내 친구들과 어울리길 좋아했다. 자신이 이 큰 집을 산 것은 호텔로 사용할 수 있어서라고 우리에게 설명했다. 그는 늘 우리에게 밖에 나오게 되면 자기에게 방을 빌리거나 자신에 대해 우리 친구들에게 홍보해 달라고 부탁했다.

내가 진입로로 들어섰을 때 그는 일어나 있었다. 그의 키는 내 가슴 높이 정도밖에 되지 않았다. "잘 지냈나?" 그가 물었다.

"눈에 띄지 않는 방 있나요?"

"자네와 세뇨리타가 쓸 수 있는 작은 집이 뒤쪽에 있지." 그가 차 안에 있는 대프니를 보려고 허리를 숙였다. 그녀가 그에게 상냥하게 미소 지어 보였다.

"얼마죠?"

"일박에 오 달러."

"뭐라고요?"

"한 채 다 쓰는 거야, 이지. 연인을 위한 곳이지." 그가 내게 윙크했다.

나는 그게 아니라고 설명할 수도 있었고, 웃고 넘길 수도 있었지만 머릿속에 또 다른 생각이 있었다.

"좋아요."

나는 그에게 10달러를 주었고, 그는 큰 집을 둘러 뒤쪽에 있는 집으로 난 길을 우리에게 가리켰다. 그가 우리와 함께 가려 했지만 내가 막았다.

"프리모, 내 친구." 내가 말했다. "내가 내일 상대해 드리죠. 데킬라 오분의 일 갤런을 해치우는 겁니다, 좋아요?"

그는 미소를 짓더니 몸을 돌려 가기 전에 내 팔을 툭 쳤다. 내 삶은 지금까지 너무 단순해서 백인 여자와의 정열적인 하룻밤이 내 모든 것이길 바랐다.

우리 눈에 처음 띈 것은 인동, 금어초, 시계꽃이 어우러진 덤불이었다. 가지를 거칠게 쳐내 사람이 지날 수 있을 만한 크기의 출입구를 만들어 놓았다. 출입구를 지나자 저택의 정원사 숙소나 마차 보관소 같은 작은 건물이 있었다. 집의 삼면이 천장부터 바닥까지 유리문으로 되어 있었다. 모든 문이 집의 세 면을 둘러싼 돌로 된 파티오정원 쪽으로 난 테라스 쪽으로 열 수 있었지만 모두 닫혀 있었다. 현관문은 녹색 칠이 된 나무 문이었다.

긴 흰색 커튼이 모든 창에 드리워져 있었다.

내부는 큰 방 하나로 되어 있었는데, 한쪽에는 침대가 있었고, 반대쪽에는 화구가 둘인 가스레인지가 있었다. 토스터가 놓인 테이블과 다리가 가는 의자 네 개도 있었다. 진갈색 철제 틀에 속을 빡빡하게 채운 커다란 소파에는 큼직한 노란색 꽃들이 수놓여 있었다.

"아름다워요." 대프니의 입에서 감탄사가 터져 나왔다.

그녀가 얼굴을 조금 붉힌 것으로 보아 그녀가 미친 게 아닐까 하는 내 생각이 얼굴에 드러난 모양이었다. 이어서 그녀가 덧붙였다. "뭐, 손을 좀 봐야겠지만 우리가 할 수 있을 거예요."

"손을 대도 될지……,"

대프니가 웃음을 터뜨렸다. 멋진 웃음이었다. 전에도 말했듯이 그녀는 아이 같았고, 그녀의 아이 같은 즐거움이 내 마음을 흔들었다.

"아름다워요. 화려하진 않더라도 조용하고 사적인 분위기예요. 여기라면 아무에게도 눈에 띄지 않을 거예요."

나는 그녀의 가방들을 소파 옆에 놓았다.

"난 잠시 나가 봐야 해요." 내가 말했다. 그녀를 확보한 이상 일을 어떻게 진행해야 할지 명확해졌다.

"여기 있어요."

"가야 해요, 대프니. 난 악당 둘과 L. A. 경찰에 쫓기고 있어요."

"악당들이라뇨?" 그녀가 침대 끄트머리에 앉아 다리를 꼬았다. 그녀는 모텔에서 팔과 어깨를 드러낸 노란색 원피스로 갈아입었는데, 햇볕에 탄 어깨가 드러나 있었다.

"당신 친구가 고용한 남자와 당신의 또 다른 친구 프랭크 그린이요."

"프랭키가 당신과 무슨 상관이죠?"

내가 그녀에게 다가가자 그녀가 나를 맞으러 자리에서 일어났다. 나는 깃을 내리고 내 목에 난 상처를 보이며 말했다. "이게 프랭키가 이지에게 한 짓이죠."

"오, 자기!" 그녀가 부드러운 몸짓으로 내 목에 손을 뻗었다.

어쩌면 그것은 한 여자의 터치일 뿐이거나 지난주에 내게 일어났던 모든 일을 마침내 알게 되었다는 제스처인지도 몰랐다. 그게 뭔지 내가 어찌 알겠는가.

"여길 봐요! 이건 경찰들 짓이에요!" 나는 눈 위의 멍을 가리키며 말했다. "네 건의 살인 용의로 두 번 체포됐었고, 절대 만나고 싶지 않은 사람들에게 협박당한 데다……," 간이 입 밖으로 튀어나올 것 같은 느낌이었다.

"오, 내 가엾은 사람." 그녀가 내 팔을 잡고 나를 욕실로 이끌며 말했다. 그녀는 목욕물을 받는 동안 내 팔을 놓지 않았다. 그녀는 지금 나와 함께 있었다. 내 셔츠 단추를 풀고 내 바지를 벗기며.

나는 벌거벗은 채로 변기에 앉아 욕실 캐비닛의 거울 달린 문으로 그녀를 보고 있었다. 내 안 깊숙한 곳에서 무언가가 느껴졌다. 죽음이 기다리고 있다는 사실을 상기시키는 재즈처럼 어두운 무언가가.

'죽음.' 귓가에서 색소폰이 거친 소리를 냈다. 그러나 나는 정말 개의치 않았다.

26

내가 개인적으로 전혀 몰랐던 여자 대프니 모네가 깊숙한 자기 욕조에 나를 눕혔다. 주의 깊게 내 발가락 사이사이를 씻은 손이 내 사타구니로 올라왔다. 나는 배꼽 쪽으로 발기한 채 나비를 잡으려고 자세를 취한 꼬마처럼 숨을 죽이고 있었다. 간간이 그녀가 말했다. "가만, 자기, 괜찮아요." 그리고 어떤 이유에서인지 그 말이 내게 고통을 가져왔다.

내 사타구니 씻기를 마친 그녀는 때수건과 돌가루가 섞인 비누로 내 온몸을 씻겨 주었다.

나는 지금까지 대프니에게 끌린 것처럼 여자에게 마음이 끌린 적이 없었다. 아름다운 여자들을 보면 그들을 만지고 내 것으로 하고 싶다는 욕망이 일었다. 하지만 대프니는 나에게 내 내면을 보게 했다. 그녀는 내게 달콤한 말을 속삭였고, 내가 처음 느꼈던 사랑과 그 사랑의 상실을 상기하게 했다. 대프니의 손이 배에 닿았을 때 나는 어머니의 죽음을 떠올리고 있었다. 내가 고작 여덟 살 때였다. 대프니가 발기한 물건 아래쪽을 씻으려고 내 물건을 들었을 때 나는 숨을 참았다. 그녀는 물빛에 비쳐 푸른색이 된 눈으로 내 얼굴을 바라보며 발기한 내 물건을 위아래로 두 번 쓰다듬었다. 그녀가 내 물건을 씻기를 마치고 그것을 배에 누르며 미소를 지었다.

나는 아무 말도 할 수 없었다.

그녀가 욕조에서 물러나 어깨를 움츠려 기지개를 길게 켜듯 벗은 노란 원피스를 내가 몸을 담근 물에 던지더니 팬티를 내렸다. 그녀는 변기에 앉아 남자를 생각하게 할 만큼 우렁찬 소리로 오줌을 누었다.

"휴지 줘요, 이지." 그녀가 말했다.

두루마리 화장지가 욕조 발치에 있었다.

그녀는 욕조 앞에 서서 엉덩이를 뒤로 빼고 나를 내려다보았다. "내 거기가 남자 것 같았다면 당신 머리만큼이나 커졌을 거예요, 이지."

나는 욕조 밖으로 나와 서서 그녀에게 내 고환을 쥐게 했다. 침실로 갈 때 그녀는 내 귀에 음란한 제안을 계속 속삭였다. 그녀가 한 말은 나를 부끄럽게 했다. 대프니 모네만큼 대담한 말을 하는 남자도 알지 못했다.

여자들이 그런 말을 하는 것을 좋아한 적이 없었다. 남자들이나 하는 말이라고 생각했기에. 하지만 그런 대담한 말 이면에 대프니는 내게 무언가 묻고 있는 것 같았다. 그게 뭔지 알 수 있도록 내 영혼 깊은 곳까지 손을 뻗고 싶을 뿐이었다.

우리는 교성을 지르고 비명을 지르며 밤새도록 뒹굴었다. 한번 잠이 들었다가 눈을 뜨니 그녀가 내 가슴에 얼음을 문지르고 있었다. 새벽 3시쯤 그녀는 나를 무성한 나뭇가지 아래의 파티오로 데려가 거친 나무에 등을 댄 나에게 다리를 감아 왔다.

해가 나왔을 때 침대 위 내 품에 누운 그녀가 물었다. "아파요, 이지?"

"뭐가요?"

"당신 거. 아파요?"

"그래요."

"쓰려요?"

"혈관이 아프다는 게 맞을 겁니다."

그녀가 내 성기를 쥐었다. "날 좋아해서 아픈 거예요, 이지?"

"그래요."

그녀의 손아귀 힘이 세졌다. "당신이 아플 때의 그게 좋아요, 이지. 우리 둘 다에게."

"나도요." 내가 말했다.

"괜찮아요?"

"그래요, 괜찮아요."

그녀가 나를 풀어 주었다. "그런 뜻이 아니고요. 난 이 집을 말한 거예요. 여기 있는 우리를. 그들이 원하고 있는 것 같은 우리가 아닌."

"누구?"

"그들은 이름이 없어요. 그들은 우리가 우리 자신이 되지 못하게 한 사람들일 뿐이에요. 그들은 절대 우리가 이렇게 좋고 이렇게 가깝게 느끼길 원치 않아요. 그래서 난 당신과 도망치고 싶었어요."

"내가 당신을 맞으러 왔죠."

그녀가 다시 손을 뻗었다. "하지만 전화한 사람은 나예요, 이지. 내가 당신을 오게 한 거예요."

그날 밤을 돌아보면 혼란스럽다. 나는 대프니가 미쳤다고 말할 수도 있지만 내가 그렇게 말할 만큼 나는 제정신이었는가 하면 그렇지 않았다. 만약 그녀가 나를 다치게 하고 싶었다면 나는 기꺼이 다쳤을 것이고, 만약 내가 피를 흘리길 바랐다면 나는 행복하게 정맥을 베었을 것이었다. 대프니는 내 평생 닫혀 있던 문 같았다. 갑작스레 열려 나를 들인 문. 내 심장과 가슴은 그녀를 위해 하늘만큼이나 활짝 열렸다.

하지만 그녀가 미쳤다고는 말할 수 없다. 대프니는 카멜레온 같았다. 자신의 남자를 위해 자신을 바꾸었다. 만약 그 남자가 웨이터에게 불평하길 두려워하는 순한 백인 남자라면 그녀는 그의 머리를 자기 가슴으로 당겨 그를 쓰다듬을 터였다. 그 남자가 평생 고통과 분노에 젖어 있는 불쌍한 흑인이라면 그녀는 거친 천으로 그의 상처들을 씻어 내리고 상처에서 피가 멎을 때까지 피를 핥을 것이었다.

오후 중반에 나는 체력이 바닥났다. 우리는 그때까지 쉬지 않고 서로의 몸을 탐하며 보냈다. 나는 경찰이든 마우스든, 심지어 디윗 올브라이트에 대해서도 생각하지 않았다. 내가 신경 쓴 것은 내가 이 백인 여자를 사랑하고 있다고 느낀 데서 오는 고통뿐이었다. 하지만 결국 나는 그녀를 떼어 놓고 말했다. "얘기 좀 합시다, 대프니."

아마 내 상상이겠지만 그녀의 눈이 욕실에서 나온 이후 처음으로 녹색으로 빛났다.

"음, 무슨 얘기요?" 그녀는 시트로 몸을 감싸며 침대 위에 앉았다. 내가 그녀를 잃고 있는 중이라는 사실을 알았지만 그동안 너무 만족해서 그 생각을 하지 못했다.

"많은 사람이 죽었어요, 대프니. 그리고 경찰은 날 사건에 결부시키고 싶어 해요. 당신이 카터 씨에게서 훔친 삼만 달러도 있고요. 게다가 그것 때문에 디윗 올브라이트가 날 쫓고 있죠."

"내가 가진 돈은 나와 토드 사이의 문제지, 난 죽은 사람들이나 그 올브라이트라는 사람과는 아무 상관 없어요, 전혀."

"아마 당신은 그렇게 생각하겠지만 올브라이트는 당신 일을 자기 일로 만드는 재주가 있……,"

"그래서 나더러 어쩌라고요?"

"왜 하워드 그린이 살해됐죠?"

그녀는 내가 마치 신기루인 양 나를 바라보았다. "누구요?"

"제발."

그녀가 잠시 눈을 피하더니 한숨을 쉬었다. "하워드는 매슈 테란이라는 부자 밑에서 일했어요. 그는 테란의 운전사, 기사였어요. 테란은 시장이 되고 싶었지만 시민의 허락을 구해야 하죠. 토드는 테란을 허락하고 싶지 않았어요."

"어째서?" 내가 물었다.

"전에 난 그를 만났어요. 그러니까, 테란이요. 그리고 그는 리처드에게서 멕시코 소년을 사고 있었어요."

"우리가 발견한 남자 말입니까?"

그녀가 끄덕였다.

"그래서 그는 어떤 사람이었습니까?"

"리처드와 난," 그녀는 잠시 머뭇거렸다. "친구였어요."

"남자 친구?"

그녀는 살짝 끄덕였다. "토드를 만나기 전 우린 함께 시간을 좀 보냈어요."

"내가 처음 당신을 찾기 시작한 날 밤 난 존네 무면허 술집 앞에서 그와 마주쳤어요. 그가 당신을 찾고 있었습니까?"

"그랬을 거예요. 그는 나를 놓치고 싶지 않아서 테란과 하워드에게 손을 내밀었어요. 세 사람은 나를 곤경에 빠뜨려서 토드가 자신들 뜻에 따르게 하려고 했어요."

"어떤 곤경이요?" 내가 물었다.

"하워드가 뭔가 알았어요. 나에 대한 뭔가를요."

"그게 뭔데요?"

하지만 그녀는 그 질문에 대답하지 않았다.

"누가 하워드를 죽였습니까?" 내가 물었다.

그녀는 처음에는 대답하지 않았다. 그녀는 담요를 가슴 아래로 떨어뜨리고 그것을 만지작거릴 뿐이었다.

"조피요." 마침내 그녀가 말했다. 그녀는 내 눈을 피했다.

"조피라고!" 내가 외쳤다. "왜 그가 그런 짓을 하고 싶겠어요?" 하지만 나는 그 질문을 하기 전에조차 그것이 사실이라는 것을 알았다. 조피 정도의 완력이라면 누군가를 때려죽이고도 남았다.

"코레타도?"

대프니가 끄덕였다. 그녀의 벌거벗은 모습이 그때 내게 욕지기를 일으켰다.

"왜?"

"가끔 난 프랭크와 조피네에 갔어요. 프랭크는 내가 자기와 함께 있는 걸 사람들에게 과시하고 싶어 했어요. 거기에 마지막으로 갔을 때 조피가 누군가가 나에 관해 묻고 다닌다고 속삭이며 누군지 알게 되면 나중에 전화해 주겠다고 했어요. 그때 처음 그 올브라이트라는 사람에 대해 알게 됐어요."

"하지만 그게 하워드와 코레타와 무슨 상관입니까? 대체 그들을 왜?"

"하워드 그린이 전에 나를 찾아와 만약 자신과 자신의 보스가 말한 대로 하지 않으면 나를 파멸시키겠다고 했어요. 난 조피에게 올브라이트가 나를 찾지 않게 해 주고 하워드와 얘기를 나눠 본다면 천 달러를 주겠다고 했어요."

"그래서 그가 하워드를 죽였다?"

"그건 실수였던 것 같아요. 하워드는 혀가 길었죠. 조피는 부아가 났고요."

"하지만 코레타는?"

"그녀가 날 찾아왔을 때 난 조피에게 그 사실을 말했어요. 난 그에게 당신이 묻고 다닌다고 말했고," 그녀는 머뭇거렸다. "그래서 그가 그녀를 죽였어요. 그는 그때 겁을 먹고 허둥거렸어요. 이미 한 사람을 죽였으니까."

"왜 그는 당신을 죽이지 않았습니까?"

그녀는 고개를 들어 머리카락을 뒤로 넘겼다. "아직 그에게 그 돈을 주지 않았어요. 그는 여전히 천 달러를 원했고요. 어쨌든 그는 내가 프랭크의 여자라고 생각해요. 프랭크를 무시하는 사람은 없죠."

"당신한테 프랭크는 뭡니까?"

"당신은 아무것도 이해 못 해요, 이지."

"음, 누가 매슈 테란을 죽였는지 그가 안다고 생각해요?"

"난 몰라요, 이지. 난 아무도 죽이지 않았어요."

"돈은 어디 있습니까?"

"어딘가에. 여기엔 없어요. 당신이 모르는 곳에."

"그 돈이 당신을 죽일 겁니다."

"당신이 날 죽여요, 이지." 그녀가 내 무릎을 만지려고 손을 뻗었다.

나는 몸을 일으켰다. "대프니, 난 카터 씨에게 말해야 해요."

"난 그에게 돌아가지 않을 거예요, 절대로."

"그는 그냥 말만 하고 싶어 해요. 그와 얘길 나누는 데 사랑에 빠질 필욘 없어요."

"당신은 이해 못 해요. 난 그를 사랑하지만, 그래서 그를 볼 수 없어요." 그녀의 눈에 눈물이 고였다.

"당신은 이 상황을 어렵게 하고 있어요, 대프니."

그녀가 다시 내게 손을 뻗었다.

"그만둬요!"

"나를 데려오는 조건으로 토드가 당신에게 얼마를 지불하죠?"

"천."

"날 프랭크에게 데려다주면 내가 당신에게 이천을 낼게요."

"프랭크는 날 죽이려고 했어요."

"내가 있으면 그는 아무 짓도 안 할 거예요."

"프랭크를 막으려면 당신 미소 이상의 것이 있어야 합니다."

"날 그에게 데려가요, 이지. 그게 당신이 보수를 받을 유일한 방법이에요."

"카터 씨와 올브라이트는 어때요?"

"그들이 노리는 건 나예요, 이지. 프랭크와 나에게 맡겨요."

"당신에게 프랭크는 뭡니까?" 내가 다시 물었다.

그때 그녀가 내게 미소를 지었다. 그녀의 눈이 푸른색으로 변했고, 그녀는 침대 뒤 벽에 몸을 기댔다. "날 도와줄 거예요?"

"모르겠군요. 여기서 나가야겠어요."

"왜?"

"너무 과해요." 나는 소피를 떠올리며 그렇게 말했다. "새롭게 숨을 쉴 공기가 필요해요."

"모처럼 여기에 있잖아요. 여기밖에 없어요. 우리에겐."

"틀렸어요, 대프니. 세간의 말을 들을 필욘 없어요. 만약 우리가 서로 사랑하면 우린 어디서든 함께 있을 수 있어요. 아무도 그걸 막지 못해요."

그녀가 슬픈 미소를 지었다. "당신은 이해 못 해요."

"당신이 나에게서 원하는 건 함께 침대에서 구르는 것뿐이군요. 사람들에게서 숨어서 검둥이 맛을 좀 본 다음엔 옷을 바로잡고 립스틱이나 바를 뿐이죠. 감정 따윈 없었다는 듯이."

그녀가 나를 만지려고 손을 뻗었지만 나는 피했다. "이지," 그녀가 말했다. "그건 오해예요."

"뭘 좀 먹으러 나갑시다." 나는 눈길을 돌리며 말했다. "여기서 몇 블록 떨어진 곳에 중국 음식점이 있어요. 뒤쪽 지름길로 가면 걸어갈 수 있죠."

"돌아올 때쯤 우린 끝날 거예요."

나는 그녀가 수많은 남자에게 그렇게 말했으리라고 생각했다. 그리고 수많은 남자는 그녀를 잃느니 남길 택했으리라.

우리는 말없이 옷을 입었다.

우리가 나갈 준비를 마쳤을 때 어떤 생각이 들었다.

"대프니?"

"네, 이지?" 따분해하는 목소리였다.

"알고 싶은 게 있어요."

"뭔데요?"

"왜 어제 나한테 전화했습니까?"

나를 보는 그녀의 눈이 녹색으로 변했다. "당신을 사랑해요, 이지. 우리가 처음 만난 순간 난 그걸 알았어요."

27

차우스 차우는 1940년대에서 1950년대에 로스앤젤레스에서 흔한 중국 음식점이었다. 안에는 테이블 없이 열두 개의 스툴이 놓인 긴 카운터뿐이었다. 링 씨가 카운터 너머 세 가지 음식이 준비된 길쭉한 검은 스토브 앞에 서 있었다. 볶음밥, 에그푸용중국식 달걀 요리의 일종 그리고 차우멘. 손님은 이 중 하나를 선택해 닭고기, 돼지고기, 새우, 쇠고기와 함께 먹을 수 있었다. 일요일에는 랍스터가 추가되었다.

링 씨는 늘 얇은 흰 바지와 흰 티셔츠를 입는 키 작은 남자였다. 그에게는 왼쪽 깃 아래 목덜미 부근에서 시작해 오른쪽 뺨 중간에서 끝나는 뱀 문신이 있었다. 뱀에게는 커다란 송곳니 두 개와 날름거리는 긴 빨간색 혀가 있었다.

"뭘 드릴까요?" 그가 내게 소리쳤다. 나는 링 씨의 식당에서 적어도 열두 번은 밥을 먹었지만 그는 나를 알아본 적이 없었다. 그는 어떤 손님도 알아보지 못했다.

"볶음밥이요." 대프니가 부드러운 목소리로 말했다.

"뭘 선택하시겠습니까?" 링 씨가 소리쳤다. 그러더니 그녀가 대답도 하기 전에 "돼지고기, 닭고기, 새우, 쇠고기!"라고 외쳤다.

"닭고기와 새우로 하겠어요."

"두 가지면 가격이 추가됩니다."

"상관없어요."

나는 에그푸용과 돼지고기를 시켰다.

대프니는 좀 더 차분해진 것 같았다. 그녀의 마음을 열게 할 수 있다면 나도 진지한 이야기를 할 수 있을 것 같았다. 나는 그녀에게 억지로 카터를 만나게 하고 싶지 않았다. 만약 내가 그녀를 강제로 데려간다면 나는 납치 혐의로 체포될 수도 있었고, 그녀를 거칠게 다룬 데 대해 카터가 어떻게 반응할지도 알 수 없었다. 그리고 어쩌면 그때 나는 그녀를 조금 사랑했는지도 몰랐다. 푸른 옷을 입은 그녀는 매우 멋져 보였다.

"알겠지만 난 뭐든 당신에게 억지로 시키고 싶지 않아요, 대프니. 그러니까 당신은 또다시 카터에게 키스할 필요가 없고, 그게 나도 좋아요."

나는 그녀의 미소를 가슴으로, 몸의 다른 부위들로 느낄 수 있었다.

"동물원에 가 본 적 있어요, 이지?"

"아니요."

"정말요?" 그녀는 놀란 모습이었다.

"내 생각엔 우리 안의 동물들을 볼 이유가 없어요. 그것들을 봐야 도움이 안 되고, 나도 그것들을 위해 할 수 있는 게 없죠."

"하지만 동물들에게서 배울 점이 있어요, 이지. 동물원 동물들이 당신을 가르칠 수도 있어요."

"뭘 가르치는데요?"

그녀는 의자에 편히 앉아 링 씨의 스토브에서 피어오르는 증기를 응시했다. 그녀는 추억을 돌이키고 있었다.

"아빠가 날 처음 동물원에 데려간 건 뉴올리언스에서예요. 난 뉴올리언스에서 태어났죠." 그녀의 말이 느려졌다. "원숭이 우리에 갔는데, 거기서 죽음의 냄새가 나는 것 같다고 생각한 게 기억나요. 거미원숭이가 우리 위에 매달린 그물에서 몸을 흔들고 있었죠. 앞뒤로. 눈이 있는 사람은 누구라도 녀석이 수년간 갇혀 있던 탓에 미쳤다는 걸 알 수 있었어요. 하지만 아이들과 어른들은 서로를 쿡쿡 찌르며 그 불쌍한 녀석을 보고 킥킥거렸어요.

나는 내가 그 원숭이 같다고 느꼈어요. 한쪽 벽에서 다른 쪽 벽으로 거칠게 흔들리는. 어딘가 갈 데가 있는 척하는. 하지만 난 그 원숭이처럼 내 삶에 발목이 잡혀 있었어요. 내가 울자 아빠는 날 거기서 데리고 나갔어요. 아빠는 내가 그 불쌍한 동물에 예민한 것뿐이라고 생각했죠. 하지만 난 멍청한 동물 따윈 신경 쓰지 않았어요.

그때부터 아빠와 난 동물들이 더 자유롭게 움직이는 우리들만 갔어요. 주로 새들을 봤죠. 왜가리와 두루미와 펠리컨과 공작 들이요. 내 관심사는 새들이었어요. 멋진 깃털이 난 그것들은 너무 아름다웠어요. 수컷 공작들은 꽁지깃을 활짝 펴고 맺고 싶은 암컷들에게 그걸 흔들어 댔어요. 아빠는 공작들이 게임을 하는 중이라고 거짓말했죠. 하지만 난 공작들이 뭘 하고 있는지 알고 있었어요.

그리고 문을 닫을 때쯤 우린 얼룩말들을 지나쳤어요. 주위엔 아무도 없었고, 아빤 내 손을 잡고 있었죠. 얼룩말 두 마리가 왔다 갔다 하며 달리고 있었어요. 한 마리가 몸을 피하려고 하는데도 강한 녀석이 탈출구를 다 차단했죠. 나는 두 얼룩말이 싸울까 봐 무서워서 아빠에게 그 녀석들을 말리라고 소리쳤어요."

대프니가 내 손을 움켜잡았는데, 그녀는 매우 흥분해 있었다. 나도 모르게 불안했다. 하지만 뭐가 불안한지 알 수 없었다.

"얼룩말들은 바로 우리 옆에 있었어요." 그녀가 말했다. "펜스 옆에요. 수놈이 암놈을 올라탔을 때. 수놈의 길고 딱딱한 그것이 암놈을 찌르고 있었죠. 두 번 수놈이 암놈에게서 떨어졌고, 정액이 암놈의 넓적다리에 흘러내렸어요.

아빠와 난 손을 꽉 잡고 있었어요. 그래서 아팠지만 난 아무 말도 하지 않았어요. 그리고 우리가 차로 돌아갔을 때 아빤 나한테 키스했어요. 처음엔 볼에만 했는데, 그러고 나서 연인들이 하는 것처럼 내 입술에 키스했어요." 대프니의 얼굴에 꿈 같은 미소가 떠올라 있었다. "하지만 내게 키스하고 나더니 아빤 울기 시작했어요. 아빤 내 무릎에 얼굴을 묻었고, 난 오랫동안 아빠의 머리를 쓰다듬을 수밖에 없었어요. 그리고 좋았다고 말하자 아빤 다시 고개를 들어 나를 봤어요."

그녀가 다음과 같이 말을 이은 것으로 봐서 내 얼굴에 역겨움이 드러난 모양이었다. "당신은 역겹다고 생각하는 모양이군요. 우리가 한 게. 하지만 아빤 날 사랑했어요. 그때 이후, 내가 열네 살이었던 해 내내, 아빤 나를 동물원으로, 공원으로 데려갔어요. 언제나 처음엔 아빠와 어린 딸의 뽀뽀 같은 키스를 했지만 이내 사람이 없는 외딴곳으로 가서는 진짜 연인 같은 행위를 했어요. 그리고 늘 끝난 후에 아빠는 하염없이 눈물을 흘리며 내게 용서를 빌었어요. 선물을 사 주고 돈을 줬죠. 그러지 않아도 난 아빠를 사랑했는데."

나는 그녀에게서 도망치고 싶었지만 내 감정대로 행동하기엔 너무 깊은 곤경에 빠져 있었다. 그래서 화제를 바꾸려고 했다. "그것과 카터를 만나러 가는 게 무슨 상관입니까?" 내가 물었다.

"아빠는 그해 이후로 나를 어디로도 다신 데려가지 않았어요. 아빠는 이듬해 봄에 엄마와 날 떠났고, 다신 아빠를 본 적이 없어요. 아무도 아빠와 나 사이의 일을 몰랐고, 아무도 아빠가 왜 자취를 감췄는지 몰라요. 하지만 난 알아요. 아빠가 떠난 이유가 그것 때문이라는 걸. 아빤 그날 동물원에서 날 너무 사랑했고, 나에 대해 알았을 뿐이에요. 진짜 나를. 그리고 누군가를 깊이 알게 되면 떠나지 않을 수가 없는 거예요."

"그건 왜죠?" 나는 알고 싶었다. "가까워지면 왜 떠나지 않으면 안 됩니까?"

"가까워지는 것만이 아니에요, 이지. 뭔가가 더 있어요."

“그래서 당신과 카터 사이가 그렇게 된 겁니까?”

“그는 다른 어떤 사람보다 나에 대해 잘 알아요.”

그때 나는 카터가 미웠다. 나는 그가 그런 것처럼 대프니에 대해 알고 싶었다. 나는 그녀를 원했다. 그녀를 아는 것이 그녀를 잃는다는 것을 의미하더라도.

대프니와 나는 뒷길의 덤불을 지나 작은 집으로 돌아왔다. 모든 것이 괜찮았다.

나는 그녀를 위해 문을 열어 주었다. 그녀는 동물원에 관한 이야기 이후 아무 말도 하지 않았다. 그 이유를 몰랐지만 나 또한 할 말이 없었다. 어쩌면 그녀의 말을 믿지 않기 때문일지도 몰랐다. 그러니까, 그녀가 그 이야기를 믿고 있다는 것, 혹은 적어도 그것을 믿고 싶어 한다는 것은 믿었지만 전체적으로 무언가 이상한 것이 있었다.

에그푸용을 먹고 계산을 마친 어느 시점에서 나는 다치기 전에 손을 떼기로 마음먹었다. 대프니는 내가 감당하기엔 바닥이 너무 깊었다. 어쨌든 카터에게 전화해 그녀가 있는 곳을 알려 주자. 이 성가신 일에서 손을 떼고 싶었다. 나는 돈 때문에 이 일에 뛰어들었을 뿐이라고 자신에게 계속 되뇌었다.

나는 그 생각에 정신이 팔려서 집 안을 확인해 볼 생각을 하지 못했다. 어쨌든 위험이 있을 리 있겠는가? 따라서 대프니가 헉하고 숨을 쉬었을 때 나는 스토브 앞에 서 있는 디윗 올브라이트를 보고 깜짝 놀랐다.

"안녕, 이지." 그가 느릿느릿 말했다.

나는 허리띠에 있는 권총으로 손을 뻗었지만 총에 닿기도 전에 내 머릿속에서 폭발이 일었다. 나는 바닥이 얼굴로 올라온 것을 기억한다. 그리고 잠시 아무것도 기억하지 못했다.

28

나는 대형 전함에 타고 있었고, 사상 최대의 포격전 한가운데에 있었다. 포신들이 시뻘겋게 달아올랐으며, 함대원들은 포탄을 재기 바빴다. 전투기들이 기총소사를 퍼부어 총탄이 내 팔과 가슴을 파고들었지만 나는 계속 내 앞의 전우에게 포탄을 날랐다. 땅거미가 질 무렵인지 해 뜰 무렵인지 몰라도 내 전의는 고양되어 있었다.

그때 마우스가 나타나 나를 대열에서 끌어냈다. 그가 말했다. "이지! 우린 여기서 나가야 해, 친구. 백인들 전쟁에서 죽을 이유가 없어!"

"난 자유를 위해 싸우는 거라고!" 내가 되받아 소리쳤다.

"그들은 널 풀어 줄 생각이 없어, 이지. 네가 여기서 이긴다 해도 그들은 널 노동절 전에는 농장으로 돌려보낼 거야."

나는 즉각 그의 말을 믿었지만 포탄을 놓을 틈도 없이 배가 흔들리더니 가라앉기 시작했다. 나는 갑판에서 차디찬 바닷속으로 내동댕이쳐졌다. 물이 입과 코로 들어왔고, 나는 소리치려 했지만 물속이었다. 익사하는 중이었다.

정신이 들었을 때 나는 프리모가 양동이로 쏟아부은 물에 흠뻑 젖어 있었다. 눈에 물이 스며들었고, 기도에도 물이 들어갔다.

"어떻게 된 거지, 아미고amigo 친구? 친구들과 싸웠나?"

"친구들이라니?" 나는 영문을 몰라 물었다. 순간 나를 엿 먹인 사람이 프리모라고 생각했다.

"조피와 흰옷을 입은 백인."

"백인?" 프리모가 나를 앉혔다. 나는 우리의 작은 집 바로 문밖 바닥에 있었다. 머리가 맑아지기 시작했다.

"그래. 괜찮나, 이지?"

"그 백인은요? 그와 조피가 여기 언제 왔죠?"

"두세 시간 전에."

"두세 시간?"

"그래. 자네들이 어디 있는지 조피가 물어서 알려 줬더니 차를 집 뒤에 대더군. 그러더니 얼마 지나지 않아 나갔어."

"여자도 같이요?"

"여자는 못 봤는데."

나는 몸을 일으켜 집으로 들어갔다. 프리모가 따라붙었다.

여자는 없었다.

나는 다시 밖으로 나와 주위를 둘러보았지만 밖에도 없었다. 프리모가 뒤에서 다가왔다. "자네들 싸웠나?"

"대단한 싸움은 아니었어요. 전화 좀 써도 될까요?"

"그래. 물론이지. 들어가서 바로 안쪽에."

나는 듀프리의 누이에게 전화했는데, 그녀는 듀프리와 마우스가 아침 일찍 나갔다고 말했다. 마우스 없이 뭘 해야 할지 몰랐다. 그래서 내 차로 가서 와츠를 향해 차를 몰았다.

두꺼운 구름들에 달과 별이 숨은 새카만 밤이었다. 블록마다 가로등이 머리 위에서 어둠을 밝히고 있었지만 아무것도 비추고 있지 않았다.

'별거 아니야, 이지!' 목소리가 말했다.

나는 아무 대답도 하지 않았다.

'그 여자를 찾으라고. 이 똥 같은 일의 끝장을 봐.'

"닥쳐!"

'아니, 아니, 이지. 그런다고 해서 용감해지지 않아. 용감이란 그 백인 남자와 네 친구를 찾는 거라고. 용기가 있다면 놈들이 제멋대로 하게 두지 마.'

"그래서 내가 할 수 있는 게 뭔데?"

'너한텐 총이 있지 않나? 놈들이 총알을 이길 것 같아?'

"그들도 무장했어. 둘 다."

'네가 할 일은 놈들이 널 다시 보러 오지 못하게 하는 거야. 전쟁에서처럼 말이야, 친구. 너 자신이 밤의 어둠이라고 믿으라고.'

"하지만 놈들을 어떻게 찾지? 내가 뭘 하길 바라는 거야? 전화번호부라도 들여다봐?"

'조피가 사는 델 알잖아, 안 그래? 가 보자고. 그리고 만약 놈이 거기 없으면 올브라이트가 있는 데 있을 거야.'

조피의 집은 어두웠고, 그의 바는 밖에 자물쇠가 걸려 있었다. 올브라이트가 있는 건물의 얼굴이 발그레한 뚱뚱한 야간 경비원은 올브라이트가 나갔다고 말했다.

그래서 샌타모니카 이북 모든 도시의 전화번호 안내에 닥치는 대로 전화하기로 마음먹었다. 운 좋게 첫 시도에 디윗 올브라이트의 주소를 알게 되었다. 그는 말리부 힐스 9번 도로변에 살고 있었다.

29

나는 샌타모니카를 지나 말리부로 가서 9번 도로변을 찾아냈다. 그곳은 경사가 완만한 비포장 언덕에 지나지 않았다. 언덕 입구에서 이름이 쓰인 우체통 세 개를 발견했다. 밀러, 콘, 올브라이트. 처음 두 집을 지나쳐 올브라이트의 문패가 나올 때까지 적어도 15분간 차로 달렸다. 단말마의 비명이 들리지 않을 만큼 멀리 떨어진 곳이었다.

단순한 목장 형식의 집으로, 크지 않았다. 현관 포치를 제외하면 야외 조명이 없어서 외관의 색깔을 식별할 수 없었다. 나는 이 집이 무슨 색인지 알고 싶었다. 제트기가 어떤 원리로 나는지, 상어들은 얼마나 사는지도 알고 싶었다. 죽기 전에 알고 싶은 게 많았다.

창가에 다가가기도 전에 남자들이 지르는 고함과 여자가 애원하는 소리가 들렸다.

창턱 너머로 천장이 높은, 짙은 색 나무 바닥의 큰 방이 보였다. 활활 타고 있는 난로 앞에 곰 가죽 같은 것을 씌운 큼직한 소파가 놓여 있었다. 대프니는 벌거벗은 채로 소파에 앉아 있었고, 두 사내 디윗과 조피가 그녀를 내려다보고 있었다. 올브라이트는 그 리넨 양복을 입고 있었지만 조피는 상의를 탈의한 상태였다. 그의 커다란 배가 그런 그녀 앞에 늘어져 있어서 외설적으로 보였다. 나는 즉시 그를 쏘지 않으려고 최선을 다해야 했다.

"이 이상 끔찍한 일은 당하고 싶지 않겠지, 예쁜이?" 올브라이트가 말하고 있었다. 대프니가 그에게 침을 뱉자 그가 그녀의 목을 거머쥐었다. "내가 그 돈을 얻지 못하면 널 죽이는 만족감을 얻을 거라는 걸 믿어도 좋아, 이 계집아!"

나는 나 자신을 이성적인 사람이라고 생각하고 싶지만 때때로 감정에 휘둘렸다. 백인이 대프니의 목을 조르는 모습을 보았을 때 나는 조심스럽게 움직여 창문을 열고 방 안으로 기어들었다. 그리고 손에 총을 쥐고 거기에 서 있었다. 하지만 내가 디윗을 겨누기 전에 그가 나를 감지했다. 그가 자기 앞에 여자를 세우고 몸을 돌렸다. 그는 나를 보자 여자를 한쪽으로 던지고 소파 너머로 풀쩍 뛰었다! 내가 총을 쏘려고 몸을 움직인 순간 조피가 뒷문으로 달아났다. 그것이 내 주의를 산만하게 했고, 일순 망설인 찰나 내 뒤에서 창문이 산산조각 나며 대포 같은 총성이 일었다. 안락의자 뒤로 숨으려고 몸을 던졌을 때 총을 겨누고 있는 디윗 올브라이트가 보였다.

두 발의 총알이 두툼하게 속을 채운 안락의자 등받이를 꿰뚫고 지나갔다. 옆으로 피해 몸을 납작 엎드리지 않았다면 그때 그는 나를 맞혔을 것이었다.

나는 대프니가 울부짖는 소리를 들었지만 그녀를 위해 할 수 있는 게 아무것도 없었다. 내 큰 공포는 조피가 밖에서 돌아와 내 뒤를 막는 것이었다. 그래서 나는 구석으로 움직였다. 올브라이트의 시야 그리고 만약 조피가 창문으로 머리를 들이민다면 그가 볼 수 있는 위치를 피해서. 내 바람은 그랬다.

"이지?" 디윗이 외쳤다.

나는 입도 뻥긋하지 않았다. 숨소리조차 내지 않았다.

말없이 대치한 이삼 분이 길게 느껴졌다. 조피는 창가에 모습을 드러내지 않았다. 그것이 나를 신경 쓰이게 했고, 그가 달리 들어올 방법이 있는지 궁금해지기 시작했다. 그래서 방 안을 둘러본 순간 디윗이 몸을 일으키는 듯한 소리가 들렸다. 둔탁한 소리와 함께 안락의자가 뒤로 벌렁 넘어졌다. 소파의 높은 등받이 너머로 그가 램프를 집어 던졌다. 램프가 박살 났고, 그가 있으리라 생각한 곳으로 총을 쏘았지만 몇 미터 떨어진 곳에서 몸을 일으키는 디윗이 보였다. 그는 나를 향해 권총을 겨누고 있었다.

나는 총성을 들었고, 거의 불가능해 보이는 일이 일어났다. 디윗 올브라이트가 끙 소리를 낸 것이었다. "대체 누구?"

그때 마우스를 보았다! 손에 연기가 피어오르는 권총을 쥔!

조피가 열어 놓은 문으로 집 안에 들어온 것이었다.

더 많은 총성이 폭발했다. 대프니가 비명을 질렀다. 나는 펄쩍 뛰어 몸으로 그녀를 감쌌다. 벽에서 지저깨비가 튀었고, 올브라이트가 방의 반대편 창문으로 몸을 던지는 모습이 보였다.

마우스가 겨냥했지만 총알이 떨어졌다. 그는 욕설을 내뱉으며 총을 던져 버린 다음 주머니에서 총신이 짧은 총을 꺼냈다. 그가 창가로 달려갔지만, 나는 그때 그가 두 번째 약실을 비우기 전에 캐딜락의 시동이 걸리고 차가 비포장 길을 미끄러져 달리는 소리를 들었다.

"씨발!" 마우스가 소리쳤다. "씨발, 씨발, 씨발!"

산산조각이 난 창문을 통해 밀려든 찬 바람이 대프니와 나를 스쳐 갔다.

"놈을 맞혔어, 이지!" 그가 금니를 온통 드러내고 나를 내려다보며 씩 웃고 있었다.

"마우스." 내가 할 수 있는 말은 그게 다였다.

"날 봐서 기쁘지 않은 거야, 이즈?"

나는 몸을 일으켜 그 작은 남자를 끌어안았다. 여자를 포옹하듯 그를 포옹했다.

"마우스." 나는 다시 그렇게 말했다.

"이봐, 친구, 네 친구를 여기로 데려와야지." 그가 자신이 들어온 문을 향해 머릿짓을 했다.

조피는 부엌 바닥에 있었다. 팔다리가 등 뒤에서 전기 코드로 묶여 있었다. 그의 벗어진 정수리에서 걸쭉한 피가 흘러나와 있었다.

"놈을 방으로 데려가." 마우스가 말했다.

우리는 그를 의자에 앉혔고, 마우스가 그를 묶었다. 대프니는 담요를 두르고 소파 끝에 앉아 겁에 질려 있었다. 그녀는 첫 독립 기념일을 맞아 그 소란함에 놀란 새끼 고양이처럼 보였다.

갑자기 조피가 눈을 뜨더니 소리쳤다. "풀어 줘!"

마우스는 미소 지을 뿐이었다.

조피는 땀과 피를 흘리며 우리를 바라보고 있었다. 대프니는 바닥을 응시하고 있었다.

"보내 줘." 조피가 훌쩍였다.

"닥쳐, 친구." 마우스가 그렇게 말하자 조피가 조용해졌다.

"이제 옷을 입어도 돼요?" 대프니의 목소리는 잠겨 있었다.

"그럼, 이쁜이." 마우스가 말했다. "우리가 할 일만 끝내면."

"그게 뭐지?" 내가 물었다.

마우스가 내 무릎에 손을 올리고 내게 몸을 기울였다. 살아 있어서, 타인의 손길을 느낄 수 있어서 기분이 좋았다. "너와 난 이 소동에 대한 보상을 받을 자격이 있는 것 같은데, 안 그래?"

"내가 받는 돈의 반을 줄게, 레이."

"아니지, 친구." 그가 말했다. "난 네 돈은 원하지 않아. 내가 원하는 건 여기 앉아 있는 루비의 빅 파이 한 조각이야."

나는 그가 그녀를 왜 루비라고 부르는지 몰랐지만 넘어갔다.

"이봐, 그건 훔친 돈이야."

"그게 달콤하기 그지없는 거 아니겠어, 이지." 그가 그녀에게 몸을 돌리고 미소를 지었다. "어때, 예쁜이?"

"그게 프랭크와 내가 가진 전부예요. 난 그걸 포기하지 않을 거예요." 나는 그녀가 다른 사람에게 그렇게 말했다면 그녀를 믿었을 터였다.

"프랭크는 죽었어." 마우스의 얼굴은 완벽히 무표정했다.

한동안 그를 쳐다본 대프니는 구겨진 티슈처럼 얼굴이 구겨지더니 몸을 떨기 시작했다.

마우스가 말을 이었다. "내 생각에 그런 짓을 한 놈은 여기 이 조피야. 경찰이 이놈 바 바로 아래 골목에서 맞아 죽은 녀석을 발견했거든."

대프니가 고개를 들었을 때 그녀의 눈에 증오가 담겨 있었고, 입을 열자 목소리에도 증오가 담겨 있었다. "그 말, 사실이야, 레이먼드?" 그녀는 다른 사람이 되어 있었다.

"지금 내가 거짓말을 할까 봐, 루비? 네 오빤 죽었어."

나는 전에 한 번 지진을 겪어 본 적이 있었는데, 그때와 느낌이 똑같았다. 발밑의 땅이 움직인 것 같았다. 나는 진실을 알기 위해 그녀를 보았다. 하지만 진실은 거기에 있지 않았다. 그녀의 코, 양 뺨, 피부색. 그것들은 모두 흰색이었다. 대프니는 백인이었다. 음모도 많지 않았다. 거의 없다시피 했다.

마우스가 말했다. "내 말 들어, 루비. 조피가 프랭크를 죽였어."

"난 프랭키를 죽이지 않았어!" 조피가 울부짖었다.

"왜 그녀를 계속 그렇게 부르는 거지?" 내가 물었다.

"나와 프랭크는 오래전에 알던 사이야, 이즈. 내가 널 만나기 전에. 난 루비의 어린 시절을 기억해. 동생이나 다름없지. 많이 컸지만 난 절대 얼굴을 잊지 않아." 마우스가 담배를 꺼냈다. "넌

운 좋은 놈이야, 이지. 오늘 오후에 이 빌어먹을 자식이 네 집에서 나오는 걸 봤을 때 놈의 뒤를 밟을 마음이 들었으니까. 놈을 봤을 때 너도 같이 있는지 봤어. 마침 듀프리의 차를 갖고 있어서 시내로 놈의 뒤를 밟았더니 이 자식이 백인 놈을 만나더군. 일단 씨를 뿌렸으니 어떻게 되는지 기다려 본 거지."

나는 조피를 보았다. 그의 눈은 커져 있었고, 땀을 흘리고 있었다. 묽은 피가 턱에서 떨어지고 있었다. "난 프랭크를 죽이지 않았어. 그럴 이유가 없어. 왜 내가 프랭크를 죽이고 싶겠나? 이봐, 이지. 내가 자넬 여기에 끌어들인 이유는 자네에게 돈을 좀 벌게 해 주고 싶어서였을 뿐이야. 그 집 대출금을."

"그런데 왜 지금은 올브라이트와 함께 있는 겁니까?"

"저 여자가 거짓말을 했어. 올브라이트가 내게 와서 저 여자가 가져간 돈에 대해 말해 줬네. 저 여자가 거짓말을 했다고! 저 여잔 가진 돈이 거의 없다고 했어!"

"됐어. 그 정도면 충분히 떠들었어." 마우스가 말했다. "자, 루비, 난 널 겁주고 싶지 않지만 난 그 돈을 가져야겠어."

"당신 따윈 무섭지 않아, 레이." 그녀가 태연하게 말했다.

마우스는 잠깐 얼굴을 찌푸렸다. 맑은 하늘에 작은 구름이 빠르게 지나간 것 같았다. 이내 그는 미소를 지었다.

"루비, 넌 이제 너 자신을 걱정해야 해, 예쁜이. 알겠지만 사람들은 돈에 대해서라면 필사적이 될 수도 있으니까……." 마우스는 허리춤에서 권총을 꺼내는 동안 자기 말의 여운이 남게 했다.

그는 무심히 오른쪽으로 돌아서더니 조피의 사타구니를 쏘았다. 조피의 눈이 커지더니 물개처럼 끼룩거리기 시작했다. 그는 상처 부위를 감싸 쥐려고 앞뒤로 버둥거렸지만 몸을 묶은 전선이 그를 의자에 잡아 두었다. 잠시 후 마우스는 총을 들어 조피의 머리를 쏘았다. 조피의 눈이 휘둥그레진 순간 왼쪽 눈이 너덜너덜한 피투성이 구멍으로 남았다. 두 번째 총격이 그를 바닥으로 내동댕이쳤고, 한동안 다리와 발이 경련했다. 나는 그때 싸늘함을 느꼈다. 조피는 내 친구였지만, 나는 무수히 많은 사람의 죽음을 보아 왔고, 코레타 생각도 났다.

마우스가 몸을 일으키더니 말했다. "그럼 그 돈을 가지러 가 볼까, 예쁜이." 그가 소파 뒤에서 그녀의 옷가지를 집어 올려 그녀의 무릎 위에 떨어뜨렸다. 이내 그는 현관문을 나섰다.

"도와줘요, 이지." 그녀의 눈에는 공포와 간절함이 가득했다. "그는 미쳤어요. 당신한텐 총이 있잖아요."

"그럴 수 없어요." 내가 말했다.

"그럼 그걸 내게 줘요. 내가 할게요."

그때가 아마 마우스가 폭력적인 죽음에 가장 가까이 다가간 순간이었으리라.

"안 돼요."

"길에 피가 상당히 떨어져 있어." 마우스가 돌아와 말했다. "내가 놈을 맞혔다고 했잖아. 부상이 얼마나 심각한진 모르겠지만 놈은 나를 잊지 못할걸." 그의 목소리에는 아이같이 신난 기색이 있었다.

그가 말하는 동안 나는 조피의 시체에서 전선을 풀었다. 그리고 마우스의 고장 난 총을 가져다 조피의 손에 쥐여 주었다.

"뭐 하는 거야, 이지?" 마우스가 물었다.

"나도 몰라, 이게 상황을 혼란스럽게 보이게 할지도 모르지."

대프니가 내 차에 타고 마우스가 듀프리의 차로 따라왔다. 집에서 수 킬로미터 떨어졌을 때 나는 조피를 묶었던 전기 코드를 둑 아래로 던졌다.

"당신이 테란을 죽였어요?" 선셋 대로로 접어들었을 때 내가 물었다.

"그런 것 같아요." 그녀가 너무 조용히 말해서 나는 최대한 귀를 기울여야 했다.

"그런 것 같다고요? 당신도 몰라요?"

"내가 방아쇠를 당겨서 그가 죽었어요. 하지만 그는 사실 자살한 거예요. 난 나를 내버려 두라고 부탁하려고 간 거였어요. 그에게 내 전 재산을 내밀었지만 그는 웃기만 하더군요. 그는 꼬마 소년의 팬티에 손을 넣고 웃음을 터뜨렸어요." 대프니가 콧소리를 냈다. 나는 그게 웃음이었는지, 역겨움에 낸 소리였는지 모른다. "그래서 죽였어요."

"꼬마는 어떻게 됐습니까?"

"내가 있는 곳으로 데려왔어요. 그 앤 방구석으로 가더니 움직이지도 않더군요."

대프니의 가방은 YWCA의 로커에 있었다.

동東로스앤젤레스로 돌아와 마우스는 1만 달러씩 세어 우리에게 각각 나누어 주었다. 그리고 가방은 대프니에게 남겼다.

그녀는 택시를 불렀고, 나는 그녀와 함께 나가 길모퉁이에 있는 화강암으로 된 가로등 기둥 옆에서 기다렸다.

"나랑 있어요." 내가 말했다. 나방들이 빛의 작은 원 안에 있는 우리 주위에서 파닥거렸다.

"그럴 수 없어요, 이지. 난 당신과 있을 수 없어요."

"왜요?" 내가 물었다.

"그냥 그럴 수 없어요."

내가 손을 내밀었지만 그녀가 몸을 피하며 말했다. "건드리지 마요."

"난 당신에게 건드리는 거보다 더한 걸 했어요."

"그건 내가 아니었어요."

"무슨 말이에요? 그게 당신이 아니라면 그건 누구였죠?" 내가 다가가자 그녀는 가방 뒤로 숨었다.

"말해 주죠, 이지. 차가 올 때까지만 말해 주겠지만 날 건드리진 마요. 건드리면 소리 지를 거예요."

"왜 그래요?"

"왜인지 알 거예요. 당신은 내가 누군지 알아요. 내 정체를."

"당신은 나와 다르지 않아요. 우리 둘 다 그냥 사람이죠, 대프니. 그뿐이에요."

"난 대프니가 아니에요. 내 이름은 루비 행크스고, 루이지애나

레이크찰스에서 태어났어요. 난 당신과 달라요. 왜냐하면 난 두 사람이니까. 나는 그녀이자 나예요. 난 그 동물원에 가 본 적이 없고, 그녀는 가 봤어요. 그녀는 거기에 있었고, 그녀가 아빠를 잃은 곳이 거기예요. 내게는 다른 아빠가 있었어요. 그는 집에 오면 엄마의 침대에 든 것만큼이나 많이 내 침대에 들었죠. 그는 프랭크가 그를 죽인 날 밤까지 그랬어요."

그녀가 고개를 들어 나를 보았을 때 나는 그녀가 내게 손을 뻗치고 싶어 한다고 느꼈다. 사랑이나 욕정에서가 아닌, 간청하기 위해.

"프랭크를 묻어 줘요." 그녀가 말했다.

"알았어요. 하지만 당신이 나랑 있는다면 우리가 함께 묻을 수 있어요."

"안 돼요. 부탁 한 가지 더 들어 줄래요?"

"뭐죠?"

"그 꼬마를 어떻게 해 줘요."

사실 난 그녀가 나와 머물길 원치 않았다. 대프니 모네는 죽음 그 자체였다. 나는 그녀가 떠나서 기뻤다.

하지만 그녀가 부탁한다면 나는 그녀를 당장 데려갈 것이었다.

택시 기사는 무언가 이상하다고 느낀 것 같았다. 그는 기다리는 동안 금방이라도 강도를 당하리라는 듯 계속 주위를 둘러보았다. 그녀가 그에게 가방을 날라 달라고 부탁했다. 그녀는 감사의 의미로 그의 팔에 손을 올렸지만 내게는 작별 인사로 악수조차 하지 않았다.

"왜 그를 죽였지, 마우스?"

"누구?"

"조피 말이야!"

마우스는 휘파람을 불며 갈색 종이봉투로 된 꾸러미에 돈을 챙기고 있었다.

"놈은 네 모든 고통의 원인이야, 이지. 그리고 어쨌든 난 그 여자에게 내가 얼마나 진지한지 보여 줄 필요가 있었어."

"그녀는 이미 그를 싫어하고 있었어. 프랭크 때문에. 어쩌면 넌 그 점을 이용할 수 있었을지도 몰라."

"프랭크를 죽인 건 나야." 그가 말했다. 그때의 마우스는 디윗 올브라이트를 연상시켰다.

"네가 그를 죽였다고?"

"그래서, 뭐? 놈이 널 위해 뭔가 해 주리라고 생각해? 놈이 널 안 죽일 거라고?"

"그게 내가 그를 죽여야 한다는 뜻은 아니야."

"빌어먹을, 그렇지 않아!" 마우스의 눈이 살기를 띠었다.

그것은 살인이었고, 나는 그것을 삼켜야 했다.

"넌 루비랑 똑같아." 마우스가 말했다.

"뭐라고?"

"그녀는 백인이 되고 싶었어. 태어나서 쭉 사람들에게 어떻게 그리 피부가 하얗고 아름다우냐는 말을 들어 왔지만 그녀는 늘 알고 있었어. 백인이 가진 걸 가질 수 없다는 걸. 그래서 그런 척하다가 모든 걸 잃은 거야. 그녀는 백인 남자를 사랑할 수 있지만, 백인 남자가 그녀를 사랑할 수 있는 건 그녀를 백인이라고 생각했기 때문일 뿐이야."

"그게 나와 무슨 상관이지?"

"그게 딱 너 같아, 이지. 넌 배운 게 있어서 백인들이 생각하는 것처럼 생각하지. 넌 그들에게 옳은 게 너에게도 옳다고 생각하는 거야. 루비는 자기가 백인처럼 보인다고 생각하고, 넌 네가 백인인 것처럼 생각해. 하지만 너흰 몰라. 너희 둘 다 불쌍한 검둥이라는 걸. 그래서 검둥이는 자신을 있는 그대로 받아들이지 않으면 행복해질 수 없어."

30

샌타바버라 북쪽에서 자신의 차 운전대에 엎어져 죽어 있는 디윗 올브라이트가 발견되었다. 그곳까지 달리다가 과다 출혈로 사망한 것이었다. 나는 그것을 거의 믿을 수 없었다. 디윗 올브라이트 같은 남자는 죽지 않거나 죽을 수 없었다. 그런 남자를 죽일 수 있는 세계를 생각만 해도 두려웠다. 그런 세상이 나에게 무슨 일을 저지를지 모르는 일 아닌가?

다음 날 아침 마우스를 버스 정류장으로 태워다 줄 때 나와 마우스는 그 소식을 라디오로 들었다. 나는 그를 배웅하게 되어서 기뻤다.

"난 저 돈을 몽땅 에타에게 줄 거야, 이지. 에타는 아마 널 구하고 부자가 돼서 나타난 날 다시 받아들여 주겠지." 마우스가 날 보고 미소를 지으며 버스에 올랐다. 그를 다시 보게 되리라는 것을 알았지만 그때는 그 만남을 어떻게 느낄지 몰랐다.

그날 오전에 나는 대프니의 아파트로 갔고, 거기서 그 꼬마를 발견했다. 그 애는 아주 더러웠다. 속옷은 일주일간 갈아입지 않은 상태였고, 콧물이 코와 얼굴에 딱딱하게 굳어 있었다. 아이는 아무 말도 하지 않았다. 나는 부엌에서 밀가루를 봉지째 먹고 있는 아이를 발견했다. 다가가 손을 내밀자 아이는 내 손을 잡았고, 나는 아이를 욕실로 데리고 갔다. 아이가 깨끗해지자 아이를 프리모의 집으로 데려갔다.

"아이는 영어를 못하는 것 같아요." 내가 프리모에게 말했다. "당신이라면 아이의 말을 알아들을지도 모르죠."

프리모는 태어날 때부터 아버지 같은 사람이었다. 그는 로널드 화이트만큼이나 자식이 많았고, 그들 모두를 사랑했다.

"이 아이를 돌봐줄 마마시타여자, 아가씨가 있다면 앞으로 일이 년간 몇백 달러를 낼 의향이 있어요." 내가 말했다.

"알겠네." 프리모가 말했다. 그는 이미 아이를 무릎에 앉히고 있었다. "그럴 사람을 알지도 몰라."

내가 다음으로 만나러 간 사람은 카터 씨였다. 대프니가 사라졌다고 말하자 그는 내게 싸늘한 눈빛을 던졌다. 나는 조피와 프랭크가 저지른 살인 건에 대해서는 올브라이트에게 들었다고 말했다. 그리고 프랭크의 죽음에 대해, 조피가 사라진 것에 대해 말했다.

하지만 그의 마음을 정말 움직인 것은 대프니가 흑인이라는 사실을 알았다고 말했을 때였다. 그녀는 당신을 사랑했고, 당신과 함께 있고 싶었지만 당신과 함께하는 한 어떤 평화도 느끼지 못하리라는 것을 대프니는 내가 전해 주길 바랐다고 말했다. 나는 그것을 지나치게 과장해서 말했지만 그는 그 이야기를 좋아했다.

나는 그녀의 팔과 어깨를 드러낸 여름 원피스에 대해 말했다. 그 이야기를 하는 동안 그녀가 아직 백인 여자였을 때 그녀와 침대에서 나누었던 사랑에 대해 생각했다. 그는 황홀한 표정을 띠고 있었다. 겉으로 드러내지 않았지만 나는 음울한 기분이었다.

"그런데 내게 문제가 있습니다, 카터 씨. 당신에게도요."

"응?" 그는 여전히 그녀의 마지막 자취를 음미하고 있었다. "그게 뭐요?"

"난 경찰의 유일한 용의자입니다." 내가 그에게 말했다. "그리고 어떻게 하지 않는 한 난 그들에게 대프니에 대해 말해야 합니다. 그리고 아시다시피 당신이 그녀를 신문에 나게 한다면 그녀는 당신을 증오할 겁니다. 어쩌면 자살할지도 모르죠." 내가 말했다. 나는 그게 거짓말이라고 생각하지 않았다.

"내가 어떻게 하면 되겠소?"

"당신은 시 당국에 연줄이 있는 사람입니다."

"그래서?"

"그럼 관계자들에게 전화해 주십시오. 그들에게 할 이야기는 준비돼 있지만 당신이 내 뒤를 받쳐 주셔야 합니다. 나 혼자 거기에 간다면 그들은 내가 대프니에 대해 말할 때까지 날 족칠 테니까요."

"내가 왜 당신을 도와야 하지, 롤린스 씨? 난 내 돈과 연인을 잃었소. 당신은 날 위해 아무것도 해 준 게 없는데."

"난 그녀의 목숨을 구했습니다. 그녀가 당신의 돈을 갖고 무사히 도망치게 해 줬죠. 이 일과 관련된 자 누구라도 그녀가 죽을 줄 알았을 겁니다."

우리는 그날 오후 늦게 시 청사로 가서 부경찰국장 그리고 부시장인 로런스 라이트스미스를 만났다. 부경찰국장은 키가 작고 뚱뚱한 사람이었다. 그는 무슨 말이든 하기 전에 부시장의 눈치를 보았다. 심지어 인사할 때도. 회색 양복을 입은 부시장은 품위 있는 사람이었다. 그는 허공에 팔을 내저으며 말했고, 팰맬 담배를 피웠다. 머리는 은빛이었고, 나는 그가 어렸을 때 대통령 하면 떠올렸던 이미지대로라고 잠시 생각했다.

내가 메이슨과 밀러를 언급하자 그들이 호출되었다.

우리는 모두 라이트스미스 씨의 사무실에 앉아 있었다. 그는 책상 뒤에 앉았고, 부경찰국장은 그 뒤에 서 있었다. 카터와 나는 책상 앞에 앉았고, 카터의 변호사는 우리 뒤에 자리했으며, 메이슨과 밀러는 조금 떨어진 소파에 앉았다.

"음, 롤린스 씨," 라이트스미스 씨가 말했다. "이 모든 살인 사건들에 대해 우리에게 할 말이 있다고요?"

"네, 부시장님."

"여기 있는 카터 씨 말로는 당신이 그를 위해 일했다는군요."

"어느 의미에서는요."

"그게 어느 의미입니까?"

"저는 조피 섀그라는 친구를 통해 디윗 올브라이트에게 고용됐습니다. 올브라이트 씨는 프랭크와 하워드 그린을 찾으라고 조피를 고용했죠. 그리고 나중에 조피는 그에게 나를 고용하게 했습니다."

"프랭크와 하워드라? 형제입니까?"

"저는 둘이 먼 친척 사이라고 들었지만 맹세까진 못 하겠습니다." 내가 말했다. "올브라이트 씨는 여기 있는 카터 씨를 위해 내가 프랭크를 찾길 원했죠. 하지만 그는 카터 씨가 왜 그들을 원하는지는 말하지 않았습니다. 그냥 비즈니스 때문이라고 했죠."

"내가 당신에게 말했던 돈 때문이었소, 래리." 카터가 말했다. "기억하고 있겠지만."

라이트스미스 씨는 미소를 짓고 내게 말했다. "그들을 찾았습니까?"

"조피는 이미 하워드 그린과 접촉하고 있었습니다. 그때 그는 그 돈에 대해 알았죠."

"그가 알아낸 게 정확히 뭡니까, 롤린스 씨?"

"하워드는 부자 밑에서 일했습니다. 매슈 테란이요. 그리고 테란 씨는 여기 있는 카터 씨 때문에 분노한 상태였습니다. 카터 씨가 시장 선거 입후보를 방해해서요." 나는 미소를 지었다. "테란 씨는 부시장님의 보스가 될 작정이었겠죠."

라이트스미스도 미소를 지었다.

"어쨌든," 나는 말을 이었다. "매슈 테란은 하워드와 프랭크를 써서 카터 씨를 죽이고 그게 강도의 소행으로 보이길 원했습니다. 하지만 둘이 카터 씨의 집에 갔을 때 그들은 삼만 달러를 발견했고, 너무 흥분해 일도 집어치우고 달아났습니다."

"무슨 삼만 달러?" 메이슨이 물었다.

"나중에," 라이트스미스가 말했다. "조피가 하워드 그린을 죽였습니까?"

"지금 생각하면 그렇습니다. 제가 이 일에 개입했을 때 그들은 프랭크의 행방을 쫓고 있었으니까요. 아시다시피 카터 씨는 테란 씨를 의심하고 있어서 디윗이 하워드 그린을 살피고 있었습니다. 그 시점에서 디윗은 두 그린에게 흥미가 있었죠. 하워드를 파 보니 프랭크의 이름이 거론되었고요. 그는 누군가를 고용해 와츠 주변의 불법적인 술집들에서 프랭크를 찾고 싶었습니다."

"왜 그들은 프랭크를 찾았습니까?"

"디윗은 카터 씨의 돈을 챙기고 싶어서 프랭크를 원했습니다. 조피도 삼만 달러를 독식하려고 그를 찾았죠."

라이트스미스 씨의 녹색 압지틀에 햇빛이 비쳐 들었다. 나는 햇빛이 나에게 비쳐 든 것처럼 땀을 흘리고 있었다.

"이 모든 걸 어떻게 알아냈지?" 밀러가 물었다.

"올브라이트에게서요. 그는 하워드가 시체로 나타났을 때 의심했다가 코레타 제임스가 살해됐을 때 확신했죠."

"왜 그렇습니까?" 라이트스미스가 말했다. 방 안의 모든 남자가 나를 응시하고 있었다. 나는 법정에 서 본 적이 없었지만 바로 이때 배심원단을 마주하고 있다고 느꼈다.

"그들은 코레타도 찾고 있었기 때문이죠. 그녀는 노상 두 그린 주변에 있었으니까요."

"왜 넌 의심하지 않았지, 이지?" 밀러가 물었다. "우리가 널 연행했을 때 왜 우리에게 이런 얘기를 하지 않은 거야?"

"당신들이 날 신문했을 땐 아무것도 몰랐습니다. 올브라이트와 조피는 프랭크 그린을 찾도록 날 고용했을 뿐이에요. 하워드 그린은 이미 죽었고, 코레타에 대해선 내가 뭘 알았겠습니까?"

"계속해요, 롤린스 씨." 라이트스미스 씨가 말했다.

"저는 프랭크를 찾을 수 없었습니다. 아무도 그가 어디에 있는지 몰랐죠. 하지만 어쨌든 그에 관한 소문은 들었습니다. 사람들은 그가 사촌의 죽음에 발끈해 복수를 준비했다더군요. 난 그가 테란을 노린다고 생각했습니다. 프랭크는 조피에 대해선 아무것도 몰랐고요."

"그러니까 넌 프랭크 그린이 매슈 테란을 죽였다고 생각한다고?" 밀러는 혐오감을 감추지 않았다. "그리고 조피가 프랭크 그린과 디윗 올브라이트를 처리했다고?"

"내가 아는 건 말한 대롭니다." 나는 최대한 천진하게 말했다.

"리처드 맥기는? 그는 스스로 찔렀나?" 밀러는 의자에서 일어서 있었다.

"그에 대한 건 모릅니다." 내가 말했다.

그들은 내게 두 시간 이상 질문을 던졌다. 하지만 이야기는 같은 선에 머물렀다. 조피가 대부분의 살인을 했다. 그는 탐욕 때문에 그랬다. 나는 디윗의 죽음에 대해 듣고 카터 씨에게 갔고, 그가 경찰에 가기로 결정했다.

내가 이야기를 마쳤을 때 라이트스미스가 말했다. "매우 고맙군요, 롤린스 씨. 그럼 이만 실례하죠."

메이슨과 밀러, 카터 씨의 변호사 제롬 더피와 나는 일어서야 했다.

더피가 머리를 저으며 내게 미소 지었다. "심리審理에서 봅시다, 롤린스 씨."

"그게 무슨 말이죠?"

"그냥 형식적인 절차입니다. 범죄 사안이 심각하면 당국은 사건을 종결하기 전에 몇 가지 질문을 하고 싶어 합니다."

그의 말대로라면 그것은 주차 위반보다 더 나쁘게 들리지는 않았다.

그는 밖으로 나가려고 엘리베이터에 올랐고, 메이슨과 밀러가 그를 따랐다.

나는 계단으로 내려갔다. 집까지 걸어갈 수도 있겠다고 생각했다. 뒷마당에 2년 치의 봉급이 묻혀 있었고, 이제 자유의 몸이었다. 아무도 나를 따라오지 않았다. 내 삶에 걱정은 없었다. 힘든 일이 거듭되었다고는 하지만 그때 흑인의 삶은 힘들었고, 살아남고 싶다면 힘든 일에 따라오는 더 힘든 일을 감수해야 했다.

시청의 화강암 계단을 내려왔을 때 밀러가 내게 다가왔다.

"어이, 이지키얼."

"네, 형사님."

"엄청난 뒷배를 업고 왔군."

"무슨 말인지 모르겠는데요." 나는 그렇게 말했지만 무슨 말인지 알았다.

"우리가 하루걸러 무단 횡단, 침 뱉기, 미풍양속 위반으로 너를 체포해도 카터가 네 엉덩이를 구해 주러 올 것 같나? 그가 네 전화에 응답이라도 할 것 같아?"

"내가 그걸 왜 걱정해야 하죠?"

"걱정해야 할 거야, 이지키얼." 밀러가 야윈 얼굴을 내 얼굴에 바짝 들이댔다. 그에게서 버번, 윈터민트껌 상표명 그리고 땀 냄새가 풍겼다. "왜냐하면 내가 걱정할 거니까."

"뭐에 대해 걱정해야 한다는 거죠?"

"나에겐 검사가 있어, 이지키얼. 그에겐 지문이 하나 있지. 누구 건지 알 수 없는 지문이."

"어쩌면 조피 지문일지도요. 그를 찾게 되면 알게 되겠죠."

"어쩌면. 하지만 조피는 권투 선수야. 왜 그가 주먹질을 놔두고 칼을 사용했을까?"

나는 뭐라고 해야 할지 몰랐다.

"그걸 가르쳐 주지그래, 젊은이. 그걸 가르쳐 주면 봐주지. 네가 이 모든 일에 연루된 우연과 코레타가 죽은 전날 밤 그 여자와 술을 마신 것에 대해 잊어 주지. 날 속이면 남은 인생을 감옥에서 보내게 될 거야."

"주니어 포네이의 지문과 그걸 대조해 보든가요."

"누구?"

"존네 술집의 문지기요. 그 친구와 일치할지도 모르죠."

시청 계단을 내려온 게 내 청춘의 마지막 순간인지도 몰랐다. 스스럼없이 써 버린 청춘의. 나는 아직도 스테인드글라스와 부드러운 햇살을 기억한다.

31

"일이 잘 풀린 거겠지, 응, 이지?"

"뭐라고요?" 나는 달리아에 물을 주다가 고개를 돌렸다. 오델이 에일 한 캔을 홀짝이고 있었다.

"듀프리는 회복했고, 경찰은 범인을 잡았으니까."

"그래요."

"하지만 자넨 마음에 걸리는 게 있을 것 같은데."

"그게 뭔데요, 오델?"

"뭐, 벌써 석 달이나 됐는데도, 이지, 자넨 일이 없잖아. 내가 아는 한 찾으려고도 하지 않고."

샌버너디노 산맥은 가을에 가장 아름답다. 강풍이 스모그를 몰아내 하늘이 숨 막힐 만큼 맑았다.

"일하고 있어요."

"야간 일인가?"

"가끔은요."

"무슨 말이야, 가끔이라니?"

"난 이제 독립했어요, 오델. 그리고 두 가지 일을 해요."

"그래?"

"세금 미납으로 압수된 집을 경매로 사서 그걸 빌려주고……,"

"그런 돈이 어디서 났는데?"

"챔피언 항공사 퇴직금으로요. 그리고 거기서 떼는 세금은 많지 않아요."

"다른 일은 뭔데?"

"용돈이 필요할 때 하는 일이에요. 사설탐정."

"농담 마!"

"거짓말 아니에요."

"누굴 위해 일하는데?"

"내가 아는 사람들과 아는 사람들이 아는 사람들이요."

"예를 들면?"

"메리 화이트 같은 사람이요."

"그 여잘 위해 뭘 하는데?"

"로널드가 두 달 전에 그녀에게서 도망쳤어요. 내가 시애틀까지 추적해서 그녀에게 그가 있는 곳 주소를 알려 줬죠. 그래서 그녀의 가족들이 그를 데려왔어요."

"다른 건?"

"갤버스턴에서 리카르도의 누이를 찾아내 그녀에게 로제타가 남편을 어떻게 취급하고 있는지 알려 줬죠. 그녀는 내게 몇 달러를 내밀더니 그를 자유의 몸으로 해 달라더군요."

"젠장!" 나는 그때 처음으로 오델이 욕하는 것을 들었다. "좀 위험한 사업처럼 들리는데."

"그럴지도 몰라요. 하지만 사람은 길을 건너다 죽을 수도 있어요. 적어도 내게 돈은 들어오죠."

그날 저녁 늦게 오델과 나는 내가 대충 차린 저녁을 먹고 있었다. 로스앤젤레스는 아직 더웠기에 우리는 마당에 앉아 있었다.

"오델?"

"응, 이지."

"만약 어떤 사람이 잘못했다는 걸 안다면, 그러니까, 만약 그가 뭔가 나쁜 짓을 했다는 걸 아는데 친구라서 그를 경찰에 찌르지 않겠다면, 그게 옳은 일이라고 생각해요?"

"친구는 무엇보다 중요한 거야, 이지."

"하지만 동시에, 친구가 아닌 누군가가 나쁜 짓을 했는데 아까의 그 친구만큼 나쁜 짓을 한 게 아니라는 걸 알 경우에 그 사람을 경찰에 찌를 거예요?"

"그 사람은 운이 좀 안 따랐다고 생각하면 되겠지."

우리는 오랫동안 웃음을 터뜨렸다.

편집자의 말

제2차 세계대전 직후 로스앤젤레스를 배경으로 하는 이 작품은 자신의 작은 집에 필사적으로 매달리는 실직 흑인 참전 용사 이지키얼 롤린스가 집의 대출금을 갚기 위해 어쩔 수 없이 미심쩍은 백인 탐정의 요구에 응해 어느 백인 여성을 추적하다 자신에게서 탐정 일의 소질을 발견하는 이야기다. 「뉴욕 매거진」은 이 작품을 '리처드 라이트미국 흑인 문학을 대표하는 작가와 레이먼드 챈들러의 교차점인 흑인 차이나타운'이라고 평했다.

이지 롤린스는 당대의 흑인에 대한 사회적 불의 그리고 자신의 사적인 악마와 편견에 대처하려고 노력하는 자부심 강한 사람이다. 그는 잔인하기도 옹졸하기도 하고, 때로는 비겁하기도 하며 너무나 쉽게 이성의 유혹에 미혹되기도 한다. 또한 부자가 되고자 하는 집착은 때때로 잘못된 결정을 내리게도 하지만 흑인으로서의 삶이라는 고정된 위치를 넘어서려는 열정과 옳고 그른 것을 구분하는 타고난 감각으로 그 결점을 완화한다. 이 작품은 전통적인 하드보일드 미스터리에서 보이는 주인공의 염세적 세계관이나 고독과는 다르게, 주인공이 인종차별이 횡행하던 시대의 흑인이라는 점에서, 오직 살아남으려고 분투한다는 점에서 전형적인 하드보일드 문법과 차별성을 갖는다.

이 작품에서 보이는 흑인에 대한 미국 사회의 불의는 이지 롤린스의 시각에서뿐 아니라 대프니 모네처럼 차별을 피하고 백인의 혜택을 누리기 위해 자신이 흑인이라는 정체성을 숨기는, 이른바 화이트패싱white passing으로도 잘 묘사되어 있고, 화이트패싱은 현재에도 진행 중이다.

1990년, 기억에 남을 만한 첫 등장을 알린 『푸른 드레스를 입은 악마』는 1940년대의 로스앤젤레스를 생생한 감각으로 묘사해 즉각적이고도 광범위한 찬사를 받았다. 이 작품은 영국추리작가협회가 주관하는 대거상을 받았고, 미국사립탐정작가협회가 주관하는 셰이머스상을 받았으며, 미국추리작가협회가 주관하는 에드거상 최종 후보작이다. 당시 미국 대통령이었던 빌 클린턴은 월터 모슬리를 좋아하는 작가 중 한 명으로 꼽았다. 폭발적인 찬사를 받은 이 작품을 할리우드가 그냥 둘 리 없다. 1995년에 댄젤 워싱턴 주연으로 영화화되었는데, 그보다 더 적역일 수 없는 마우스 역의 돈 치들이 더 큰 호평을 받았고, 돈 치들은 로스앤젤레스 영화 비평가 협회상과 전미 영화 비평가 협회상의 조연상을 받았다.

시리즈가 이어질수록 입양한 아이가 늘어 가는 가정적인 부동산 탐정 이지 롤린스의 활약뿐 아니라, 흑인 하드보일드의 시조인 체스터 하임스의 거친 흑인 형사 콤비 코핀 에드 존슨과 그레이브 디거 존스의 활약이나 존 볼의 지적인 흑인 형사 버질 팁스의 활약을 국내에서도 볼 수 있길 바라 마지않는다.

푸른 드레스를 입은 악마

초판 1쇄 발행 2024년 12월 1일

지은이 월터 모슬리 | **옮긴이** 박진세
발행인 박세진
독자 모니터링 양은희, 최윤희
표지 디자인 허은정 | **용지** 두송지업 | **인쇄** 대덕문화사 | **제본** 바다제책사

펴낸 곳 피니스아프리카에 | **출판 등록** 2010년 10월 12일 제25100-2010-000041호
주소 04074 서울시 마포구 상수동 341-6 보림빌딩 A동 2층
전화 02-3436-8813 | **팩스** 02-6442-8814
블로그 blog.naver.com/finisaf | **메일** finisaf@naver.com

책값은 뒤표지에 있습니다.
파본은 구입하신 곳에서 교환해 드립니다.